谨以此书献给

所有的处于陌生环境

或处于逆境中的中学生朋友

■

在本书出版之前，几乎所有看过我们这本书稿的同学，都为丽贝卡感动着，感受着丽贝卡带来的温暖……

——因为丽贝卡是一个十分“超凡”的女孩，但又十分真实，她冲动和顽皮的模样宛如我们儿时的伙伴，或是邻家的小妹……

——因为丽贝卡性格开朗活泼，略带些任性和冲动；她对朋友热情忠诚，同时嫉恶如仇；最感染读者的是她永远都用乐观的态度对待生活中的一切，从不逃避现实，无论是荆棘丛生的小径还是鲜花满布的大路她都勇敢地前进着……

——因为丽贝卡对一切事物都保持着纯真的好奇心。她无法压抑自己活泼的性格，但为了取悦不苟言笑的米兰达姨妈，她努力使自己变得温柔娴静……

纽约国家图书馆评选世纪之书第一名

[美] 凯特·道格拉斯·维珍 著／孙雪晶 朱岩岩 译

太阳溪农场的
丽贝卡

中国人民大学出版社

图书在版编目(CIP)数据

太阳溪农场的丽贝卡/[美]维珍著;孙雪晶,朱岩岩译.
北京:中国人民大学出版社,2003
(朗朗书房·人生励志世纪之书)

ISBN 7-300-05015-8/G·1016
Ⅰ.太…
Ⅱ.①维…②孙…③朱…
Ⅲ.长篇小说-美国-现代
Ⅳ.I712.45

中国版本图书馆 CIP 数据核字(2003)第 087420 号

朗朗书房
人生励志 世纪之书
太阳溪农场的丽贝卡
[美]凯特·道格拉斯·维珍 著
孙雪晶 朱岩岩 译

出版发行	中国人民大学出版社		
社　　址	北京中关村大街 31 号	**邮政编码** 100080	
电　　话	010-62511242(总编室)	010-62511239(出版部)	
	010-62515351(邮购部)	010-62514148(门市部)	
网　　址	http://www.crup.com.cn		
	http://www.ttrnet.com(人大教研网)		
经　　销	新华书店		
印　　刷	保定市印刷厂		
开　　本	889×1194 毫米 1/32	**版　　次**	2003 年 11 月第 1 版
印　　张	9.625	**印　　次**	2003 年 11 月第 1 次印刷
字　　数	160 000	**定　　价**	19.80 元

译者序

《太阳溪农场的丽贝卡》讲述了19世纪末美国一个小镇上的女孩丽贝卡的成长故事。丽贝卡离开了自己度过美好童年的太阳溪农场，前往利佛保罗姨妈家里上学。在姨妈家里，她有了新的生长环境、新的朋友，被周围环境改变着，也在用自己的热情改变周围的一切；她如饥似渴地吸收新的知识，向往广袤的世界，但她对农场的热爱和对家庭的责任始终没有改变。丽贝卡热爱早逝的父亲，热爱含辛茹苦抚养七个孩子的母亲，也尊敬感激供她上学的姨妈。她性格开朗活泼，略带些任性和冲动，她对朋友热情忠诚（她为了帮助朋友前去推销三百块肥皂），同时嫉恶如仇（她勇敢地和辱骂她朋友的米妮斗争）；她无法压抑自己活泼的性格，但为了取悦米兰达姨妈，她努力变得温柔娴静，改变米兰达姨妈所不喜欢的一切“缺点”，甚至学习古代斯巴达男孩对自己的过错进行自我惩罚。然而无论有多少约束，她的活力和热情并没有被压抑，相反她改变了两位姨妈，也改变了周围的好朋友。经历了美好的童年、初到姨妈家的不适、学校的美好时光、从学院毕业、妹妹米拉的死亡、米兰达姨妈的病逝……丽贝卡就这样长大了。她告别了太阳溪农场，告别了兄弟姐妹和母亲，勇敢地留在利佛保罗，照顾年迈的简姨妈。

作者凯特·道格拉斯·维珍用十分幽默诙谐的笔触描写了这个小女孩的成长以及发生在成长过程中的一系列故事。这些故事有高兴，有悲伤，有轻松，也有沉闷，但作者却始终使用轻松诙谐的手法来描写，让人含着泪笑，带着笑哭。凯特的幽默并非是刻意营造出的、让读者捧腹大笑的笑话，而是洋溢在字里行间的诙谐，不时地让读者会心一笑。凯特的文风十分清新，作为一个美国作家，她却继承了18世纪英国女作家简·奥斯丁清新自然、轻松自如的文风，用轻松的笔触描写美国的乡村生活和乡村女孩的成长。她塑造的女主人公丽贝卡十分真实，宛如我们儿时的伙伴或是邻家的小妹，使读者顿生亲切之感。作者十分善于向读者展示各个人物的性格和心理，但她却很少使用大量篇幅的心理描写来展示人物的心理活动，而是运用许多贴切自然的对话来表现不同人物的性格和不同的心理活动，这让读者更加感到真实自然。除了塑造各个不同人物，描写女主人公的成长，作者还用大量篇幅描写了当时美国的社会风俗、宗教信仰、人民的生活状况等。本书的主基调是轻松诙谐的，但作者并没有回避忧伤和悲惨的事情，她真实地描写了南北战争给恋人带来的忧伤，描写了丽贝卡妹妹米拉的死亡以及米兰达的病逝，让读者感到真实可信，更为丽贝卡的经历产生深深的共鸣。相信每一位读者都会喜爱上可爱、善良、活泼的丽贝卡，都会为作者清新的文风、诙谐的描写而赞叹不已。

译者在翻译此书的过程中，深为作者清新自然的描写、对语言的熟练驾驭而折服，更深深地喜爱上了她笔下真实、可爱的丽贝卡。翻译此书时，译者力求真实地再现原著的风貌，向读者传达原著的清新和诙谐，但毕竟中英文语言和文化存在较大差异，在翻译成中文时，原著的许多诙谐无法表达出来，使读者无法领略到原汁原味的英文幽默，这实在是译者的遗憾。

译者在翻译过程中，查阅了大量有关当时的社会文化资料，力求真实地反映本书的风采。但毕竟译者水平有限，受文化、语言等多方面因素制约，因而在译文中难免有误译、漏译之处，敬请广大读者批评指正。

译者

2003 年 6 月 1 日

目　录

第一章　丽贝卡的旅途

这辆有不少年头的旧公共马车正颠簸地行进在从枫林到利佛保罗这条尘土飞扬的小路上。尽管才是5月中旬，可天气已经像仲夏那样闷热了。赶车人杰里米·科比先生十分照顾拉车的马，甚至连邮件袋子都自己背着。一路上有许多小斜坡，科比并不扬鞭催马，只松松地挽着缰绳，惬意地向后靠在坐位上，懒洋洋地把一条腿伸在马车挡泥板上。他的旧宽沿毡帽向下低低地压在眼睛上，嘴里悠闲地嚼着烟叶，左边的脸颊反复运动着。

车厢里只有一个乘客——一个长着一头黑发的小女孩，穿着干净的浅黄色棉布裙子。她太瘦了，身子又僵挺挺地坐在坐位上，在宽大的皮垫子上滑来滑去，她伸直脚，顶着前面的坐位，用带着棉布手套的双手抓住垫子两边的扶手，尽力在颠簸的车厢里保持一点平衡。可是只要马车轮子陷进了稍深一点的车辙里，或是突然轧过了一块石头，她

马车上的丽贝卡

小小的身躯就被颠簸的车厢抛了起来，然后再落回到垫子上。每次重新坐稳后，她都要把那顶滑稽的小草帽向后推推，把那把小小的粉色遮阳伞整理一番，可能独自坐车太过于无聊，除了摆弄帽子外她没什么事可做。当然她的主要心思放在那个缀着珠子的小钱包上，只要路面状况允许，车子不那么颠簸，她总要看看那个钱包，每次看到里面的东西一点没少，她就露出很满足的表情。

科比先生并不理会乘客在旅途中的种种烦恼，他的任务只是把旅客带到目的地而已，可不一定要保证他们旅途舒服顺心。事实上，他几乎都忘记了车厢里还有个可怜的、不引人注目的小乘客呢。

科比正要离开枫林邮局的那天早上，一位刚刚从一辆货车上下来的太太跑过来询问这辆马车是否是利佛保罗的公共马车，并问他是否就是科比先生。在得到肯定答复后，她对一个等在街角的小女孩点了点头，示意她过去，那个小女孩立即跑了过来，惟恐耽搁一分一秒似的。

这个孩子大概有10岁或12岁，不过不管她在这个世界上过了几个年头，她的样子看起来都比实际年龄要小。她妈妈扶着她坐进了车厢里，把一个小包袱和一束丁香花放在她身边，又把一只陈旧的毛织箱子安顿好，最后付了车费，小心地数着手里的银币。

“我希望你能把她送到利佛保罗我姐姐家里，”她说，“不知道你是否认识米兰达·索娅和简·索娅？她们就住在那幢砖房里。”她这话可问对了人，科比太了解她们了，就好像是科比把

她们创造出来的一样。

“这孩子就要到那里去，她们正等着她去呢。能不能麻烦你一路上照顾她？这个孩子调皮着呢，很可能会随时走出车厢，或找人上车和她做伴儿呢。”她转向小女孩，叮嘱她：“再见，丽贝卡，可不许淘气，在车里安静地坐着，这样你才能干净漂亮地到你姨妈家。可不要给科比先生添麻烦！”她又转过身来对科比说：“你看，她多激动！我们昨天从汤普朗斯上车，在我表妹那儿睡了一晚上，今早从她家出来，走了八英里呢。”

“再见，妈妈，别担心，你知道这已经不是我第一次出门了！”丽贝卡对妈妈骄傲地说。

这位太太笑了，对科比解释说：“她去过威尔汉姆，并在那里住了一晚上，你说说，这点路程有什么可自豪的呢？”

“妈妈，那可是出门旅行啊！”小女孩急切固执地纠正妈妈，“我们离开了农场，用篮子带着午饭，又是坐马车又是坐汽车的，我们还带了睡衣去呢，那怎么不算是旅行呢！”

“好了，好了，就算我们确实出门旅行了。你可别对整个村子都宣扬啊！”妈妈打断了这个经验丰富的旅行家的回忆。“我以前难道没告诉你吗，”她凑近丽贝卡，试图最后一次叮嘱她该注意的规矩，轻声说，“你可不能大声谈论什么睡衣啊、长袜啊这类东西，尤其是有男人在旁边的时候，记住了吗？”

“我知道了，妈妈，我不会再说了。我所想说的只是——”这时候，科比先生已经坐上马车，甩了甩缰绳，马儿们慢悠悠地开始走动了，认真地执行它们的日常任务。“妈妈，我想说的是，那确实是一次旅行，如果——”马车已经上路了，丽贝卡不得不从车窗探出头，大声说完她想说的话——“那确实是一次旅行，如果你带了睡衣的话！”

丽贝卡用了很大的声音喊出这句话，它在兰德尔太太耳边一直回旋着，让她哭笑不得。她看着马车消失在视线里，随后收拾好放在长椅上的包裹，走进了等在系留柱旁边的马车里。当她掉转马头准备上路回家时，她又跳下马车，手搭着凉棚，看着远去的马车消失在一片尘土中，心里想：“我猜米兰达一定不会喜欢爱说话的丽贝卡，丽贝卡也会无法适应我那古板的姐姐，不过毕竟在那里生活会让丽贝卡成材的。”

这些都是半个小时前的事情，而炎热的太阳、闷热的空气、飞扬的尘土，以及科比先生对米尔敦城重要差使的关注，使得他完全忘记了他曾经许诺要一路上照看丽贝卡呢。

突然他听到一个很尖细的声音，不是车轮行走的辘辘声，也不是马具的吱吱响声。起初科比先生还以为是蟋蟀的叫声、草地里青蛙发出的声音或是小鸟在唧唧喳喳，可是仔细聆听声音传来的方向后，科比才想起车厢里还有一位小乘客呢。他转过头，看见一个小小的身躯正尽力地探出车窗，一条长长的黑辫子随着马车的颠簸而晃来晃去。这个孩子一只手拿着帽子，另一只手拿着那把小小的遮阳伞徒劳地想拍打赶车人——这把遮阳伞小得可怜，科比几乎要用显微镜才能看见它。

“请让我和你说句话！”她喊道。

科比先生勒住了马，停下来了。

“坐在你旁边要多付钱吗？”她问，“车厢里面太滑了，太阳又太晒了，这个车厢对我来说实在太大了，我在里面撞来撞去，

全身的骨头都要散架了。还有那个窗户也太小了，我得把脖子伸得很长才能看见后面的箱子有没有掉下去。那可是我妈妈的宝贝箱子。”

科比先生耐心地听完了她一长串的描述，或者说是滔滔不绝的抱怨，然后诙谐地说：“你要是想坐外面就过来吧，坐在我身边不会收什么费用的。”随后他把小女孩抱出来，让她坐在前面，然后自己又坐到原来的位置上。

丽贝卡小心地坐下，十分仔细地抚平裙子上的皱褶，把她那把小小的遮阳伞放在她和科比先生之间。然后她把帽子向后推了推，脱下了那双白得可怕的棉布手套，兴高采烈地说：“哦！坐在这里太好了，这才叫旅行呢！现在我可是个真正的旅行者了。在车厢里我感觉自己就像一只关进笼子里的小鸡，我真希望我们还有很远的路途，是吗？”

“对啊，我们的路途才刚刚开始呢，”科比先生和蔼地回答她，“还有两个多小时才能到。”

“才两个小时啊，”丽贝卡失望地叹口气，“一个半小时后，妈妈就要到达安表姐家里了，孩子们就要吃丰盛的午餐了，汉娜那个能吃的家伙会把一切好吃的都一扫而空。我自己也带了午饭，因为妈妈说饿着肚皮到姨妈家里会让姨妈手忙脚乱地为我准备吃的，妈妈说刚刚见面就忙着吃东西太失礼了。——天气可真好，是不是？”

“天太热了，你怎么不撑起阳伞呢？”

她又仔细地抻了抻裙子，回答说：“我很少用它！我担心它会退色。太阳照耀的时候我才不打伞呢。我总是在天空布满云彩的时候带着那把遮阳伞，有时候太阳突然出来了，我就急忙合上伞，这真是我生活中的一件趣事。它是我最心爱的东西，不过照顾它确实很麻烦。”

这时，杰里米·科比先生那几乎不运转的大脑逐渐地意识到，坐在他身旁的这只唧唧喳喳的小鸟与他平时接触的那些的确十分不同。他把鞭子放到车上，腿也从挡泥板上收回来，把帽子向后推了推，连嘴里一直嚼着的烟叶也一口吐到了公路上。做完了这些准备工作，他才认认真真地打量一番这位小乘客，而对于这种打量，丽贝卡则报以天真、好奇而又友好的凝视。

这孩子穿着浅黄色印花棉布裙子，已经有些掉色，但洗得干干净净，而且还被小心地浆洗得硬挺挺的。孩子细细的脖颈从裙子的立领中钻出来，而小小的脑瓜似乎无法承受那根长长的、垂到腰间的深色发辫。她戴着一顶十分奇怪的带有面纱的白色麦秆草帽，这也许是最新流行的儿童帽子，也可能是妈妈为她出门而找出来的过时的帽子。帽子边沿上装饰着一圈黄色丝带，帽子一侧还硬挺挺地插着一簇黑色和橘黄色的类似箭猪刚毛的东西，这让她的外貌看起来稀奇古怪，当然也十分与众不同。她的脸蛋几乎没有什么血色，脸部轮廓十分突出。就外貌来看，她只是个普通的孩子。科比先生还没来得及品评她的鼻子、额头以及下巴，就被那双眼睛深深地吸引住了。丽贝卡的眼睛十分明亮，像忠实信徒的眼睛——“从中可看见希望，也可预知未来。”在她弯弯的眉毛下，这双眼睛就像两颗明亮的星星，闪烁着快乐的光芒。她的眼神里充满了对新奇的渴望，以及永不满足的追求；她凝视东西时坚定的眼神十分明亮，同时又充

满神秘，这样的眼神似乎可以看清隐藏在表面下的一切东西，可以看透某个事物、某片风景，以及某个人。从来没有人能解释丽贝卡的眼睛为什么会有这样神奇的力量，学校老师、教堂牧师都说不明白为什么这孩子的眼睛如此与众不同。夏天来到村庄写生的年轻艺术家本想画红色的谷仓、破败的磨坊以及乡间的小桥，可当她看到丽贝卡普通脸蛋上的这双眼睛，这双带有某种催眠力量以及深邃洞察力的眼睛，她便放弃了一切写生，全神贯注地描摹这双眼睛。人们会永不厌倦地看着这双明亮而又深邃的眼睛，似乎从中可以反映出自己的思想一样。

当然科比先生并没有在短暂的打量之中得出以上那么长的结论，当天晚上他对妻子提到丽贝卡时，只是简单地描述说每当这孩子看他的时候，他就会受到某种震动。

“罗斯小姐送给我这把遮阳伞，她曾经到我们农场画画的。”丽贝卡说，同时她抬头看了看科比先生，把他的容貌记在了心里。“你注意到那个穿孔的双层折叠板和那个把手了吗?那可是象牙做的。你看那个把手上有个疤痕，那是范妮趁我不注意放在嘴里咬的，从那以后我再也不敢让范妮动它了。”说着，她把遮阳伞放在了裙子展开的皱褶下面。

“范妮是你的妹妹吗？”

“是我妹妹中的一个。”

“你有多少兄弟姐妹啊？”

“一共有七个。还有一首关于七个孩子的儿歌呢——‘快快告诉你的主人，勤劳的仆人。我们有七人！’我是在学校里学会的，可每当我唱的时候，有些讨厌的老师就笑话我。汉娜是我们七个中最大的一个，其次是我，然后是约翰，然后是珍妮，然后是马克，然后是范妮，最小的是米拉。”

“嗬！这可真是一大家子啊！”

“太大一家子了，每个人都这么说。”丽贝卡坦率的回答出乎科比先生的意料，她的直白反倒让科比觉得不好意思了，于是又往嘴里塞烟叶，还是用左边嚼着。

“我的兄弟姐妹们都很好，可是人太多真是件烦心事，你知道每天填满每个人的肚子就要花好多钱，”丽贝卡继续坦率地说，“汉娜和我是最大的，我们做不了别的事，只能帮妈妈每天晚上把小弟弟妹妹们抱上床，第二天再帮助他们起床。这样做了好几年了，现在终于没事了。等我们都长大了，就可以开心地一起玩儿，而那时我们家的债务也还完了，那多让人开心啊。”

“没事了？你是指你离开家，不用照看弟弟妹妹了？”

“不是，我是指她们几乎都不需要照顾了，我家里都没事了。妈妈就是这么说的，她说的话总是算数的。米拉是最小的孩子，而她也已经3岁了。就在她出生那天，爸爸去了天堂。米兰达阿姨本来是让汉娜到利佛保罗去的，而不是我；不过妈妈离不开汉娜，她做家务活要比我好多了。我昨天晚上对妈妈说，如果家里还有孩子需要照顾的话我就立即回来，因为只有我和汉娜能照顾孩子，妈妈还要做饭、照看农场。”

“哦，你住在农场里。农场在哪里？离你要去的地方很近吗？”

“一点也不近！我看足有上千英里！我们从汤普朗斯坐汽车出发，走了很长的路到安表姐家，随后上床睡觉。早上我们又起

来坐车到枫林，在那里等你的马车。我们的农场距离哪里都很远，但我们的学校和教堂都在汤普朗斯，到那里只需要两英里的路程。坐在这里和你说话就像爬上教堂尖塔那样美好。我认识一个男孩，他总爬到教堂尖塔上，他说从上面看地上的人和牛就像苍蝇那么小。我爬上去的时候没看见任何人，但我看到牛却觉得很失望——它们看起来并没有我想像得那么小。男孩子总是做很多有趣的事情，而女孩子只能做些无聊的小事。她们不能爬高，也不能到远处，不能在外面待得太晚，也不能跑得很快，反正什么都不能做。”

科比先生用手背擦了擦嘴，喘了口气。听丽贝卡滔滔不绝地讲话，就像是他被人驱赶着不停地爬一座座山峰似的，连喘口气的间歇都没有。

“我不知道你家农场的位置，”他说，“不过我去过汤普朗斯，一路上很快活。你姓什么？”

“兰德尔。我妈妈的名字是奥雷丽娅·兰德尔，我们七个的名字分别是汉娜·露茜·兰德尔、丽贝卡·罗威娜·兰德尔、约翰·哈利法克斯·兰德尔、珍妮·琳达·兰德尔、马奎斯·兰德尔、范妮·埃尔斯勒·兰德尔和米兰达·兰德尔。前六个孩子里一半是妈妈取的名字，另一半是爸爸取的名字，不过还有一个米拉，于是爸爸妈妈就用利佛保罗米兰达姨妈的名字来给她命名，他们希望这会给孩子带来好运，可是并没有什么好运。我们现在都叫她米拉。我们的名字都是有些来历的：汉娜的名字来自一本德国故事书，我的名字取自《伊凡诺沃》，约翰·哈利法克斯是一本书中的绅士，而马克取用了我叔叔的名字马奎斯·德·拉法耶

特——这个叔叔是双胞胎之一，已经死了。(双胞胎总是不能两个都活着长大，而三胞胎几乎没有一个能活下来——你知道这些吗，科比先生？)我们从不叫他马奎斯，只叫他马克。珍妮的名字取自一名歌手，而范妮的名字来自一名美丽的舞蹈家。不过妈妈说她们的名字都太不相配了，因为珍妮根本就是五音不全，而范妮双腿僵硬根本不会跳舞。妈妈本可以叫她们简和弗朗西斯卡，而不叫中间的名字；但是妈妈说那样对死去的爸爸不公平，妈妈说我们无论何时都应该支持爸爸，因为在爸爸的一生里几乎所有的事情都和他作对，要不是因为他总是倒霉透顶，他也不会死的。关于我们兄弟姐妹就这么多了。”丽贝卡严肃地结束了她的介绍。

“上帝！你说得已经足够多了。”科比先生喘了口气，“这么多名字，你居然一个不落地都说出来，记性可真不错。我猜学校里的那些功课对你来说也不是什么问题吧？”

“那些功课倒不是什么大困难，对我来说困难就是我要穿着鞋去上学。我一双新鞋必须要穿上六个月。妈妈总是唠叨要我节省点穿鞋，可是除了脱掉鞋子光脚走路以外似乎没有其他的节省办法；但我要到利佛保罗去上学，我不能光脚走路，否则会给米兰达姨妈丢脸的。到了米兰达姨妈那里我就要去上学了，两年后再去威尔汉姆神学院上学，妈妈说到那里上学会帮助我成材，等到毕业后我希望像罗斯小姐那样成为一名画家。不过这些都是我的想法，妈妈认为我最好去当个老师。”

“你家的农场是霍布斯农场吗？”

“不是，它是我们兰德尔家的农场，妈妈就叫它兰德尔农

场，而我叫它太阳溪农场。”

“只要你知道它在哪里，无论叫什么名字都是一回事。”科比先生简洁地说。

丽贝卡转过头，责备地看了他一眼，非常严肃地说：“你可别那么说，就跟大家说的一样。怎么能是一回事呢？当我对你说兰德尔农场时，你能想像出来它是什么样子吗？”

“不能。”科比先生诚实地回答，丽贝卡的责怪让他有点不安了。

“那么当我说太阳溪农场时，你想到什么了？”

科比觉得自己就像一条离开水在沙滩上挣扎的鱼，他不能不回答这个问题，因为丽贝卡在看着他，那双眼睛就像探照灯一样刺透了他的大脑，甚至都看见了后脑勺上的秃头。

“我猜农场附近肯定有条小溪吧。”他谨慎地说。

“你猜得不错，确实有条小溪，那可不是一般的小溪。那条小溪两旁长着许多小树，还有低矮的灌木，溪水很浅，潺潺地流着，水底布满了白色的沙石，还有圆溜溜的鹅卵石。只要有一点阳光，整条小溪都会一整天闪着银色的光，漂亮极了。你的肚子饿不饿？我感觉我的肚子都咕咕叫了。早上为了赶马车，我连早饭都没有吃。”

“你最好先吃午饭吧。我不饿，等到了米尔敦城再吃，在那里我会吃一块馅饼，再喝一杯咖啡。”

“我真想看看米尔敦城。我猜想它一定比威尔汉姆还要大、还要繁荣吧，是不是像巴黎一样？罗斯小姐给我讲过巴黎，我的粉色遮阳伞还有这个缀着珠子的钱包就是她从巴黎带回来送给我的。你看它‘啪嗒’一声就打开了。里面有我的20美分，这点零钱我要用来买邮票、纸还有墨水，要花上三个月呢。妈妈说米兰达姨妈又要供我吃喝、穿衣，还要供我上学，不能再让她花钱给我买这些东西了。”

“巴黎没什么好的。”科比先生用贬低的口吻说，“那是缅因州最灰暗的地方。我不止一次驾车去过。”

丽贝卡又要责怪科比先生了，不过她只是用眼神飞快地瞟了一眼他来否定他的话。“巴黎是法国的首都，你要到那里得坐船去。”她纠正道，“我们地理课上学过，书上说‘法国人是快乐而又有礼貌的民族，喜爱跳舞和非烈性葡萄酒。’我曾经问老师什么叫做‘非烈性葡萄酒’，他说大概像新酿的苹果酒或是姜味汽水。我闭上眼睛，巴黎的一切就清晰地浮现在我眼前。漂亮的女士总是带着粉色的遮阳伞，拿着缀着珠子的钱包，高兴地跳着舞，而绅士们也礼貌地跳着舞，喝着姜味汽水。不过你每天睁着眼睛就可以看见米尔敦城。”丽贝卡羡慕地说。

“米尔敦城也没什么好的。”科比先生用一种游遍了世界上所有城市的口气说。“现在你看看我是怎么工作的，我要把这份报纸从马车上扔到布朗太太门前的台阶上。”

“嗖”的一声，只见这个报纸袋子恰恰落在科比先生指定的地方，不偏不倚地落在栅栏门前玉米叶子编的垫子上。

“哦，多么妙的绝活啊！”丽贝卡激动地喊着，“就像我在马戏团看见的飞刀马克那样准确。我真希望一路上有很多房子，房子的栅栏门前都放着个玉米叶垫子，而你就像刚才那样扔报纸。”

“其实有些时候我也会扔偏，”科比先生说，脸上洋溢着谦虚的骄傲神情，“要是你米兰达姨妈同意的话，这个夏天我就带你去看看米尔敦城，当然得在马车上乘客不多的情况下。”

一阵兴奋和激动从她穿着新鞋的脚底一直窜到戴着麦秆编草帽的头上，接着又延伸到那条长长的辫子上，丽贝卡不由得浑身发抖了。她激动地按着科比的膝盖，眼睛里含着惊讶和欣喜的泪水，嗓音有些沙哑地说：“哦，这不会是真的吧？我居然能看见米尔敦城！这就像在童话中，一个仙女问你的愿望是什么，随后就让你的愿望变成现实！你看过童话故事吗，‘灰姑娘’，或者‘黄色小精灵’，或者‘青蛙王子’，或者‘戴着金锁的仙女’？”

“没有，”沉吟了一会儿，科比先生小心地回答，“我从来没有读过这些奇怪的故事。你在哪里看了这么多童话的？”

“哦，我读过很多书呢，”丽贝卡随口答道。“我读过爸爸的书、罗斯小姐的书、很多学校老师的书，还有主日学校里所有的书。我看过《阿拉丁神灯》、《苏格兰酋长》、《金银岛》、《大卫·科波菲尔》、《红毛栗鼠的金子》、《希腊历史家传记》、《华沙的撒迪厄斯》、《天路历程》，等等。你读过什么书啊？”

“我从来没读过这些奇怪的书，我读过的书便是土地。我这一生中经历的一切都是我读的书：缅因州这几十年的变迁，农场每年的收成，每星期发生了什么大事。——我们已经看见小河了，过了前面那个长长的斜坡，你就要到了。等到了斜坡顶上，我们就能看见利佛保罗的教堂尖顶了。我就住在离你米兰达姨妈家半英里远的砖房里。”

丽贝卡的双手紧张地放在腿上搓来搓去，她站了起来。“我不应该觉得害怕，”她几乎是从嗓子眼儿里说，“但我猜我确实感到有一点紧张——尤其当你说我就快到了时。”

“那你想回去吗？”科比好奇地问。

她勇敢地望了他一眼，然后骄傲地说：“我才不回去呢——我也许确实感到害怕，但逃跑回去让我觉得更加羞耻。到米兰达姨妈家里住就像去黑暗中的地窖里探险一样。楼梯下面也许会站着吃人魔鬼和可怕的巨人，但是，就像我对汉娜说的那样，那里也可能会有可爱的精灵和善良的仙女，甚至青蛙王子！——那是这个村子的主干街道吗，就像威尔汉姆的主干街道一样？”

“你可以叫它主干街道，你的两个姨妈就住在街道边，但是那条街道旁边可什么都没有，没有商店，也没有磨坊，那就是个只有一户人家的小村子！你要想看看什么东西或者买点东西，就得过河到我们住的这边。”

“真遗憾，”她叹了口气，“要是真正的主干街道多好，我就这样高高地坐在马车上沿着街道行进，而路上的人们以及从路边窗户里向外看的人们便会猜想那个拿着粉色遮阳伞、身边放着丁香花和毛织箱子的女孩是谁呢？那多像一个盛装游行的女王啊！去年夏天，有个马戏团去了汤普朗斯，他们在那天上午举行了一次盛大的游行。妈妈让我们几个孩子都去看了，我还推着坐在婴儿车里的米拉，因为我们买不起下午的表演门票。那游行真是让我眼花缭乱，有很多可爱的动物装在笼子里，滑稽的小丑骑在马上向大家招手；而在队伍最后面是一辆由两匹小

马拉着的小车，漆成红色和金黄色，车里面的天鹅绒垫子上坐着美丽的舞蛇者，穿着光滑的绸缎衣服，上面装饰着许多亮闪闪的东西。她太漂亮了，没有一个人能比得上她。科比先生，我打赌你看到她也会像我一样喉头发干，不住地咽口水，而且还会感觉后背上一阵阵地发冷。你能明白我的意思吗？你有没有见过让你有这种感觉的人？”

这个早上，丽贝卡已经好几次让可怜的科比感觉不安了，但没有一次像此时这样让科比窘迫。但是他巧妙地避开了正面回答，“你想像女王那样游行吗？好吧，我们来尽可能地进行一次最盛大的入村仪式。我要拿起鞭子，快赶马车，你举起花，撑开粉色的阳伞。我们要让村里人都目瞪口呆啦！”

这个孩子的脸上立即容光焕发，然而这高兴的色彩只是一闪便立即消失了，“我忘了——妈妈让我坐进车厢里，她想让我规规矩矩地走进米兰达姨妈家里。坐在车厢里我会看起来更加淑女一些，另外我下车的时候也不能跳下来让裙子飞起来，而应该优雅地打开车厢门，像个淑女那样踩着梯子走下来。科比先生，你能不能把车子停下来，让我回到车厢里吧！”

这个赶车人好心地拉住马，把这个神情黯淡的小家伙抱下来，打开车厢门，扶她进去，又把丁香花和粉色遮阳伞放在她旁边。

“我们度过了一次十分愉快的旅行，”科比说，“我们现在已经相当熟悉了，是不是？——你不会忘记去米尔敦城的事吧？”

“绝对不会忘！”她激动地嚷着，“你也要保证你不会忘记这件事！”

下马车

“我也绝对不会忘，我发誓！”科比先生认真地在胸口划了个十字，然后登上马车继续前进。当马车辘辘地驶进两旁都是枫树的街道时，那些从自家窗户向外望的人，看见一个穿着黄色印花裙子的小家伙拘谨地坐在后车厢里，一只手握着一大束丁香花，另一只手拿着粉色的遮阳伞。如果他们的视力再好一点的话，他们就能看见当马车转向旧砖房的偏庭院里时，丽贝卡苍白的脸蛋上出现了一抹红色，而两只明亮的眼睛里也笼罩了一层薄雾。丽贝卡的旅行结束了。

“有辆马车进了索娅姐妹的院子里，”贝金斯太太对她的铁

匠丈夫说，“那一定是她的外甥女从汤普朗斯来了。据说她们写信给奥雷丽娅让最大的汉娜来，但奥雷丽娅说她离不开汉娜，如果米兰达和简不介意的话就让丽贝卡来。看样子那个女孩是丽贝卡。她可以成为我们女儿爱玛·简的好玩伴，不过我可不相信索娅她们会留她住上三个月！这孩子看起来像印第安人似的，皮肤颜色那么深。她们经常提到兰德尔家族里有人娶了一个西班牙女人，那个女人在寄宿学校教音乐和西班牙语。他爸爸洛伦佐的皮肤也很黑，就像这个孩子一样。不过我倒不认为有西班牙血统的女人有什么丢脸的，只要这个人行为举止高尚就行了。”

第二章　丽贝卡的亲戚们

当米兰达18岁、简12岁、奥雷丽娅8岁时，姐妹三个就经常一起出现在村子里的各种活动中，村里人叫她们“索娅姐妹”。村庄里似乎特别容易保留某种习惯，在我们讲这个故事的时候，米兰达和简都已经年过半百了，但利佛保罗人仍然叫她们“索娅姐妹”。她们两个都一直是单身，但最小的奥雷丽娅却选择了婚姻——她自己称之为浪漫的婚姻，而两个姐姐则认为是一次赔本的投机买卖。“那种婚姻比终身不嫁还要糟糕。”她们总是这么说，至于她们心里是否真的这样想，我们就不得而知了。

奥雷丽娅之所以称自己有个浪漫的婚姻，主要是因为L.D.M.兰德尔先生是个与众不同的人。他身上没有农民或小商人的俗气，还是个缪斯追随者。他在周围好几个小镇上教授周末唱歌班(这可是村庄生活中的重要组成部分)，他会拉小提琴，在舞会上给大家伴奏，周末礼拜的时候他还负责演奏教堂里的管风琴。在村里的毛头小子到了需要进入社交的年龄时，他还教他们复杂的交谊舞，或者肖蒂什舞以及玛祖卡舞。尽管他不是镇上的头面人物，在那些充满男子气概的储藏室集会、小酒馆集会中也找不到他的身影，但他是这一片几乎所有社交集会中最引人注目的角色。

在村里人看来，他的头发有点长，双手比较白，鞋子比较瘦，行为举止过于精致优雅。事实上，他几乎在生活中所有方面

都光彩照人，惟一失败的方面就是他赚不到足够的钱来过活。还好，他只需要自己勉强餬口就够了，不必养活其他人，他的父亲以及他的双胞胎弟弟在他幼年时就去世了，他的妈妈——她最引以为自豪的就是给双胞胎儿子取了非常绝妙的名字：马奎斯·德·拉法耶特·兰德尔（M.D.L.兰德尔）和洛伦佐·德·梅第奇·兰德尔（L.D.M.兰德尔）——一直靠缝纫衣服来供养一家人的生活并供孩子上学，直到去世。他妈妈经常很忧伤地说："真遗憾我的两个孩子有截然不同的才能，L.D.M.在艺术方面太有天赋了；而我想如果M.D.L.活着，他一定很实际，能把生活过得很好。"

"L.D.M.也很实际啊，他娶了村子里最富有的女孩。"罗宾逊夫人回应她的悲叹。

"他确实娶了最富有的女孩，"妈妈仍然叹着气，"但如果这对双胞胎都能娶奥雷丽娅就更好了。L.D.M. 既聪明又招人喜爱，可以娶到奥雷丽娅，得到她的财产；而M.D.L.讲求实际，能很好地管理这些财产。"

奥雷丽娅所继承的那点财产已经被英俊但又倒霉的洛伦佐·德·梅第奇一点点地花光了。他不善理财，总是给每个儿子和女儿优雅而又浪漫地进行一些投资，"给我们这孩子准备一份生日礼物，奥雷丽娅，"他说，"就给这孩子储蓄点钱让她将来使用吧！"而奥雷丽娅就嘲讽地说他们自己都没有钱了，哪里还有钱为孩子们的将来储蓄啊。

奥雷丽娅嫁给洛伦佐·德·梅第奇·兰德尔后，米兰达和简就与妹妹断绝了来往。在消耗尽利佛保罗和周围的资源之后，这对倒霉的夫妇不停地搬家，而每次携带的财物也越来越少，直到他们最后搬到汤普朗斯。他们在那里落脚，决定听天由命，接受命运安排的一切。这两个在家不嫁的姐姐每年给妹妹写两三次信，在圣诞节时给孩子们邮寄一些不贵但很实用的礼物，但拒绝接济L.D.M.以及那人数迅速增长的大家庭的日常花销。洛伦佐的最后一笔投资是买下了这个离汤普朗斯两英里远的农场，他在米兰达(以姨妈的名字命名期望能带来些运气，但这期望却落空了)出生之前做出了这个决策。这至少给他们的大家庭提供了一个落脚之处，而且为这个不成功的洛伦佐提供了一个墓地——他在米拉出生那天，走到了生命的尽头。

丽贝卡就是在这样随遇而安的家庭中长大的。这只是个普通的大家庭，七个孩子中有两三个相貌出众，其余的都长相一般；有三个相当聪明，两个十分勤奋，另外两个平凡普通，甚至有点迟钝。丽贝卡继承了爸爸的天赋。她听过的歌就会唱，舞蹈也是无师自通，虽然不认识乐谱却可以不错地演奏管风琴。她对书的热爱主要继承自妈妈。对她妈妈来说，只要有本小说在家里，她就无法安心打扫房间、煮饭或者缝衣服。幸好她没有机会得到很多书看，否则七个孩子就得衣衫褴褛、食不果腹了。

丽贝卡的性格里还有些父母所没有的东西。洛伦佐·德·梅第奇性格软弱，优柔寡断，而丽贝卡则充满勇气，意志坚决；他缺少活力，而丽贝卡却总是精力充沛，活泼好动；兰德尔太太和大女儿汉娜都没有幽默感，而丽贝卡似乎刚学会走路和说话就拥有并表现出来这种幽默感。然而她并不能继承父母以及祖先的所有美德，同时避开所有缺点。她不具备姐姐汉娜的耐心，也

没有弟弟约翰的忍耐力和持久力。她有的时候比较任性，而她对任何事情表现出来的悠闲也使得她对繁重和耗时长的任务没有耐心。但无论她有什么优点或缺点，在兰德尔农场都有充足的自由。孩子们随便地在农场里成长，打闹，做活，可以吃任何东西，也可以在任何一个地方躺下来享受阳光。他们互相友爱，也十分爱戴父母。每个人都用自己的方式学习，成长。

汉娜的成长一直受着外力的影响，因而她的日常生活就是勤劳的、单调的、范围狭窄的；而丽贝卡似乎只需要充足的成长空间以及可以表达自我的语言，因而她似乎不受外界的影响，尽情地成长、成长、成长。她的这种成长力量似乎是与生俱来的，它不需要日常的激励，而是自发地向着没有人可以预见的方向成长着。尽管拥有这样自发的成长力量，丽贝卡也并不是什么创造天才。可以展现丽贝卡创造力的舞台小之又小，她对自身创造力的应用只局限在一些恶作剧似的表现中，如把玉米面包上分别浇上牛奶和鸡蛋，看看会起什么变化；有的时候把范妮的头发从中间分开，有时从左边分开，有时从右边分开；与孩子们玩一些表演游戏，指导她们来表演她从书里看到的童话或历史角色。丽贝卡是家里的活宝，总是让妈妈和全家哈哈大笑，但她并没有被认为是什么重要人物；尽管人们认为她很机灵，懂得的事情也远远超出了同龄孩子，但也没有人以为她有什么出众之处。奥雷丽娅与“天才”丈夫的婚姻及倒霉的生活使得她更喜爱普通的、平凡的素质，而我们不得不承认丽贝卡十分缺少这种妈妈偏爱的平凡素质。

如果偏要说妈妈有什么偏爱的话，只能勉强地说汉娜是她最喜欢的孩子。一个要每天谨慎计算着如何用一个月15美元的收入来保证一大家子吃和穿的妈妈，怎么会有时间来对自己的孩子区分偏袒呢！汉娜刚满14岁就成了妈妈任何家务活的得力助手了，当妈妈忙着照看农场谷仓和田地时，她就负责照顾家里。丽贝卡也可以帮助妈妈分担些负担，如照顾小孩子别让他们伤着自己或兄弟姐妹，喂养家禽，打扫庭院，摘草莓，洗盘子等等，但妈妈认为她没有汉娜细心负责。奥雷丽娅需要有个可以倚靠的人（与天才洛伦佐在一起时，她从未享受到这种奢侈），而汉娜就是可以倚靠的人，现在汉娜已经是她的左膀右臂了。

汉娜理应得到妈妈的倚靠，她的脸上带着一点饱经忧患的神情，平时沉默寡言，行为端庄，彬彬有礼，是一个可靠的孩子。正因为这样，她的姨妈才邀请她去利佛保罗与她们住在一起，并分享她们所有的好处。米兰达和简已经有好几年不见这些孩子了，但她们记得那次见面时汉娜很少说话，行为举止令人十分满意，因而她们很高兴地邀请她来做伴。当然丽贝卡也给她们留下了深刻的记忆，但却是不满意的记忆。先是丽贝卡把约翰的衣服穿在了狗身上；接着妈妈让她给那三个小孩子梳洗一下然后过来用餐，结果丽贝卡把三个弟弟妹妹领到水龙头下面，把刷子蘸上水用力地把头发刷得紧紧地贴在头皮上，接着就把弟弟妹妹们带到了餐桌旁，每个人的头发都湿淋淋的，光可鉴人。几个孩子的样子让妈妈在自己姐姐面前羞愧极了。丽贝卡自己的刘海儿通常都是顺溜地附在额头上，但是在这个与姨妈见面的场合，她却把它梳成一种——我姑且给这种发型取

个名字吧——“子弹刘海儿”，原本蓬松的刘海儿用水梳成一绺，用皮筋扎上，直挺挺地正好垂在两眉之间。当然，这种奇怪的发型只亮相了一小会儿，因为汉娜及时提醒妈妈注意她古怪的头发，妈妈立即让她到隔壁屋子去把头发弄得像个基督教徒再出来吃饭。结果丽贝卡似乎太遵守妈妈的命令了，她在屋子里鼓捣了两分钟，当她再次走进大家视线的时候，头发就像一个修女那样死板板地绑着。丽贝卡这些奇怪滑稽的举止仅仅是出于一种紧张的气愤，因为她无法忍受米兰达姨妈僵硬、冷漠、严厉的态度。两位安静的姨妈对丽贝卡的回忆是如此生动，以至于当她们接到妹妹奥雷丽娅的来信时，震惊得足足半晌说不出话来，因为妹妹在信上说她这几年离不开汉娜作为帮手，但如果她们不介意丽贝卡的话，小姑娘可以准备一下立即上路。还说十分感谢姐姐的邀请，这里正规的学校教育、教堂的感化以及姐姐的影响无疑会“塑造丽贝卡”。

子弹刘海儿

第三章　两个姐妹

“我可不认为我们能‘塑造’任何孩子。”米兰达折起妹妹的来信，把它放进抽屉里。“我当然希望奥雷丽娅能送来我们要求的那个孩子，不过她也可以趁机把不好管理的孩子送来。”

“你记得我们在信上也说了，如果汉娜来不了的话，可以让丽贝卡或珍妮来。”简对姐姐说。

“我们确实这么写了，不过我没有想到事情真的会变成这样！”米兰达不满地抱怨着。

“我知道我们对丽贝卡的印象不好，不过那是三年前的她啊，”简大胆地说，“现在她一定与三年前不同了。”

“只会变得更糟！”

“那你就不能发发慈悲帮助她变好吗？”简低声说。

“这可不是慈悲的问题，是个大麻烦呢！如果她妈妈这么多年都没有把她管教成个乖孩子，我们怎么能一下子把她变好呢？”

这幢姐妹俩居住的砖房里一直弥漫着这种沮丧的、沉闷的气息，直到丽贝卡要到来的那一天。

“如果她还像三年前那样捣乱的话，我们俩谁也别想得到片刻安生了。”米兰达一边把洗碗毛巾挂在门前的伏牛花矮树丛上，一边叹着气。

“但是不管有没有丽贝卡，我们都要打扫房间啊，”简反驳姐姐，“你可没有专门为一个孩子擦洗餐具、清洗房间，或者烤

面包，你连双袜子都没有给她买呢。”

“你可能不了解奥雷丽娅，我可清楚得很，”米兰达回应，“我去过他们的家，看到过那一大群孩子，衣服都互相胡乱地穿，而且根本不管是否穿反了。我知道他们过的什么日子，你也很清楚。我猜这孩子来时肯定凑合着穿其他姐妹的衣服，好看起来像样点。她可能穿着汉娜的鞋、约翰的衬衫，还有马克的袜子。我猜她长这么大什么针线活都没做过，说不定顶针都没戴过哪！但是她早就应该为来到我们家作点准备了。我给她买了一块原色的细棉布，还有一块棕色的方格花布来让她缝衣服。当然这些活她不能无师自通，她很可能都没见过掸子呢。要把她训练得融入我们的生活方式可真不容易啊，对我们来说，她就像个未开化的野人。”

“她一定会有所变化的，”简说，“说不定会比我们想像得更顺从呢。”

“不管她是否顺从，我们说的话她都得当回事。”米兰达最后一次用力地摇了摇毛巾，不悦地说。

米兰达当然是个有善心的人，不过她的心脏除了制造血液、血液循环外就没派过别的用场。她很公正，尽职尽责，勤俭节约，而且总是定期去教堂和主日学校，她还是传教士社团的忠实支持者。人们很想在这些令人敬畏的美德之间发现一点世俗的瑕疵，毕竟这会让人们觉得她是活生生的人，不过似乎还没有人发现她有什么可爱的缺点。她只在附近的学校里受过一点教育，因为她的全部心思都放在管理房子、农场以及家务上。

而简和奥雷丽娅上过专科学校，还在女子寄宿学校受过两年教育。因而这么多年过去了，在言谈举止上，米兰达和两个妹妹仍然有所差异。

简心中有着深深的忧伤，并不是由于父母去世的那种自然悲痛，而是比这还要痛彻心扉的忧伤。年轻时，她曾经与汤姆·卡特订婚，尽管汤姆一文不名，不过他毕竟有时间，也有颗温柔的心。随后，战争爆发了。汤姆是第一批应征入伍的战士。到那时为止，简一直对汤姆怀着平静的、友好的喜爱之情，但对她的国家却没有这样的热爱。然而充满危险和焦虑的战争时期给人的心里注入了新的感情。生活不再是简单的一日三餐，不是每天做饭、洗衣、缝补和去教堂礼拜了。村里关于个人的闲言碎语

简与汤姆

消失了，一些崇高的大事取代了每日里的鸡毛蒜皮。村子里充满了母亲和妻子庄严的忧伤、父亲和丈夫的悲痛。在那个非常时期，人们变得能够自我献身，对他人怀有巨大的同情，愿意帮助承担彼此的负担。在国难时期，男人和女人都迅速长大了，而简也从原来平淡的生活中惊醒，她的生活有了新的希望、新的恐惧和新的目标。一年后——在这一年中，几乎每个人每天都在心惊胆战地看着阵亡战士名单——一封电报说汤姆在前线受伤了，而一向安静的简连姐姐都没问就打点行李上了南方前线。她及时赶到了，在汤姆痛苦的时候握着他的手，给了他一颗燃烧着爱情之火的新英格兰女孩的心，把他拥入怀里，让他长眠在一个温暖的地方。就这样她的爱情结束了，一切都结束了，但至少，汤姆在临死的时候感受到了爱情的温暖。

汤姆牺牲后，为了她心爱过的人，简又在前线停留了几个月来照顾其他受伤的战士。等她回到家乡，她已经变成了一个更加成熟的女人。尽管在随后的几十年里，她从未离开过利佛保罗，变成一个像她姐姐和其他新英格兰终身未嫁的女性那样的一个普通妇女，但这只是一种假象。在她平静的外表下，跳动着一颗时时回响着少女时代激烈爱情的心。在尝透了爱情的美好、等待和痛苦之后，这颗可怜的、忠实于爱情的心脏仍然在跳动着，尽管甜蜜的回忆还有挥之不去的感伤都是秘密的，任何人都不知晓的。

“你太温和了，简，”米兰达曾经对她说，“你总是很温柔，要不是我让你变得硬一点，你现在不知道是什么样子呢！”

现在已经过了科比先生的马车到村子的时间了。

“马车应该来了，”米兰达说，第二十次紧张地看着屋里的那很高的钟表，“我认为什么都准备好了，我在她的脸盆架上搭了两条厚毛巾，床也铺得很舒服，不过孩子们总是把一切都弄得乱七八糟。”

由于米兰达总是沮丧地认为丽贝卡一定会给这个家带来些灾难，受其影响，简的心情也很低落，还隐隐有些担忧。在丽贝卡到来这件事情上，两姐妹惟一的区别就是米兰达总是担忧着她们将如何忍受丽贝卡，而简却担心丽贝卡会怎样忍受这两个姨妈呢。出于这种担心，简从后楼梯上楼拿来了一个插着苹果花的花瓶和一个红色的西红柿针垫，让它们给丽贝卡的房间增加点活泼的色彩。

马车停在了院子的侧门，科比先生扶着丽贝卡像个真正的淑女那样走下马车。她谨慎地把那一大束有些凋谢的丁香花放到米兰达姨妈手里，并小心地亲吻了姨妈。

“你不需要这么麻烦地带花过来，”这位优雅得体的姨妈说，“到季节时，这个花园里总是开满了花。”

简过来亲吻了丽贝卡，比姐姐更加亲切。“杰里米先生，就把箱子放在门口吧，下午我们再把它搬到楼上。”

“索娅姐妹们，要是需要的话我现在就帮你们把它搬上去。”

“不用了，你别耽搁了赶马车。下午肯定会有人从门口路过的，我们让他帮忙就可以了。”

“好吧，那再见了，米兰达、简。你们现在有个非常活泼的小

家伙了，我认为她一定是个好玩伴。”

听到科比先生给这孩子用的形容词“活泼的”，米兰达不禁立即打了个冷战，她一直认为除非绝对需要她才会看看孩子，否则连孩子的声音都不愿听到。“我和简可受不了吵闹声。”她不悦地说。

科比先生意识到他说错话了，不过他不习惯和别人滔滔不绝地解释，于是他笑了笑，赶车走了。一路上，可怜的科比先生一直在试图寻找出一个比“活泼”更安全的形容词来描述他可爱的小乘客。

“我带你上去看看你的房间，丽贝卡，”米兰达说，“关上你背后的纱窗门，免得苍蝇飞进来；尽管现在还没有苍蝇蚊子，不过我想让你一开始就养成这个好习惯；把你的东西随身带上来吧，免得你再下楼取，以后做什么也要仔细想好，免得多走冤枉路。在门口的那块小毯子上蹭蹭鞋，把你的帽子挂在门口吧。”

“这是我最好的帽子。”丽贝卡说。

“那就把它带上楼来，放进你的衣柜里吧，不过我可不认为你带了最好的帽子。”

“这是我惟一的帽子，”丽贝卡解释道，“我日常带的帽子不适合带到这里来，因为范妮已经快把它弄烂了。”

“把你的遮阳伞放在门口的柜子里。”

“姨妈，我可不可以把它带进我的屋子里啊？那样我觉得安全些。”

“这附近可没有小偷，即使有，我猜他们也不会对你的遮阳伞感兴趣的，不过你可以带上来。要记住从后楼梯上下楼，前楼梯铺着地毯，我们通常不用；在楼梯拐角要注意，而且上下楼梯都要靠右边行走。上去洗洗脸，梳梳头，然后你可以下来，随后我们再整理你的箱子，晚饭前把你安顿好。你最好穿从后面系扣子的裙子。”姨妈把她带进了她的房间，一路上指点着她要注意的规矩。

丽贝卡低下头，看着自己平坦的胸前那一排褐色珍珠纽扣，勇敢地说：“从后面系扣子的裙子?那恐怕不行。如果你有七个孩子，你根本没时间去帮他们系扣子或者解扣子——他们必须要自己做这些事情。我们七个在家都是自己系扣子，所以我们都穿前面系扣的衣服。米拉才3岁，但她也自己系前面的扣子。”

米兰达关上门什么也没有说，但她的表情说明了一切，似乎比说什么责怪的话还要有力。

丽贝卡站在自己房间的地板上，打量着周围的东西。每件家具前面都铺着一块四方的油布，四脚床下还放着一块可以拉出来的小地毯，而床上铺着缀着流苏的白色花条纹布床罩。

房间里的一切都井井有条，干干净净，但是天花板太高了，丽贝卡有点不习惯。这是一间朝北的房间，窗户细长，向外可以看见后面的建筑物和谷仓。

不是由于房间——它比丽贝卡在农场的房间舒适得多——看不见窗外的风景；当然也不是因为长途旅行，因为她一点也没有感觉到疲惫；也不是因为对陌生地方的害怕，因为她喜欢新地方而且可以很快适应。出于某种奇怪的、无法理解的情绪，丽贝卡把她心爱的遮阳伞放在不引人注目的角落，摘

下她最好的帽子用力地扔在梳妆台上，一把掀开床罩，一屁股坐在床中间，躺了下来，顺手把床罩蒙在头上。

过了一会儿，门静静地打开了。在利佛保罗，敲门这样的高雅举动是不流行的，尽管有人有敲门的习惯，那也不必为进入一个孩子的房间这样礼貌。

米兰达走了进来，她正纳闷房间里怎么空空的，眼光便落在了床上，原本平展展的床罩现在被弄得凹凸不平，而且丽贝卡竟然连鞋都没有脱就躺在了下面。

“丽贝卡！”

这句话的语调似乎是从房顶上喊出来的，让人听了不由得心惊胆战。

一个乱蓬蓬的脑瓜和两只惊恐的眼睛从床罩下面钻出来。

“你怎么大白天连鞋也不脱就躺在这么干净的床上？你瞧你的鞋把干净的床单弄得脏兮兮的！”

丽贝卡自知有愧地立即从床上站下来。没有什么借口，她的冒犯行为无法解释，也无法道歉。

“对不起，米兰达姨妈，我也不知道怎么回事，好像有某种力量让我做出刚才的事情。”

“那好，如果下次再有什么东西让你做出这样的事情，我们就一起弄明白它到底是什么。立即把你的床单铺好，因为比佳·弗来哥正把你的箱子搬上来呢，我可不想让他看见你的房间乱糟糟的，否则他会宣扬得整个小镇都知道。”

当科比先生那天晚上回家后，他搬了张椅子来到坐在后门廊上的妻子旁边。“妈妈[科比叫自己的妻子为妈妈，具体原因见后文。——译者注]，我今天从枫林带了一个兰德尔家的女孩来。她是索娅姐妹的亲戚，要来与她们一起住。”他说着坐了下来，开始前后摇晃着。“她就是奥雷丽娅的女儿，奥雷丽娅和苏珊·兰德尔的儿子就在我们到这里住之前搬走了。”

“那孩子多大？”

“大概10岁，不过看起来比实际年龄要小。老天，如果你听到她说话，一定以为她100岁呢！一路上，我被她问得没法回答。我这么多年也见过不少古怪的孩子，不过我敢说她是最古怪的。她不算漂亮——脸上只有那双眼睛特别与众不同，不过她要是长大了，而且那双眼睛还是那么特别的话，肯定会出落成十分漂亮的姑娘。老天，我真希望你能听听她说话。”

“那样一个小孩子对陌生人能说什么呢？”科比太太回答。

“不管是陌生人还是熟人，对她来说没有任何差别，她可能会对马车讲话，也可能和磨盘说话，即使你让她站着不动，她还可能跟自己说话呢。”

“那她都说些什么？”

“我可没法重复她说的话。她让我太吃惊了，我都不知道该怎么分析了。她有把粉色的遮阳伞——看起来像孩子玩的玻璃玩具似的，她拿它当个宝贝似的。上午太阳太热了，我建议她打开伞，不过她说舍不得打开，害怕会退色，她还把阳伞用裙子盖起来。她说那是她最心爱的东西，不过照顾起来很麻烦。她就是这么说的，我就记得她说的这一句话：‘它是我最心爱的东西，不过照顾它确实很麻烦。’”说到这儿，科比笑了起来，把椅子向后摇晃着斜靠在墙上。“还有另外一件事，不过她怎么说的我记

不清了。她在说马戏团游行，以及坐在车子里的舞蛇女子，她这么说的，‘她太漂亮了，没有一个人能比得上她。科比先生，她也会让你喉头发干，不住地咽口水，而且还会感觉后背上一阵阵地发冷。’过两天她会来看看我们，到时候你自己就知道她是怎样的孩子了。我真不知道她怎么能忍受古板的米兰达·索娅——可怜的小家伙！”

整个利佛保罗或多或少地都公开表示了这种疑问，不过在这一问题上，有两种主要看法：一种是大家认为索娅姐妹把奥雷丽娅的一个孩子接过来供她吃住和上学真是慷慨仁慈，另一种看法则认为让她受教育会花费与本身价值不成比例的价格。

丽贝卡给妈妈的第一封信似乎表明她确实也认同后一种观点。

第四章　丽贝卡的家书

亲爱的妈妈：

我一路平安，到这里很好。我的裙子并没有弄得全是褶子，简姨妈帮助我把它熨平了。我非常喜欢科比先生。他嚼烟叶，但是他可以很准地把报纸扔到人家门口。我在车厢外面坐了一会儿，但在快到米兰达姨妈家时我又回到车厢里了。我并不想回到车厢里，但是我知道你更想让我那样做。米兰达这个词太长了，我就在信里叫她米姨妈吧。简姨妈给了我一本字典，让我用它来查找不认识的生词。查字典要用好多时间，我真高兴人们说话不用像写字这样每个字母都要拼写出来，说话多容易啊，而且不像写字这样无聊。米姨妈的砖房就像你对我们描述的那样。客厅真大真美，当你看客厅大门时会感到身上发冷。家具也很精巧，但是除了厨房以外，所有的房间都不适合坐着。这里也有一只猫，不过它根本不生小猫咪，而且它太老了，我都不能和它玩。汉娜曾经告诉我你和爸爸逃离了这个地方，我认为你们做得很对。如果米姨妈也能逃离这幢房子该多好；我很喜欢和简姨妈一起住，她不像米姨妈那样讨厌我，对我很温柔。告诉马克他可以拥有我的蜡笔盒，不过我希望他不要把那枝红色蜡笔用完，因为我回家后还要用。我希望汉娜和约翰不要因为做我留下的家务活而累坏了。

你亲爱的女儿

丽贝卡

请把这首小诗送给约翰，因为他很喜欢我写的诗，尽管写得很糟糕。这首诗写得并不好，但它说的都是事实，希望妈妈不要生气，毕竟你早已经离开了这幢房子。

这所房子如此阴暗恐怖
没有阳光照耀任何角落
它就像一座坟墓。

住在里面的人们
就像六冀天使那样死气沉沉[应为六翼天使，但丽贝卡刚学会拼写，此处是她拼写错误。——译者注]
但却没有天使那样慈善。

我的守护天使沉沉睡去
不再忠实执行任务。

我为自己悲叹

请让我回到自由的农场
那里一切都让我快乐
那是我可爱的家乡！

又附：我的这首小诗很像我看过的一本书里的诗，但我不能一开始就把诗写得很工整。你看第一节的“坟墓”和第二节的

"慈善"并不押韵，但我就是想用"坟墓"，因为它能表达出我的心情，而六冀天使确实是"慈善"的。下面这首诗是我刚刚改写的，它并不能真实反映出我的想法，但它更工整一些。把这首最好的诗给约翰吧，他会放进他的储蓄罐里保存的。

星期日随想

——丽贝卡·罗威娜·兰德尔

这所房子如此灰暗阴沉
无论远近的阳光
都无法照耀房间里的灰尘

我们住在房间里面
好似六翼天使那样死寂
但却远远没有天使慈善

我的守卫天使可能沉沉睡去
或者在徜徉漫步
却忘了执行守卫的任务

请让我回到美丽的农场
那里充满快乐和自由
我多么想念我的家乡！

亲爱的妈妈：

我今天早晨十分不开心。我想起了在《医生的妻子科拉》这本书里，医生的母亲对待科拉十分残酷无情，而米姨妈对我也是那个样子。我真希望汉娜来到这里，而不是我，因为她们邀请的就是汉娜，而且她也确实比我好很多，至少她不像我有这么多的话说。家里是否还有给我做那条浅黄色棉布裙子后剩下的布料？简姨妈想把我的裙子改成从后面系扣子的，这样我看起来才不那么古怪——不过我认为这真是多此一举。利佛保罗的街道和教堂都比汤普朗斯的要好很多。

这座小镇生机勃勃，充满了美好，
街道上每个人都带着满足的微笑，
但我安静地把头枕在胳膊上，
思念我那小溪旁边的美丽农场。

这里的学校很好。比起汤普朗斯的老师，这里的老师能解答我更多的问题，当然还是不能解答我全部的问题，因为我的问题太多了。除了一个女生外，我比所有的女生都聪明，在男生里面仍然有两个比我聪明。爱玛·简可以在头脑里像闪电一样进行加减法运算，而且拼写单词也学得很好，但是她没有我知道的事情多。她在第三个阅读班，但她却不喜欢书里的故事。我在第六个阅读班，仅仅是因为我没有背诵出九九乘法表，因而迪尔伯恩小姐威胁性地把我分到了学前班，与两个小双胞胎以利亚·辛普森和以利沙·辛普森在一起。

我的心很痛，我的自尊心受到打击，
因为我与以利亚和以利沙拴在一起。
灵魂就像医生的妻子科拉那样疼痛，
那样恐怕我无法度过这一生。

我正在努力学习，想得到单词拼写奖，但恐怕我得不到它了。我无法忍受我的诗句里出现的错别字了。上个星期天我在字典里查到了“六翼天使”，我觉得很羞愧，因为在上封信里我却写成了“六冀天使”，但毕竟这个字太难写了，我只凭印象难免会写错。迪尔伯恩小姐告诉我们尽量使用我们会写的字，比如你不会写“六翼天使”，那么可以用天使来代替。但是我认为天使是不能代替六翼天使的，因为六翼天使有更大的翅膀，而且更加美丽；还有，天使要在宝座旁边生活很长时间，才能变成六翼天使呢！

每个下午，爱玛·简和辛普森兄弟都玩过家家，或是在河边的大木头上跑来跑去——当然他们的妈妈不知道，而这个时候我却要坐在房间里缝制一条方格花布裙子。他们的妈妈害怕孩子们会掉进河里，而米姨妈担心我把衣服弄湿，因而她们都不让我们到河边玩。不过我可以从下午四点一直玩到晚饭，晚饭后还可以再玩一会儿，另外星期六下午我也是自由的。我真高兴咱们家里的母牛生了小牛犊。看样子今年是苹果和干草有好收成的一年，你和约翰一定很高兴，因为我们可以还些抵押债务了。迪尔伯恩小姐在课堂上问我们上学的目的是什么，我回答我的目标就是帮助家里还清债务。她把我的答案告诉了米姨

妈，因而我被米姨妈惩罚多做了一些缝纫，因为米姨妈认为债务就像偷盗和天花那样是种耻辱，还说整个小镇都会知道我们农场有抵押债务了。爱玛·简家里没有债务，理查德·卡特家也没有，但是辛普森家里有。

我的灵魂，
请拉紧身体的每一根神经，
我要把你的债务负担全部搬走，
我要得到妈妈衷心的感谢，
以及全家的热爱。

你亲爱的小朋友
丽贝卡

亲爱的约翰：

你还记得我们把狗拴在谷仓里时，它是怎样咆哮并且疯狂地咬绳子吗？我就像那只被拴起来的狗一样，只不过我的谷仓是这幢砖房，但我却不能咬米姨妈，因为我必须要感激她，这里的教育可以让我成材，并且在我们长大后帮助你还清债务。

你的姐姐
贝基

第五章　丽贝卡的学校生活

丽贝卡是在星期五来到利佛保罗的，度过周末，星期一她就去位于利佛保罗中心的学校上学了，学校离她姨妈家大概有一英里路程。索娅小姐借了邻居的马车，赶车带她去学校见了老师。迪尔伯恩小姐负责安排学习课本，以及把孩子们从最初的学习带到无垠的知识海洋中。不过，至少在过去，迪尔伯恩小姐并没有为教学作什么特殊准备。也许是她的天性，她就像汤姆·图里佛的牧师那样，“对所有学生都实行千篇一律的教学方

海狸

法，这似乎才能区分出学生们在接受知识时的区别”。在动物界中，自然学家这样描写海狸：“它关在伦敦一所带楼梯的房子里，但总是忙忙碌碌地在建造一个有三节楼梯高的大坝，就好像它依然住在北部加拿大的湖边那样。它的天性和本能就是建造东西，无论周围环境有没有水，它是否要产幼崽，它都不在意，依然愚蠢地建造东西。”而迪尔伯恩小姐也是以同样的方式，为不同孩子进行她喜爱的那种千篇一律的所谓启蒙教育。

以后，丽贝卡就步行去学校。她非常喜爱每天的这个例行户外运动。如果天气很好、露水不重的话，她就走树林中的捷径。这时，她就从大路上下来，蹑手蹑脚地穿过乔希·伍德曼大叔的谷仓，与卡特太太的母牛挥挥手，顺着牧场里那条被人踩出来的小路穿过毛茛菜园，以及长着甜美蕨菜和低矮灌木的小灌木丛。她翻过一个小丘陵，踩着石头一蹦一跳地穿过林地小溪，惊醒清晨在阳光下昏昏欲睡的青蛙，随后就来到了树林里。她踩着褐色松针铺就的滑溜溜的地毯，贪婪地欣赏着自然景色。早上的树林里满是露水，当然也充满了惊喜——橘黄色、粉红色的鲜艳的蘑菇从腐朽的树干上钻出来，似乎一夜之间就长了出来。她小心地行走，以免踩到地上时时遇到的白色印第安野菜。穿过树林，她爬上一段矮墙，穿过一片小牧场，再从两个谷仓下面溜过去，然后又回到了大路上。这段捷径可以让她少走半英里呢。

这段林中的路程是多么美好啊！丽贝卡在路上掌握了“青蛙语法”和“绿叶算术”。她的午餐提桶提在右手上晃来晃去，里面通常装着两块抹着黄油和糖浆的苏打饼干、一块烘烤的杯形蛋糕、一个油炸饼圈，还有一片姜饼——这些午饭让丽贝卡一路上都很开心。有的时候她还会吟诵一些她要在周末写给约翰的所谓“诗句”。

一个罗马士兵死在阿尔及尔，
那里没有妇女的照顾，也没有同情的泪水。

她多么喜欢手里提桶摇摇晃晃的感觉！她在吟诵叠句的时候嗓音快乐地颤抖着——

但是我们不会再见面了，
不会在美丽的莱茵河边见面了！

在树林里走路的时候，她有时候会对着晴朗的清晨放声高歌，而且在她自己的耳朵听来，觉得歌声美妙极了。丽贝卡还喜爱在清晨吟诵这样的小诗（我们知道丽贝卡对广袤诗歌世界的理解仅仅限于课本中的诗歌节选）：

樵夫，放过那棵大树！
连一根树枝都不要伤害！
它曾经庇护我免受阳光炙烤，
现在我也要保护它的生命。

当爱玛·简·贝金斯与她一起走林中的捷径时，两个孩子会

和爱玛演戏

把这首小诗配上戏剧化的动作。爱玛·简总是选择樵夫的角色，因为她什么都不需要做，只需举起想像中的斧子。一次她曾经尝试扮演了浪漫的大树保护者，但觉得“傻乎乎的”因而拒绝扮演护树者，这让丽贝卡心中窃喜不已，因为她觉得樵夫一句台词也没有，根本不适合自己的性格。她被这首小诗深深吸引着，并恳求爱玛扮演的樵夫再凶恶一些，像斧头那样残忍，这样她就会在表演独白的时候更加富有激情。一天早晨，丽贝卡感觉比平时更有激情，在表演的时候她甚至跪下来，拉住樵夫的裙子哭泣。有趣的是，刚刚表演完，她的平衡心理就让她否定了她刚才的下跪和哭泣。

“这样真傻，爱玛，现在我们再演另外的戏。你是一个妈妈，而我是一个快要饿死的爱尔兰孩子。你放下斧头吧，你已经不再是樵夫了！”

“那我的手干什么？”爱玛·简问。

“你愿意干什么就干什么吧，”丽贝卡无奈地回答，“你就是个妈妈，记住了吗？你妈妈的手平时都用来干什么？好了，我们开始表演！”

给我三颗玉米粒吧，
妈妈，就三颗！
这样我就能活到明天早晨了！

这样的事情总让爱玛紧张不安，但她是丽贝卡忠实的朋友，无论多么不舒服，她依然陪伴着朋友做游戏。

有的时候，在最后两个谷仓前，丽贝卡和爱玛会遇到辛普森兄弟，他们住在蓝莓园子路旁的一所黑色房子里，房子的大门是红色的，房后还有个红色的谷仓。开始，丽贝卡对辛普森兄弟很感兴趣，因为他们孩子很多，衣服也都缝着补丁，就像丽贝卡在农场的兄弟姐妹们一样。

小学校就是一间教室，坐落在一个小山包顶上，一侧是翻滚的麦田和草场，另一侧是一片松树林，俯瞰着远处闪着银光的小河。学校房子顶端有根旗杆，前面开了两个门，一个让女孩子进出，另一个是给男孩子进出的。学校里面没有任何吸引人

之处，就像大多数小镇学校那样光秃秃的，什么都没有。它理该如此，因为利佛保罗的村民把钱都用来修建桥了，因而在学校建设上就不得不节约些了。

老师的讲桌和椅子放在讲台的一角。教室里还有一个一年只用一次的炉子，墙上挂着一张美国地图、两块黑板，还有一个10夸脱的锡桶放在角落里，旁边的架子上放着舀水的勺子。当然教室里还有几排学生用的木制桌椅，在丽贝卡上学的时候只有20套桌椅。教室后排的椅子很高，高年级学生以及个子高的孩子坐在后面。后面的位置令学生们十分艳羡，因为那里离老师远而又离窗户近。

这间教室里坐着好几个班级的学生，毫不夸张地说，几乎每个学生都使用与其他任何人都不同的课本，大家在任何一个科目都没有达到相同的水平。丽贝卡也是个很难分班级的孩子，迪尔伯恩小姐头痛了许久，终于在丽贝卡入学两个星期后放弃了原有的分班形式。老师让她和迪克·卡特、里文·贝金斯一起阅读，这两个孩子已经要离开学校去高等学院上学了；与口齿不清的小苏珊·辛普森一起学习算术；与爱玛·简·贝金斯一起学习地理，还要在放学后由迪尔伯恩小姐单独给她补习语法。尽管她的小脑瓜里充满了聪明的点子和离奇的想法，她在刚上学的时候作文却写得一团糟。那辛苦的书写和拼写，以及复杂的标点及大小写彻底搅乱了丽贝卡的头脑，让她无法自由表述自己的思想。丽贝卡和艾丽丝·罗宾逊一起学习历史，当她刚来到这个班级的时候，历史已经学到了美国独立革命了，而她不得不按要求从美洲的发现开始学起。一个星期后，丽贝卡就掌握了大革命前的所有历史事件；十天后，她就学到了约克镇，而这个学期她历史课的任务也就结束了。

随后丽贝卡发现多余的时间只能让她与最大的辛普森兄弟一起背诵，于是丽贝卡故意让自己落在后面，因为她实在不喜欢与跷跷板·辛普森一起做伴，因而她就不能表现得太突出，这是智人的方法。塞缪尔·辛普森通常被叫做跷跷板·辛普森，因为他做什么事情都是犹豫不决，很难下决心。无论什么事情：单词是怎么拼写的，去游泳还是去钓鱼，用零花钱来买本主日学校的书还是商店里的一块糖，他都要犹豫不决，在做和不做之间像跷跷板一样晃来晃去。

跷跷板脸色很白，有一头亚麻色的头发、一双湛蓝的眼睛，在紧张的时候会有点口吃。也许是由于他自身的优柔寡断，丽贝卡果断的性格对他产生了无法摆脱的魅力，尽管丽贝卡经常斥责他，他依然无法把自己的目光从她身上移开。丽贝卡的一切举动——弯腰系上松开的鞋带，激动时甩甩长长的辫子，看书时的神态：书放在桌子上，抱着肩膀，眼睛却盯在对面墙上——这一切都让跷跷板深深地迷恋。每当丽贝卡在得到许可后到墙角的水桶边喝水后，一种莫名的力量就促使跷跷板站起来，走到丽贝卡身后，等她喝完水后自己再喝水。不仅仅是因为在她之后喝水是一种亲密接触，还因为在丽贝卡把勺子递给他的时候还会用那双吸引人的眼睛冷冷地、高傲地看他一眼，这让跷跷板有种带着恐惧的兴奋和欣喜。

一个夏天的下午，天气很热，丽贝卡也感到异常口渴。当她第三次举起手来要求去喝水时，迪尔伯恩小姐虽然同意了，但

却不悦地皱起了眉头。当丽贝卡喝完水，将勺子放回原处时，跷跷板立即举起了手，而迪尔伯恩小姐终于不耐烦地发作了。

“你到底怎么回事，丽贝卡？”她说。

“我早上吃了咸鱼片。”丽贝卡回答。

丽贝卡的回答里似乎并没有什么笑料，仅仅陈述了一个事实而已，但整个班级都吃吃地笑了起来。而严肃的迪尔伯恩小姐从来不说笑话，也从来理解不了任何笑话，她的脸发红了。

“我认为你最好就站在水桶旁边待上五分钟，丽贝卡，这样你可能会控制住口渴。”

丽贝卡的心怦怦跳着，让她在全班的注视下站在角落里是多么丢人啊！她下意识地做了一个生气的动作，而且脚步不由自主地向自己的坐位移动了，但随之而来的是迪尔伯恩小姐更加严厉的命令。

“站在水桶旁边，丽贝卡！”她又转过头问跷跷板，“塞缪尔，你今天要求喝水多少次了？”

“这是第四……四次。”

“请别碰那勺子。今天下午你们除了喝水什么也没做，根本就没有时间学习。我猜你早上是不是也吃了什么咸的东西啊，塞缪尔？”迪尔伯恩小姐挖苦地问他。

“我也吃了咸鱼……鱼片，和丽……丽贝卡一样。”顿时整个班级哄堂大笑。

“我猜也是。站到水桶的另一边去，塞缪尔。”

出于羞愧和愤怒，丽贝卡深深地低下了头。她心里想生活真是太灰暗了，这样的惩罚太无法忍受了，不过什么都还比不

和辛普森罚站

上讨厌的跷跷板令人难以忍受。

当天下午的最后一堂课是唱歌，米妮·斯麦丽选择了《我们是否要在河边见面》这首歌。她似乎特意为了下午发生的事情选择了这样带有某种微妙暗示的歌曲，而全班同学似乎精力非常旺盛，他们一遍又一遍地喊着最后的合唱：

我们要不要见面，
在那美丽的河边？

迪尔伯恩小姐偷偷看了一眼丽贝卡低下的头，吓了一跳。这个孩子的脸色苍白，只有脸颊上带着两抹羞愧的红色，泪珠

挂在长长的睫毛上，呼吸很急促，握着手绢的手像秋风中的树叶一样颤抖着。

“你可以回到坐位了，丽贝卡，”在班级唱完第一遍歌曲后，迪尔伯恩小姐说，“塞缪尔，你就在那里一直站到放学吧。同学们，听我说，我让丽贝卡站在那里仅仅是想让你们不要养成总是喝水的坏习惯，每次在地板上来回走不但耽误自己的时间，也会分散同学们的注意力。今天每当丽贝卡喝水后就有很多同学一个接一个地去喝水。她确实很渴，而我应该惩罚那些效仿她的人，而不是想喝水的她。现在我们要唱什么呢，爱丽丝？”

“唱《古老的橡木水桶》，好吗？”

“换个话题吧，别总是围绕着水唱来唱去。唱星条旗怎么样，或其他的什么。”

丽贝卡回到坐位上，从书桌里拿出来音乐课本。迪尔伯恩小姐公开的解释让她减轻了些压力，自尊心得到了些弥补。

在通过歌唱放松之后，一些和丽贝卡要好的同学表现了她们可爱的同情心。里文·贝金斯去黑板上画缅因州的地图时路过丽贝卡的坐位，他悄悄地把一块枫糖扔在丽贝卡的腿上；爱丽丝·罗宾逊用脚把一枝新的石板铅笔从地板上轻轻踢到丽贝卡的坐位底下，而她的同桌爱玛·简则给她团了一小堆纸球，并写了张小纸条：“打那个讨厌鬼（塞缪尔）的子弹”。

这一切都让丽贝卡心情开朗起来了，当放学后她单独留下来向迪尔伯恩小姐学习语法时，她几乎已经完全恢复了镇定，而似乎迪尔伯恩小姐还有点忐忑不安呢。跷跷板是除丽贝卡外最后走的学生，他偷偷地回头瞥了一眼丽贝卡，眼神中含着愧

和迪尔伯恩小姐

疚，却正遇上丽贝卡冷冷的、挑战性的高傲目光。

“丽贝卡，恐怕我对你的惩罚重了一些，我并不想那样，”迪尔伯恩小姐说，她只有18岁，而且在她不长的教学时间里她还从未遇到过像丽贝卡这样的学生。

“我这一整天都没有错过你讲的问题，也没有与同学窃窃私语，”这个小犯人声音颤抖地说，“我觉得我不应该因为喝水就受到惩罚。”

“不过你带动了其他所有同学，你做什么他们就做什么，不管你是笑、走神、写纸条，请假离开教室还是去喝水，他们都模仿你。我必须阻止这种情况。”

“萨姆·辛普森[萨姆为塞缪尔的昵称。——译者注]是个跟屁虫！”丽贝卡大喊，“我不介意独自站在墙角——至少不是特别在意，但我不能忍受和他站在一起。”

“我看到你无法忍受了，因而我让你回到了坐位，让他自己站在墙角。记住你刚刚来到这里，他们会格外注意你的一举一动，因而你必须要小心一些。好了，我们开始学习吧。动词‘可能’的过去完成时是怎么表示的？”

“我（当时）可能……你可能……他可能……我们可能……你们可能……他们可能……”[原文为I might have been... We might have been... 由于中英文语言的差别，无法准确翻译。——译者注]

“给我举个例子。”

“我（当时）可能很高兴，你（当时）可能很高兴，他/她/它（当时）可能很高兴。”

“他和她可以感到高兴，因为他们是阳性和阴性的，但是它怎么会感到高兴呢？”迪尔伯恩小姐问，同时在摆弄着自己的头发——这是她的习惯。

“为什么不能呢？”丽贝卡问。

“因为‘它’是中性的。”

“那难道我们不能这样说，‘如果这只小猫知道它当时不会被淹死，它会很高兴’？

“嗯……可以，”迪尔伯恩小姐犹豫地说，“但是尽管我们平时用‘它’来指代一个婴儿、一只小鸡，或是一只小猫，但事实上他们也是阴性或阳性的，不是中性的。”

丽贝卡沉思了一会儿，随后问，“那么蜀葵是中性的吗？”

“是的，当然是了，丽贝卡。”

“哦，那么我们可以这样说吗，‘如果能有雨水，蜀葵本来可能很高兴，但是刚刚长出来的小蜀葵却不能经受风雨，因而大蜀葵也很担忧，而不是真正地高兴’？”

迪尔伯恩小姐看起来相当疑惑，“当然，丽贝卡，蜀葵是不能真正地感到遗憾、高兴或是害怕的。”

“我想我们不能说它们有没有感觉，”这个孩子回答，“但是我认为无论如何它们也是有感觉的，只是我们不知道。现在我要说什么？”

“把‘知道’改成虚拟语气的过去完成时。”

“如果我（曾经）知道，如果你（曾经）知道，如果他（曾经）知道，如果我们（曾经）知道，如果你们（曾经）知道，如果他们（曾经）知道。”[原文为If I had known... If they had known... 由于中英文语言的差别，翻译有所差异。——译者注]说完了这些后，丽贝卡若有所思，“哦，这真是好悲哀的语气，”丽贝卡声音停顿了一下，说，“句子里全是‘如果’，而且它让我感觉只要人们曾经知道了，现在的事情就会好很多！”

迪尔伯恩小姐以前从来没有这样的念头，但听了丽贝卡的话，她也觉得虚拟语气确实很“悲哀”，而且“如果”也的确给人带来很遗憾的感觉。

“对虚拟语气多举几个例子，丽贝卡，然后就结束我们今天的课程。”她说。

“如果我不是那么喜欢吃咸鱼片的话，我就不会感到口渴，”说这句话时，丽贝卡脸上带着点淘气的笑容，“如果你不是

真的很爱我的话，你就不会让我站在墙角；如果塞缪尔不是那么喜欢恶作剧的话，他就不会跟着我去喝水。”

“还有如果丽贝卡确实遵守学校规则的话，她就应该控制她的口渴。”迪尔伯恩小姐笑着结束了今天的补课，亲了亲丽贝卡，两人像朋友一样告别了。

第六章　黑暗地方的阳光

山顶上的小学校尽管现在破败不堪，但它给丽贝卡极大的安慰，幸亏丽贝卡在这里可以读书，可以认识许多好伙伴，让她的生活里有些快乐，否则她在利佛保罗度过的这第一个夏天将是非常难过的。她试图去喜爱米兰达姨妈(刚见面时她几乎就放弃了这个想法)，然而努力了几次都失败了。丽贝卡是个人世间有缺点、性格冲动的孩子，她不想成为米兰达姨妈所希望的安琪儿，但她觉得自己有责任，也希望自己能够成为一个好孩子——那种令人喜爱、高雅正派的好孩子。每当她达不到自己定下的标准，她就觉得很难过。丽贝卡不喜欢住在米兰达姨妈的房檐下，吃她提供的食物，穿她买的衣服，学习她提供的书本，她一直都讨厌米兰达姨妈。不过当她有这种想法的时候，她就觉得自己不应该这样卑鄙地对自己的姨妈，因而每当她心里有这种懊悔的感觉时，她就尽一切努力来讨好她严厉、古板的姨妈。但丽贝卡在米兰达姨妈面前总是浑身不自在，她又怎么能成功地讨好她呢？姨妈那探求一切的眼神、尖利的嗓音、关节僵硬的手指、薄薄的嘴唇、长时间的沉默不语、与头发并不相称的刘海儿——这一切都让丽贝卡感到尴尬、害怕。姨妈是个心胸狭窄、无趣而且专断的老处女，她想杜绝一切恶作剧以及孩子身上的一切缺点。米兰达要是居住在人口众多的邻里之间，她一定会把门铃拿下来，大门紧紧关上，甚至在花园的小径上挖两个泥坑，以防孩子们淘气，去她院子里玩。辛普森双胞胎就

一直十分害怕米兰达，即使简站在侧门，手里拿着姜饼让他们过来吃，他们都不敢走近。

虽然不是丽贝卡每呼吸一口气都让姨妈恼怒，但确实她的一举一动都让米兰达不悦。丽贝卡总是忘了不应该走前楼梯，因为走前楼梯到她的房间更近；每次喝完水后她也总是把勺子放在架子上，而不是像姨妈叮嘱的那样挂在水桶旁边；她总是坐在那只老猫最喜欢的椅子上；她很喜欢帮助姨妈跑腿儿，但时常忘记她要买什么；她总是忘记随手把纱门关紧，以至于苍蝇飞了进来；她的嘴巴总是一刻不停，她在捡柴的时候总要唱歌或是吹口哨；她总是把园子里的花弄得一团糟，插在花瓶里，别在衣服上，插在帽子上；最后她总是让姨妈想起她的父亲，而在米兰达看来，她那愚蠢、失败的父亲靠着英俊的外表和迷人的举止骗走了妹妹奥雷丽娅，或者说，欺骗了所有人，除了米兰达。在米兰达看来，兰德尔家里的人都是些奇怪的家伙。他们不是在利佛保罗出生的，甚至都不是在约克县出生的。米兰达并不是讨厌一切不是利佛保罗这个"圣地"出生的人，但对兰德尔家族，她却抱有这种憎恨的感觉。她常常想汉娜是个例外，要是汉娜来该多好——汉娜可以把家务整理得井井有条，她具备了一切"索娅家族的优秀品质"。汉娜只有在被问到的时候才会开口说话，从不像丽贝卡那样嘴巴一刻不停；汉娜14岁就是个虔诚的教徒；汉娜喜欢编织；汉娜可能具备了女性的一切美德，而不像这个眼睛大得像车轮似的黑头发的吉卜赛疯丫头——然而这个疯丫头此刻却是她们家庭中的一员。

对于丽贝卡来说，简姨妈就是黑暗中的那一缕令人欣喜安慰的阳光。在这个冲动的小陌生人试图让自己习惯这个砖房的前几个星期里，简姨妈温柔的嗓音、善解人意的眼神，为丽贝卡找的合理借口都让丽贝卡的艰苦岁月得到了莫大的安慰。她理解姨妈，而自己也试图适应那些新的、难以做到的行为规则。这几个星期，她似乎成熟了许多。

当米兰达姨妈惯常地坐在起居室窗前时，丽贝卡通常坐在厨房里，挨着简姨妈做缝纫。有时候，她们一起坐在偏廊里，那里的铁线莲和忍冬藤可以给她们遮蔽炎热的太阳。对丽贝卡来说，她正在缝制的棕色方格花布简直是个无法完成的冗长任务。在缝制的过程中，丽贝卡可经历了不少困难，她经常把线拉断，把顶针掉进丁香丛里，扎到自己的手指，无法通过米兰达姨妈的检查，把衣服的接缝弄得乱七八糟。她不停地用金刚砂磨自己的针，可无济于事，她手里的针依旧吱吱作响。幸好耐心的简姨妈给了她很多帮助，指导丽贝卡的手指如何掌握一些小技巧。丽贝卡那双灵巧地拿着钢笔、绘画笔、铅笔的手在拿针时却笨拙无比。当棕色方格花布的上衣终于完成时，丽贝卡适时地抓住这个机会，请求米兰达姨妈让她缝制一件其他颜色的衣服。

“我买了一整块棕色方格花布，”米兰达简洁地拒绝了她，“你还要用它再缝两条裙子以及几条多余的袖子，以后袖子磨损后可以替换一下。这样很节约。”

“我知道。但是沃森先生说他可以收回一部分棕色花布，让我们用同样的价钱买些粉色或蓝色的布。”

“你问过他了吗？”

“是的。”

“你真是多管闲事，这些和你无关。”

“我当时在帮助爱玛·简挑选围裙，我以为你不会介意我穿什么颜色。粉色就像棕色一样不容易弄脏，而且沃森先生还说粉色不会退色呢。”

“沃森先生很精通洗衣服。我并不赞成孩子们穿着太鲜艳的颜色，但是我想问问你简姨妈的想法。”

“我觉得让丽贝卡有一条粉色和一条蓝色的裙子没什么不好啊，”简说，“每天都缝一种颜色会让孩子很厌烦的，她想换个颜色太自然不过了。而且如果她每天都穿着棕色裙子，围着白色围裙，那简直像个慈善团体的募捐儿童，和她的性格太不相配了！”

“我总说‘美丽无须装扮’，丽贝卡不应该为自己的容貌费心思，而且迁就她对容貌的要求对她毫无益处。我觉得她现在就像孔雀那么虚荣，但却没有什么可炫耀的。”

“她还小，喜欢鲜艳的颜色——这就是一切原因。我清楚地记得我像她这么大时，也是十分喜欢鲜艳的颜色。”

“你像她这么大时就像个傻瓜一样，简。”

“是的，我曾经是个傻瓜！但感谢上帝，我知道像所有人一样如何保持一点傻气来照亮我的晚年！”

争吵的最终结果是丽贝卡得到了一块粉色方格花布，而且当裙子缝制好时，简姨妈给了丽贝卡一个惊喜。她教丽贝卡如何在裙子边缘缝上漂亮的白色亚麻布花边，教她如何用平整的细针脚把花边缝得整洁干净。

“丽贝卡，这会让你的工作充满趣味，因为你米兰达姨妈不希望你在整个长长的冬天夜晚只是读书。现在你要是能把白花边缝在粉裙子底边上，我就帮你把腰部和袖子的白色花边缝好，那样你的裙子一定漂亮极了。”

缝裙子

丽贝卡简直高兴得手舞足蹈了。“我一定认真缝上！”她兴奋地喊着。“裙子的底部很长，不过如果让我在去米尔敦城的路上做这工作的话，我会认真缝的。你说米兰达姨妈会答应我和科比先生一起去米尔敦城吗？你知道他都已经问我两次了，不过那个星期六我要摘草莓，另外一个星期六还下雨了，我觉得米兰达姨妈不会同意我去的。简姨妈，现在是四点二十九分了，爱丽丝·罗宾逊已经在灌木丛下面等我好久了，我能出去玩吗？”

“当然可以，你最好跑得离这谷仓远点，这样你们的吵闹声就不会干扰米兰达了。我看见苏珊·辛普森，还有那对双胞胎，还有爱玛·简就藏在篱笆后面呢。”

丽贝卡蹦跳着跑出走廊，从灌木丛下面把爱丽丝抓出来，

然后用一种非常复杂难懂的手势把爱玛·简从辛普森那一帮中叫过来，一起溜进了辛普森家的院子里。她们太小了，并没有为下午的活动有计划的安排，但她们有个整个村子最好的庭院来供她们尽情玩耍。这个院子里胡乱地放着老旧的雪橇、箱型雪橇、马具、大桶、不带靠背的长椅、没有四脚的床，几乎所有的东西都是残破的，而且几乎没有连续的两天院子里的东西保持同样的位置。辛普森太太很少在家，即使她在家，她也不太在意院子里孩子的胡闹。孩子们最愿意玩的游戏就是由一队美国士兵守住被当成桥头堡的房子，抗击围攻的英国士兵。在玩这个游戏时，大家要非常谨慎地分组，因为不论谁扮演什么角色，最终胜利的只能是美国士兵。跷跷板通常扮演英军的指挥官，他是个犹豫不决的人，由于他矛盾的命令以及极大的恐惧，他通常成功地领导他的部下无谓地送命。有时候，这座房子还扮演小木屋的角色，而勇敢的拓荒者就为了保护自己的财产而打退一大批凶恶的印第安人，偶尔拓荒者会遭到印第安人的屠杀。但无论房子扮演什么样的角色，辛普森家的房子看起来就像——让我们引用丽贝卡的话说吧——“有魔鬼在里面举行拍卖一样”。

除了这个异常有趣的庭院，还有一块被孩子们叫做“秘密地带”的草地。那是索娅牧场上的一块奇异的草地，上面布满洞穴和小土包，还有一块给孩子们过家家用来建房子的很平整的绿地。几棵树适当地遮挡了人们的视线，还为那座房子提供了怡人的阴凉。藏在大树中间的一个肥皂箱子里面放着孩子们的宝贝：由牛蒡根做的小篮子、小碟子和小茶杯、一些瓷器碎片、

辛普森扮演将军

布娃娃，这些很快就会过时，但它们给孩子们的许多故事都提供了道具——死亡、葬礼、婚礼、洗礼等。今天下午，孩子们要在丽贝卡周围用木棍搭起一座小房子，而丽贝卡将要扮演靠在监狱墙上的夏洛特·克迪。

丽贝卡的头发用爱玛·简的围裙绑着，她低着头站在“监狱”里，头靠着木棍，感觉它就是监狱里冰冷的栅栏；她的双眼不再是丽贝卡·兰德尔的眼睛，却流露着夏洛特·克迪的哀伤。

“我可不想把它拆下来了，”爱丽丝说，“这个小房子费了我们好大工夫。”

“如果你们能放进来一些大石头，再把上层的木棍拆下来，我就可以高高地站着了。”夏洛特·克迪建议，“把石头留在那里，明天你们就可以扮演两个王子顺着楼梯走进塔楼里，然后我来谋杀你们。”

“什么王子？什么塔楼？”爱丽丝和爱玛·简异口同声地问，“快告诉我们又是什么游戏？”

“好吧，不过现在不能告诉你们，我要回去吃晚饭了。”丽贝卡有时候相当严格遵守时间。

“让你谋杀真是件有趣的事情，”爱玛·简很忠于朋友地说，“尽管你在谋杀的时候很可怕。或者我们可以让以利亚和以利沙兄弟俩扮演王子。”

扮演夏洛特

“他们在被谋杀的时候肯定会大喊大叫，”爱丽丝反对，“咱们知道他们俩在游戏中多么傻啊。而且，如果我们告诉他们这个秘密地点，他们肯定会总到这里来玩的，说不定他们还会偷我们的东西，像他们爸爸一样。”

“不一定因为他们爸爸偷东西他们就一定偷东西，”丽贝卡反驳她，“而且你们要是想成为我最好的朋友，就别在他们面前提起这个。我妈妈告诉我永远不要在别人面前说起他们丢脸的事。她还说没有人会受得了这个的,而且因为别人的错误而去羞辱他们是很缺德的。记得米妮·斯麦丽吧!”

她们当然记得,因为那仅仅是几天前发生的事情,米妮羞辱了辛普森家的孩子,她的做法让很多丽贝卡的朋友都很气愤。最后尽管丽贝卡胜利了,不过米妮却一直憎恨丽贝卡,试图报复她。

第七章 利佛保罗的秘密

辛普森先生很少在家里待着，他总是忙于做着贩马生意，或者是进行农用工具、运输工具的交换。几乎在每次成功的交换后，他都要进监狱里待上或长或短的一阵子；因为对于一个没有任何货物和动产而又有着根深蒂固交换习惯的人，他肯定要有些东西去进行交换；而如果他自己没有任何东西，那么他肯定要拿邻居的东西了。

辛普森先生目前不在家，因为他拿了瑞德特寡妇的雪橇换了约瑟夫·古德文的犁。古德文先生近来刚刚搬到北埃奇伍德，他从未见过辛普森这样彬彬有礼而又能言善辩的"生意人"。随后辛普森先生拿着古德文的犁与一位威尔汉姆的先生换了一匹并不需要的老马，在他即将去女儿家探望的时候，辛普森每天清晨之前或黄昏之后轮流在邻居的草场上牧马，把它养得肥肥的，随后用它换了一辆高背单座四轮马车。而就在这个时候，瑞德特寡妇发现了自己家里的雪橇不见了。尽管这个雪橇她已经使用了十五年，随后又闲置不用了十五年，但它毕竟是个人财产，而且她不想失去这个老朋友。由于一种怀疑的天性，她刚刚发现雪橇不见了，就立即怀疑上了阿布耐·辛普森。然而这一系列交易实在是太过于复杂了，而且这宗交易辗转了很多人（更何况马的主人去了西部，没有留下地址，人们根本找不到他），以至于镇上治安官花了好几个星期来调查辛普森是否偷窃了瑞德特寡妇的雪橇。阿布耐公开声明他的无辜，并告诉邻居们，一天早晨有一个长着三瓣嘴、红头发、穿着黑白格子衣裤的男人叫住他，想用他手里的好雪橇换辛普森先生放在院子里的苹果榨汁机；这笔交易双方都满意，辛普森补给了这个男人4美元75美分，于是这男人放下雪橇，把苹果榨汁机搬到自己的马车上走了，从此就再也没有见到他。

“要是让我抓到那个可恶的老贼，”阿布耐义正词严地说，“我非得叫他好看！他竟敢用偷来的雪橇骗走了我的钱和苹果榨汁机！还让我被人冤枉！”

“你永远也抓不到他了，”这个治安官说，“他肯定把你的苹果榨汁机也以同样的方法换给别人了，你那4美元75美分肯定也被花光了。而且除了你以外谁也没有见过这个人，我看你以后也看不到他了。”

辛普森太太每天进进出出地洗衣服，做家务，镇上的人都帮助她照顾孩子们的衣食。乔治是个高高瘦瘦的14岁男孩，他在邻居的农场里帮忙做杂务来补贴家里，剩下的几个孩子——塞缪尔、克拉拉·贝尔、苏珊、以利亚和以利沙都在上学。

坐落在这条美丽河边的几个村子里几乎没有什么秘密。村民们大多辛勤劳作，但生活过得太安静、太缓慢了，因而大家有很多时间用来说长道短、谈古论今——在中午种秣草地的大树下，夜晚河上的小桥上，傍晚村里商店的壁炉周围，这些集会中心给男人们提供了讨论时事的广阔空间；而唱诗班排演场地、缝纫中心、读书中心、教堂野餐等类似的地方，则是女人们表达观点、探索他人秘密的地方。这些安排早已约定俗成，但有时候，一些高度敏感的人却激烈反对这种闲谈的生活方式。

就拿迪莉娅·威克斯来举例子吧，她是一个靠做衣服为生的老处女。一次她突然害了重病，尽管周围方圆几十里的医生都来给她看过病，她的病情依旧不见好转，一日重于一日；这时她的侄子赛勒斯邀请她去帮忙照看他在路易斯顿的家。她去了，逐渐地病情奇迹般地好转了。一年以后，她变得更加健康，神采奕奕。在回利佛保罗短暂逗留时，邻居们问她是否要从这里搬走。

"只要我找到可以落脚的地方，我就一定会离开这里，"她肯定地回答，"在这里我可受够了，总要胆战心惊地保守我那点小秘密，不过还是要被所有人都知道。首先大家都知道了我要嫁给一个牧师，当他从斯坦迪什娶了个老婆后，人们又都知道我被抛弃了。随后几年里，他们又知道我想去学校当老师，而当我放弃这个梦想当了个裁缝后，他们又为我惋惜。当父亲死后，我竭力在大家面前掩饰我的感觉，否则，他们又要津津乐道好几天；但无论怎样掩饰，他们都能发现我的秘密，这些年我一直在和他们不停地捉迷藏，真是太累了。他们知道我的牙掉了，知道我换了假牙，知道我带了假发，知道那个水果贩子想让我成为他的第三个老婆——所有的事情我从来都没有告诉任何人，可是利佛保罗的人们却神通广大，无所不知，每次他们都能知道我的秘密。我试图引开他们的注意力，甚至欺骗他们，然而我的秘密还是赤裸裸地暴露在大家眼前。而在路易斯顿，没有人知道我和牧师的事情，没有人知道我父亲的遗言，也没有人知道那个水果贩子，他们根本就不在意这些私事，也没有时间去说长道短，因为路易斯顿是个繁忙的地方，谢天谢地！赛勒斯还说我的牙齿很好，头发也很漂亮呢！”

迪莉娅·威克斯也许有点夸大其词，但在这样的环境下，我们也可以想像丽贝卡和她的小伙伴们一定很容易就知道了瑞德特寡妇的雪橇被盗事件以及阿布耐·辛普森的嫌疑。

一个普通的乡村学校并不是一个不被世俗影响的圣地，学生之间也在谈论着辛普森家里的事情，不过都是在辛普森兄弟不在时低声交谈的。

丽贝卡从小也总是听到别人对她家的议论，因而她本能地讨厌这些闲言碎语，她自然地反感这些说闲话的同学。

在和丽贝卡同龄的这些利佛保罗的女孩中，米妮·斯麦丽是个最让孩子们讨厌的孩子。她长着一双易于探询的眼睛，一头金发，有两条细长的腿，既像只学舌的鹦鹉也像只胆小的绵羊。孩子们怀疑她在考试时作弊，偷看别人的石板，但从来没有被抓到过。丽贝卡和爱玛·简总注意到她在午餐时溜进树林里，独自一人享用她带来的美味馅饼或三角形奶油蛋糕，每当她吃完后，脸上就带着自鸣得意的笑容回到同学们之间。

在几次这样的私人午餐后，丽贝卡终于忍不住想试探她了。当米妮从树林里回到坐位上时，丽贝卡关切地问她：“你的头痛好些了吗？让我帮你擦掉嘴边的草莓酱。”

其实米妮的嘴边并没有什么草莓酱，但心虚的米妮红着脸，拿出手绢擦了擦嘴。

那天下午，丽贝卡又为她中午的恶作剧感到自责和羞愧，她对爱玛说：“我确实很讨厌她的做法，但是我不能让她知道我们都在怀疑她，她心里一定很难过。我想把我那个珠子钱包里

的一小块珊瑚送给她，你知道那块珊瑚吧？”

“我觉得她才不配你送给她东西呢，她那么贪心。”爱玛不满地说。

最终，这块珊瑚还是充当了和解的礼物。在把珊瑚送给她的那天下午，丽贝卡结束了语法课程抄小路回家。在路上，丽贝卡看见辛普森兄弟们正走在前面。丽贝卡讨厌的跷跷板并没有和他们在一起，因而丽贝卡加快脚步，想和他们结伴回家。他们走得很快，消失在树林里了。当丽贝卡再次看见他们在前方时，她听见米妮正在树林里面的小路上大声唱歌。当克拉拉·贝尔、苏珊以及那对双胞胎走过这条小路时，离她已经很远时，米妮蹦跳着，尖声唱着：

> “雪橇为什么这样喜爱辛普森家？”
> 焦急的孩子喊着；
> “那是因为辛普森十分喜爱雪橇，”
> 老师立即回答。

辛普森兄弟们什么也没有说，消失在小路上了，他们褴褛的衣衫消失在丽贝卡的视线里。但勇敢的以利亚——他通常被叫做爱打架的双胞胎——远远地扔过来一块石头，打破了林中的寂静。不过这块石头连米妮的衣角都没有碰到，米妮又声嘶力竭地喊着“囚犯”来羞辱他们。她带着满意而又激动的表情转过身，正碰到走过来的丽贝卡。米妮愣住了，一下子站在路上，眼睛里充满了要和丽贝卡了结的复仇火焰。

“米妮·斯麦丽，如果再让我看到你羞辱辛普森他们，你知道我会怎么做吗？”丽贝卡的嗓音里充满了愤怒，气愤地责问她。

“我不知道，我也不在乎。”米妮得意洋洋地说，但她的表情无法掩饰她的紧张和害怕。

“我要把那块珊瑚拿回来，而且我还会把你打到地上！”

“你敢！”米妮大喊，“你要是敢打我的话，我就告诉我妈妈，还有老师，看你怎么办！”

“我才不在乎你告诉你妈妈、我妈妈呢，你告诉你全部的亲戚，甚至总统，我都不会害怕！”丽贝卡说，总统这个神圣的称谓似乎又给她带来了勇气，“你告诉整个利佛保罗、整个约克县、

米妮

整个缅因州，甚至整个国家我都不害怕！”她夸张但却十分勇敢地说。“你现在就回家，记住我所说的话。如果你再这样做，尤其是再当着他们的面说‘囚犯’的时候，我一定会惩罚你！”

第二天早晨，丽贝卡注意到米妮在歪曲事实地对秀达·米塞弗讲述前一天的事情，“她威胁我，”米妮压低声音说，“不过我不怕，我才不相信她说的话呢！”

米妮说后一句话时故意让丽贝卡听到，在班级里，老师的眼皮底下，她这个只会暗箭伤人的懦夫似乎一下子变得有了勇气。

丽贝卡回到坐位上，随后询问迪尔伯恩小姐是否可以允许她给米妮传张纸条。在得到允许后，她把一张纸条递给了米妮。上面写着：

在所有缺德的女孩中，
没有一个像米妮这样过分。
我将收回我送给她的礼物，
还要把她打成肉酱！

P.S.现在你是否相信我说的话呢？

R.兰德尔

这首小打油诗的威力确实慑服了欺软怕硬的米妮。此后的日子里，只要米妮遇到辛普森兄弟，即使丽贝卡不在周围，她都浑身战栗，并且会立即安静下来。

第八章　玫瑰的颜色

这次斗争就像班扬在《天路历程》里描写的“最可怕的斗争”，在斗争过后的一个星期五，这个山顶的小学校要进行一次大规模的活动。通常每个星期五的下午都是用来对话、唱歌以及朗诵，但是大多数学生都很讨厌演讲和朗诵，惟恐在全班同学面前丢脸。

每当这样一个下午过后，迪尔伯恩小姐都头痛异常地回到家里，整整躺上一个晚上。她一个下午都坐在前排椅子上，满额头都是冷汗，异常紧张地听着那些熟悉的停顿和结巴。有时候，一个完全忘了词的小孩就会号啕大哭，扑到她的怀里，她不得不温柔地安慰他，而这种失败也会增加课堂上的紧张和恐惧。而丽贝卡的到来，某种程度上为这个一直以来很恐怖的课堂上增加了一些活力。她教以利亚·辛普森和以利沙·辛普森朗诵一些有趣的诗，这些诗很有喜剧效果，让朗诵者很放松，也给班级带来轻松的气氛；而对口齿不清的苏珊也“因材施教”，丽贝卡给她写了一首幽默的小诗，让她扮演其中一个口齿不清的孩子。爱玛·简和丽贝卡一同表演一个有趣的对话，这种亲密的友谊让爱玛·简增加了一些自信。

事实上，在这个星期五的早晨，迪尔伯恩小姐就向大家宣布，由于最近星期五下午的课堂很有趣，她将在今天下午的课堂上邀请医生的妻子、牧师的妻子、两位学校委员会成员，以及几个孩子的母亲来欣赏大家的表演。老师要求里文·贝金斯和

画的国旗

丽贝卡来装饰两块黑板。里文是这个学校的艺术明星，他选择在他负责的黑板上画一幅美国地图。而丽贝卡更喜欢画一些不太现实的东西，在大家的注视下，她很快就用红色、蓝色和白色的粉笔在黑板上画了一面美国国旗，每颗星星的位置都很准确，红白相间条似乎在微风中飘动一样。在国旗旁边，丽贝卡又画了一个哥伦比亚的头像，这是她从盛放粉笔的雪茄盒子上临摹的。

迪尔伯恩小姐很高兴，“我提议大家为丽贝卡美丽的图画鼓掌——我们整个学校都会为她骄傲的！”大家都很热烈地鼓掌，迪克·卡特挥舞着双手，为丽贝卡欢呼着。

丽贝卡的心高兴地跳着，不知为什么她觉得眼睛里充满了泪水。她几乎看不见回到坐位的路了，在她被人忽视的十几年中，她从来都没有被别人鼓掌祝贺过，就像此时此刻一样。这时候，爱丽丝提议全班同学应该唱《为红白蓝举杯致敬》。大家齐声合唱的时候，都在看着丽贝卡生动的图画，随后迪克·卡特又提议里文·贝金斯和丽贝卡·兰德尔把他们的名字写在图画旁边，这样下午来的大人们就可以知道是谁画了这两幅美丽的画。

秀达·米塞弗请求把墙壁上最大的洞用树枝塞上，在水桶里插上漂亮的野花。丽贝卡此时的心情十分激动，根本就注意不到这些现实的细节了。她默默地坐着，心里充满了感动的欢乐，以至于她几乎都忘了要表演的词了。过了一会儿，丽贝卡的心情平静了下来，恢复了往日的谦虚。而米妮也在丽贝卡的指导下捡了很多枫树枝，把丑陋的壁炉盖上。

迪尔伯恩小姐在快到十二点时结束了上午的课程，因此那些家离学校比较近的孩子可以回家去换裙子。爱玛·简和丽贝卡一路小跑着，激动极了，快到家门口时才放慢脚步来喘口气。

“你米兰达姨妈会让你穿最好看的衣服吗？还是让你依然穿那条浅黄色的裙子？”爱玛·简问。

“我可以问简姨妈，”丽贝卡回答，“我多希望我那条粉色的裙子能做好啊！简姨妈帮助我做纽扣孔了。”

“我想请求妈妈让我戴她的石榴红色的戒指，”爱玛·简说，“那样，当我指着国旗的时候，它就会在阳光下闪着绚丽

的光芒。再见，丽贝卡，别等我一起回学校了，我可能搭别人的马车。”

丽贝卡发现姨妈家里的侧门锁上了，但是她知道钥匙就在台阶下面，整个利佛保罗的人几乎都用这方法。她打开门，走进餐厅，发现她的午餐放在桌子上，旁边放着一张便条，写着她们和罗宾逊太太一起做马车去了孟德雷社。丽贝卡咽了两口面包和黄油，飞快地跑到自己的房间。她惊喜地看见床上放着那条粉色的方格裙子，已经由简慈爱的双手缝制好了。她能够、她敢不征得姨妈的同意就穿上这条裙子吗？下午的场合能让她理由充分地穿上这条裙子吗？

“我想穿上它，”丽贝卡想，“她们不在家，我没办法征得她们同意，也许她们并不在意呢。毕竟这只是条裙子，尽管它是全新的，粉色的，镶着美丽的白色花边。”

她解开两条辫子，认真地梳了一下头，在脑后用一条丝带绑住头发；换了鞋，穿上这条漂亮的裙子，把背后的一排扣子系上，还有三个扣子她无法系上，准备过一会儿让爱玛帮忙系上。

随后，她的眼神落在她所钟爱的粉色遮阳伞上，它正配身上的这条裙子，而且伙伴们从来没有见过它。它并不适合在学校里用，但她可以不把它带到教室里，她可以用报纸包着它，只是让伙伴们看看，随后就带回家里。她来到楼下，照了照镜子，对镜子里的人十分满意。似乎除了这条粉色裙子之外，没有什么衣服可以让她这样漂亮了！

她双眼的光彩、脸颊的红晕、垂落下来的头发上的光泽，都反射着这条玫瑰色裙子的无比魅力。上帝！已经一点二十分了，

新衣服

她要迟到了！她跳出侧门，从门口的玫瑰花丛里摘了一朵玫瑰花，以不可置信的速度跑到了学校，在门口遇到了同样光彩照人，也一样气喘吁吁的爱玛·简。

“丽贝卡！”爱玛大喊，“你就像从图画中走出来那样漂亮！”

“我？”丽贝卡大笑，“胡说，漂亮的仅仅是这条粉色裙子。”

“不过你平时可没有这样漂亮，”爱玛坚持她的看法，“但是你今天很漂亮。看我的石榴色戒指，妈妈特意为我用肥皂和水洗了它。我真奇怪，你的米兰达姨妈怎么会让你穿这条新裙子呢？”

“她们都出门了，我没有问她们，”丽贝卡急切地说，“你觉

得她们会不同意吗？”

“米兰达小姐总是反对你的一切，不是吗？”爱玛·简说。

“是的，但是这个下午非常不同寻常——就像主日学校音乐会那样特别。”

“是的，”爱玛·简同意，“今天下午是很特别，你的名字写在黑板上，我们都要看着你画的国旗，而且我们还有精彩的对话表演。”

这个下午对每个人来说都是成功的下午。这个下午根本就没有真正的失败，没有泪水，没有家长为他们的孩子羞愧。迪尔伯恩小姐听到了很多赞扬她能力的表扬话语，她心里想这些赞扬究竟是属于她还是属于丽贝卡。这个孩子并没有很多角色，但她似乎总是在显著位置。她总是乐于做一切，从不害羞，即使她没有什么机会展示，她都可以给其他人带来快乐。几乎丽贝卡站在哪里，哪里就是舞台的中心。她清澈响亮的高音超过了所有合唱班成员的声音，几乎所有的人都在看她，模仿她的姿势，模仿她完全投入感情的歌唱和抑制不住的激情。

最后，这个令人激动的下午结束了，漫步在回家的路上，丽贝卡还不能恢复平静。今晚她不需要补课了，这时候天空已经布满了浓云，但她丝毫没有注意这些，除了她可以打开心爱的遮阳伞外，她并没有感到害怕。她似乎没有走在地上，而是轻飘飘地飘在空中，好像不属于尘世似的。不过当她走进砖房的侧庭院，看见米兰达姨妈站在门口时，她又一下子回到了人类世界。

第九章　玫瑰的灰烬

“她回来了，都已经迟到了一个小时，如果再晚一点，她就要被大雨淋着了。”米兰达很生气地对简说，“想想她原来的那些举动吧，她肯定穿着这条新裙子，像她爸爸一样跳着舞，而且到处炫耀她的阳伞。简，我是这个家里最大的，我想训训她了；你要是不喜欢听，就到厨房里吧。站在这儿，丽贝卡，我想和你说几句话。你怎么能不经我们允许就在上学的时候穿这条裙子呢？”

姨妈训斥丽贝卡

“当时我本想问你们的，可是你们不在家。”丽贝卡说。

“你就是因为我们不在家才把这条裙子穿上，你明明知道我们不会同意的。”

“如果我肯定你们不会让我穿，我就不会穿了，”丽贝卡试图表现得很诚实地说，“但是我并不肯定你一定会不让我穿，而且今天下午是个重要的场合，你要是知道学校今天下午像个展览一样也会同意的。”

“展览！”米兰达轻蔑地说，“你自己一定尽情展览了吧？是不是到处展览你的阳伞啊？”

“这把伞很傻，”丽贝卡承认，仰起头，“但我这一生中只有这一次有衣服可以配这把阳伞，它配上我的粉裙子漂亮极了！我今天下午和爱玛·简一起表演一个城市女孩和乡村女孩的对话，我觉得这把阳伞很适合用来表演城市女孩，所以我就带去了。米兰达姨妈，我一点都没有弄脏我的裙子。”

“你最令人讨厌的地方就是狡猾和鬼鬼祟祟，”米兰达冷冷地说，“看见你所做的事情，就好像撒旦附在你身上一样！你总是偷偷地从前楼梯上楼，以为我不知道，不过你却把手绢掉在了楼梯上；你总是把你房间的纱窗打开，苍蝇都飞了进来，满屋子都是；你没有收拾你的午餐，而且你今天下午连侧门都没有锁，这样谁都可以进来，可以拿他们喜欢的东西！”

丽贝卡沉重地坐在椅子上，惭愧地听姨妈列举她的一系列“罪行”。她怎么能这样粗心呢？泪水又充满了眼眶，她试图去解释这些无法解释、无法原谅的过错。

“对不起！”她哭着说，“我帮老师打扫了教室，回来晚了，我一路跑回来的。我胡乱吃了几口饭,等我匆忙穿上衣服的时候就快迟到了,于是我就急忙地跑了回去。我确实想到收拾午餐和锁门了,但我要是做这些我就一定会迟到的。我想今天下午牧师的妻子、医生的妻子和学校委员会成员都在场,我不能在他们面前迟到,那样我就会得到第一个黑色标记。”

“别这样号啕大哭,这对你做的错事没有任何意义,”米兰达说,“记住,一点点的规矩行为远远比得上一大堆的忏悔。你看看,你在这里已经给我们添了多少麻烦,似乎你来到这里就是要让我们难堪的。把你裙子上的玫瑰花拿下来,让我看看你弄在裙子上的泥点,还好你没弄得很脏。我真是忍受不了你的花、卷卷的头发、俗气的花边、装模作样的举止,你就像你那个徒有其表的爸爸一样!”

丽贝卡立即抬起头,脸由于气愤而红红的:“米兰达姨妈,请你不要这样说话!我会尽量成为一个好孩子,我会细心地按照你对我说的做,不会再忘记锁门。但是我不希望你辱骂我的爸爸。他是个好爸爸,我们兄弟姐妹都喜爱他,不管他怎么样,你在他的女儿面前侮辱他‘徒有其表’都是很卑鄙的!”

“你竟敢这样和我说话!丽贝卡,竟然说我卑鄙!你爸爸就是个无用的、愚蠢的、无能的人,不止我这样说,其他所有人也会这样说的!他花光了你妈妈的钱,让她自己抚养七个孩子。”

“毕竟他和妈妈生下了七个好孩子。”丽贝卡抽泣着说。

“只不过这七个好孩子需要别人帮忙来提供衣食,甚至要供她读书呢。”米兰达讥讽地说,“现在你马上上楼去,换上睡衣,上床睡觉,我们会给你拿点吃的过去。明天早饭之前,我不

想听到你的声音！简，出去把毛巾拿进来，关上门，看样子要下大雨了。”

“我想我们刚刚经历了一场暴风雨，”简一边做姐姐安排的任务，一边安静地说，“米兰达，我通常很少表达我的观点，但是我认为你不应该这样说洛伦佐。他就是那样的人，无论你怎样说他都不会改变什么；但他是丽贝卡的爸爸，而且奥雷丽娅也总说他是个好丈夫。”

米兰达对洛伦佐的偏见并没有因为妹妹的话就有丝毫减轻，她依旧冷冷地说：“不错，我也注意到凡是死了的丈夫都是好丈夫。但毕竟我们要弄清楚事实，这个孩子如果不彻底摆脱她爸爸的影响，她就永远不能成为一个好孩子。我很高兴我刚才说了那些话。”

“我一点也不赞同你的话！”简坦率地反驳姐姐，她似乎一年才能鼓起一次勇气，而现在正是她有勇气的时候。“毕竟你那样说话不是有教养的行为，而且是不尊重上帝的行为！”

这时候，窗外响起一声惊雷，但它远远没有简的话震动米兰达，简的话语似乎就是对她道德心的晴天霹雳。也许正因为简一年才反驳一次姐姐，她的话语才这样有分量。

丽贝卡疲倦地从后楼梯回到自己的房间，关上门，用颤抖的手指脱下她心爱的粉色裙子。她的手绢已经在刚才被揉成了一团，在解开裙子背部的纽扣时，她小心地擦了擦眼角的泪水，以防泪水滴到这条花了沉重代价才穿上的裙子上。她细心地把裙子抚平整，把她放进柜子里，看着这条漂亮的裙子，她又为她的生活抽泣起来。那支枯萎的玫瑰花掉在了地板上。丽贝卡悲哀地看着它，自言自语："这多像我这一天啊！"此时，没有比这支曾经无比美丽随后又凋谢的玫瑰更符合丽贝卡今天的遭遇了，她捡起这支枯萎的玫瑰花，把它和裙子放到一起，就好像她埋葬这充满悲伤回忆的一天似的。这是孩子诗意的本能，也带着一点女性的多愁善感。

她把头发又梳成平时的两条辫子，脱下她最好的鞋(幸亏米兰达姨妈没有注意到)。此时，她心里下了决心，她要离开这幢砖房，回到农场去。她想妈妈也许会难过，但是她可以帮助妈妈做家务，然后让汉娜来利佛保罗。"我希望她能喜欢这里！"她心里突然涌上一丝报复的念头。她坐在窗前，看着雨水打到窗户上，又形成一条条线流下来，在心里试图好好计划一下如何逃离利佛保罗。然而她又忍不住想到了今天这快乐的一天。今天早晨是多么美好啊，她坐在教室窗前欣赏窗外美丽的日出。上午也是令人激动的，迪尔伯恩小姐表扬了她为辛普森双胞胎设计的朗诵，还让她荣幸地装饰黑板，随后整个学校都在为她鼓掌！下午更是让人兴奋，爱玛说她"就像图画中那样美丽"，他们所有同学的表演也都大获成功。今天多么美好啊！

她又回忆起了她和爱玛表演的对话，那是多么成功啊！她们把用树枝盖上的壁炉当做长满青苔的河岸，而爱玛所扮演的乡村女孩坐在那里牧羊。爱玛这个角色扮演得很好，因为她不需要背诵很多对话。她又是多么慷慨地把她的石榴色戒指借给扮演城市女孩的丽贝卡！当她拿着漂亮的阳伞、戴着美丽的戒指走近牧羊女的时候，所有人的目光都集中在她身上。她曾想

米兰达姨妈看到这个从农场里来的孩子在学校里如此成功地表演一定会很高兴，但这是不可能的，她根本没有希望去取悦米兰达姨妈，不论用什么方式。想到米兰达姨妈，她决定明天就搭科比先生的马车去枫林，然后再从安表姐家里回到太阳溪农场。但转念一想，两个姨妈都不会让她回去的。最好现在她就溜出去，然后看看她是否可以在科比先生家住一晚上，这样第二天早饭前她就可以上路了。

丽贝卡没有多加考虑，她一向就很冲动，于是她穿上她来时的旧衣服，戴上帽子，把她的睡衣、梳子、牙刷都包在小包裹

逃跑

里，轻轻地扔到了窗外。她住在二楼，但窗户离地面很低，跳下去并不很危险——即使危险，丽贝卡此时也不会改变决心。曾经上房顶修理水槽的人在从窗户到后门廊的地面之间的墙壁上钉了一块木板。丽贝卡侧耳听了听，听到餐厅里有缝纫机的声音，厨房里有切肉的声音，因而她知道两个姨妈此时都看不见她的“出逃”。她轻轻打开窗户，抓住窗台，滑到了那块木板上，轻轻跳到门廊里，借助那一排忍冬藤架，冒着大雨跳出了院子，到了路上。

此时，杰里米·科比先生正坐在厨房窗户前独自享用晚餐，而他的妻子此时正在照顾一个生病的邻居。科比太太只做过一年多的母亲，她与科比先生的孩子躺在墓地里，墓碑上写着“莎拉·安，杰里米·科比和莎拉·科比的女儿，享年17个月”。科比先生经常叫她的妻子“妈妈”，这种称谓在某种程度上让太太想起曾经的幸福。

雨还在下着，尽管才五点，可是天已经黑了。科比抬起头，意外地看见门口站着一个小小的人影。丽贝卡的脸上满是泪水，充满了无限的忧伤，以至于科比先生看了好一会儿才认出她来。随后他听到一个声音问：“科比先生，能让我进去吗？”科比先生这才叫道：“上帝，原来是我的小乘客！快进来，你可以叫我杰里大叔[杰里是杰里米的昵称。——译者注]。你怎么淋得像只落汤鸡？快坐在炉子旁边，我刚刚生起火做晚饭了，妈妈不在，她住在塞思家里照料他。来，把你湿淋淋的帽子挂在墙上，把外衣脱下来搭在椅子上，离壁炉近一些，把后背烤干。”这位杰里大叔从来没有一口气说过这么多话，他注意到这个孩子眼

逃跑到科比家

睛红红的，脸蛋上也满是泪水，他心里知道这孩子一定是有了什么麻烦。

丽贝卡静静地站了一会儿，直到杰里大叔坐在椅子上，她似乎再也控制不住自己了，大声哭了起来："科比先生，我从姨妈家逃了出来，我想回到农场。你能留我今晚在这里住下，然后明天早晨带着我去枫林吗？我没有钱付车费，但以后我会挣钱还给你的。"

"我想我和你不必谈钱的事情，"这个慈祥的老头说，"无论如何我不能就这样送你回去，我们还要一起去米尔敦城呢。"

"我想我再也见不到米尔敦城了。"丽贝卡抽泣着说。

“过来坐在我这边，告诉我发生了什么事情。”杰里大叔说，“坐在这把椅子上，给我讲讲发生了什么故事吧。”

丽贝卡把那个充满悲哀的小脑袋靠在科比先生的膝上，把她今天的遭遇原原本本地告诉了科比。对于她冲动而又任性的性格来说，她的遭遇已经很悲惨了，因而她在复述的时候没有任何夸大其词。

第十章　彩虹桥

在听丽贝卡讲述原委的时候,科比不住地咳嗽,坐在椅子里晃来晃去,但是他小心翼翼地隐藏了不合适的同情心,只是嘟哝着:“可怜的小家伙,我们应该为她做点什么。”

“你会带我去枫林的,不是吗,科比先生?”丽贝卡可怜兮兮地哀求他。

“你别着急,”科比安慰他,“我哪里都会带你去的。现在先吃点东西。把番茄酱涂在面包上,离桌子近点。你能暂时担当妈妈的角色,给我倒杯热茶吗?”

杰里米·科比先生的思想很简单,头脑总是很平稳地运行着,除非由他的友爱或同情所驱使他的头脑才会急速运行。此时,他对丽贝卡充满了友爱和同情,他急于想出办法帮助她,却绞尽脑汁也想不出合适的办法,他不由得痛恨自己的蠢笨,祈求他头脑中能闪现一丝灵光。

丽贝卡从科比先生的话中得到了安慰,她羞怯地坐在科比太太的椅子上,拿起蓝色的茶壶倒了两杯茶。她脸上有了点笑容,用手整理了一下头发,并擦干了双眼。

“你妈妈见到你回去会很高兴吗?”科比先生询问。

被科比先生问到之后,丽贝卡心底原有的担心越来越膨胀了,她不由得有些害怕。

“我想她一定不喜欢我逃回去,她也会因为我不能让米兰达姨妈高兴而感到遗憾。但是我要让她明白我的痛苦,妈妈会理解我的。”

“但是我想她更担心你的学业，她让你来这里就是为了上学啊。不过你可以去汤普朗斯上学，是吗？”

“现在汤普朗斯只有两个月的学校，而且我们的农场离其他的学校都太远了。”

“哦，不过不上学也没有关系，你还可以做很多事情。”科比咬了一口苹果馅饼，故意提醒丽贝卡她必须要留在这里上学。

“是——是的，但是我妈妈认为我上学才会成材。”丽贝卡悲伤地回答，喝了一口茶，同时又抽泣了一下。

“回到家里也很好，你们姐妹可以在一起了——多好啊，挤满了孩子的房子！”我们亲爱的科比先生依旧用听似支持的语调来提醒丽贝卡她不应该回到农场，他此时只想竭力安慰这个小家伙，打消她冲动的逃跑念头。

“房子太满了——这是个麻烦。但是我会让汉娜代替我来到这里的。”

“那想想米兰达和简还会收留她吗？我想不会，你逃走一定让她们十分生气，怎么还能高兴地收留汉娜呢？”

这确实是丽贝卡没有想到的——这幢砖房也许会对汉娜紧闭着大门，毕竟她，丽贝卡曾经无礼地逃离了这里。

“利佛保罗的学校怎么样，是不是还不错？”科比问到，他此时的大脑正以罕见的速度运转着——他的每一句话都在提醒丽贝卡她应该留在这里。

“哦！这学校太好了！而且迪尔伯恩小姐也太好了！”丽贝卡一下子兴奋了起来。

“你很喜欢她吗？你知道吗，她也同样很喜欢你呢！妈妈今天下午去商店帮塞思买药的时候，在桥上遇到了迪尔伯恩小姐。她们谈了谈学校的事情，因为妈妈曾经为很多学校女老师做过饭，因而她们很熟悉。妈妈问她：‘那个从汤普朗斯来的小女孩怎么样？’迪尔伯恩小姐说：‘她是我见过的最好的学生！要是所有的学生都像丽贝卡那样聪明，我就不会每天都这么累啦。’”

“哦，科比先生，她真是这样说的吗？”丽贝卡两眼闪耀着兴奋、高兴的光芒，脸上也露出了欣喜的笑容。“我一直很努力，老师这样喜欢我，我一定要更努力地学习！我要把书都看烂了呢！”

“如果你要是留在这里的话，你一定会做到的。”科比先生劝诱她，“现在想想，你仅仅因为你米兰达姨妈就放弃这里的一切，多么可惜啊！当然，我并没有责怪你，她确实脾气暴躁，古板刻薄，可以用酸牛奶和青苹果来形容她的脾气，哈哈。她确实很难忍受，但是我想你也没有什么耐心吧？”

“我确实没有什么耐心。”丽贝卡难过地回答。

“如果我昨天和你谈话，”科比继续劝慰她，“我相信我可能会给你不同的建议。但是现在事情已经发生了，说什么都晚了。我并不觉得你做错了什么，但是以后你不应该再这样了。听我说，你米兰达姨妈供你衣食，还供你上学，将来还要花很多钱把你送到威尔汉姆。虽然她很难相处，但是她为你做这么多，你就应该有耐心，好好表现来回报她。简比较容易相处，是不是，还是她和米兰达一样难以让她高兴？”

“哦！简姨妈和我相处得非常好！”丽贝卡声明，“她就是那样善良温柔的人，我一直都十分喜欢她。我觉得她也很喜欢我，她曾经温柔地抚摩我的头发，还帮我缝制那条美丽的粉裙子。即使她整天地责骂我，我也不介意，因为她理解我。但是她不能为了我反对米兰达姨妈，她和我一样害怕她。”

“那么明天早晨简发现你不见了，她该多么伤心啊。如果由于米兰达的刻薄，简无法与姐姐好好相处，那么她肯定会和你相处得很好。有一天晚上在祈祷之后，妈妈曾经和她聊了一会儿。‘我现在在家里很开心，莎拉，’简说，‘我现在家里教我的小学生缝纫呢，她已经缝了三条裙子啦！你觉得她怎么样？我已经上了主日学校，而且我还想和丽贝卡去野餐呢，那样我似乎可以恢复青春。’妈妈说她从来没有见过简像那样年轻、高兴。”

厨房里一阵寂静，两人都沉默了，只能听见钟走动的声音和丽贝卡的心跳声。雨停了，房间里突然有玫瑰色的光芒照进来，从窗户可以看见天边出现了一道彩虹，就像一座色彩鲜艳的桥。桥可以把人带离困苦的地方，丽贝卡心里想，而杰里大叔就为她搭建了一座走过苦恼的桥，并给了她行走的力气。

“雨停了，”科比一边说一边装满了他的烟斗，“它洗刷了空气，等明天早晨你和我去枫林的时候，空气一定很新鲜，太阳一定很好。”科比继续表示他对丽贝卡出逃的“支持”。

丽贝卡把茶杯推开，站起来，静静地戴上帽子，穿上外衣。“科比先生，我不和你回去了，”她说，“我要留在这里，我要好好表现，让姨妈喜欢我。我现在很有勇气，现在就要回去见姨妈。你会不会和我一起去呢，科比先生？”

“很好，你要相信你杰里大叔会把一切都安排得好好的。”科比高兴地说，“可怜的小家伙，你偷偷溜了出来，如果就这样回去见米兰达，她一定会更加生气。所以，听听我的计划：我用我的高背马车带你回去，你要藏在马车后面的角落里，然后我到侧门，把你米兰达姨妈和简姨妈叫到她们储藏东西的小棚屋里，商量一下如何存放我这个星期要运来的木头，而这时候你就偷偷溜出来，悄悄地上楼回到你的房间。现在前门还没有锁上吧？”

“现在还没有锁，”丽贝卡回答，“通常都是米兰达姨妈睡觉前才锁上；但是，万一现在门锁上了该怎么办？”

“没关系，不会有这种万一。就算门锁上了，我们不是还有别的办法吗？想想看，你并没有离开利佛保罗，你只是到我这里来征求我的意见，而且我们最终也解决了这个问题。你惟一的错误就是你在米兰达让你睡觉的时候偷偷跑了出来。这没有什么大不了的，而且你可以在简星期天祈祷的时候告诉她你今天的过错，她会代你向米兰达求情的。好了，过来吧，马车已经套好了，别忘了拿你的小包裹。‘妈妈，只要你带了睡衣，那就是一次旅行。’这是你杰里大叔听你说的第一句话！上来，藏到角落里吧。我们可不能让别人看见里面还有个小逃犯呢。”

他们的计划进行得很顺利，丽贝卡悄悄溜上楼，在黑暗中换上睡衣，最后躺在了床上。尽管她的每根神经还绷得紧紧的，但她感到周围都是一片平和的气氛。幸亏科比先生的劝导，她才没有犯下愚蠢的错误，没有给妈妈带来麻烦，没有激怒米兰

达姨妈。

她的心平静下来了，她决定要用一切方法来赢得米兰达姨妈对她的赞许，要忘记姨妈对他敬爱的父亲的辱骂。丽贝卡原来从来没有听过别人批评她的父亲，毕竟奥雷丽娅·兰德尔从来没有对孩子讲过她的悲伤和失望。

如果这个痛苦的、悲哀的小家伙知道米兰达姨妈今天晚上也很难过，她也许会感到些许安慰。在这件事情上，简所持的善良、道德的立场使得米兰达有些后悔自己的尖刻。她无法忍受简对她的不满，尽管她从来都没有表现出来过。

当我们的好科比先生在星光下赶着马车回家时，他为自己成功地化解了一场可能发生的“逃跑事件”而感到自豪，对自己刚才的劝导和计划感到十分满足。他想起了丽贝卡把头放在他的膝上，泪水一串串地滴落到他的手上；想起她全面考虑各种因素后的通情达理；想起她在明白自己的责任后的迅速决定；想起她对爱和理解的渴望。“老天！”他低声说，“上帝啊，你怎么能折磨虐待一个这样的孩子呢！也许这并不是虐待，但是对那样一个活泼的小孩子来说，一句刺耳的话就像是鞭子抽在她身上啊！米兰达要是知道一点点我和妈妈失去孩子的痛苦，她就不会那样对待丽贝卡了。”

“我还从来没见过一个孩子像丽贝卡这样一天就取得这么大的进步呢！”星期六晚上，米兰达这样对简说。“这恰恰证明了我昨天对她的教训正是她所需要的，我敢说这一个月她都会像今天这样表现的。”

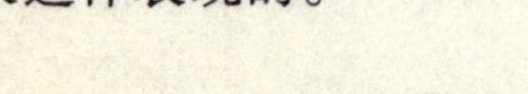

“我很高兴她取悦了你，”简讽刺地回答，“你所需要的就是一个对你阿谀奉承、唯唯诺诺的可怜虫，而不是一个活泼的、带着笑容的孩子。在我看来，丽贝卡就像经历了七年战争一样。当她今天早上下楼时，我觉得她好像一夜之间就长大了很多。你要是能听听我的建议——当然，你很少这样做——你就让我明天下午带她和爱玛·简去河边玩，然后晚上叫爱玛一起来吃晚饭。如果你能发发善心，允许她下个星期三去米尔敦城的话，她会更加开心，这可是她一直以来就想去的。星期三，迪尔伯恩小姐要回家参加姐姐的婚礼，所以那天放假，正好科比一家和贝金斯一家要去米尔敦城的集市。”

第十一章　激动人心的力量

丽贝卡一直渴望着去米尔敦城参观，她一直以为那里是最好的地方，直到最近她从课本上读到了威尼斯和罗马，她才知道也许这些地方比米尔敦城看起来还要漂亮些。因而在参观过米尔敦城之后，她的心里又涌起了要去波特兰看看的热望。那里有很多小岛，有美丽的港口，还有两座公共纪念碑，一定要比米尔敦城漂亮多了。在她看来，米尔敦城是由于繁忙的商业活动而闻名，而非那些能够激发想像力的景色。

与科比大叔去米尔敦城

在这个难忘的星期三，几乎没有任何两个孩子比丽贝卡和爱玛看到了更多的东西，说了更多的话，吃了更多的食物，或是问了更多的问题。

“她真是我这么多年来见过的最好的旅途伴侣了，”科比太太当天晚上对丈夫说，“今天一整天，我们没有一分钟是枯燥乏味的。而且她的举止也十分规矩，她不是什么都要，对我们给她的东西充满感激。当我们走进上演《汤姆叔叔的小屋》的帐篷里时，你注意到她的脸了吗？当我们坐下来吃冰激凌时，你注意到她是怎么给我们讲这本书的吗？我看她比作者本人讲的都要有趣呢。”

“我都注意到了，”科比先生回答，他很高兴妻子和他对丽贝卡有相同的评价。“我敢肯定她将来说不定会成为一个大人物——歌手、作家，或是像帕克斯小姐那样的一个女医生。”

“女医生没什么好的，每天都要待在家里，不是吗？”科比太太反问，她自己也曾经在一所老医学校受过教育。

“不，妈妈，帕克斯小姐就没有待在家里，她几乎走遍了全美国。”

“我看丽贝卡不会当一个医生，”科比太太认真地说，“她爱说话的天赋会让她成材的，说不定她会成为一个演说家，或者朗诵诗，就像来这里为丰收演说的波特兰演说家一样。”

“我猜她会自己写诗，” 科比先生肯定地说，“她会写很多诗，说不定还会出版书呢。”

“不过可惜的是，她长得太普通了。”科比太太吹灭了蜡烛。

“长得普通？”她的丈夫很惊讶地问，“看看她的眼睛，看看她的头发，看看她那天真的笑容，还有那酒窝！再看看爱丽丝·罗宾逊，她被叫做利佛保罗最漂亮的孩子，但和丽贝卡站在一起，她几乎没有一点光彩了！我希望米兰达允许她经常到我们家里来，因为在这里她可以大声笑，可以恢复她活泼的本性。而且我们也知道如何照顾孩子，尽管我们的孩子三十年前就去了天堂。”

尽管科比和太太预见丽贝卡将来会成为作家或演说家，但此时她的作文依旧是一团糟。迪尔伯恩小姐让丽贝卡写了她曾经写过的所有作文主题：亚伯拉罕·林肯、自然、慈善主义、奴隶制度、快乐和责任、孤独，等等，但没有一篇作文能让老师满意。

“丽贝卡，就像你说话那样写作文。”迪尔伯恩小姐反复教导，实际上她知道自己也无法写出一篇不错的作文。

“迪尔伯恩小姐，我从来都不谈论自然、奴隶制度什么的。我没有什么可说的，又怎么能写出来东西呢，是不是？”

“这就是作文的目的，”迪尔伯恩小姐有些含糊地回答，“就是让你有话可说。我们现在看看你最后一篇作文《谈孤独》，你没有写什么有趣的话题，而且你把这篇作文写得十分口语化。文章中都是‘你’、‘你的’，你不能用这么多第二人称，要用‘一个人’、‘一个人的’，这样看起来更像是写作。比如‘当一个人打开他最喜爱的书时’，‘一个人的思想是孤独的最大安慰’，等等。”

“我对孤独了解得不多，就像上星期写《快乐和责任》时那样。”丽贝卡不满地咕哝着。

“你在《快乐和责任》那篇作文中写了逗乐的东西，”迪尔伯恩小姐不满地说，“所以肯定不成功。”

“可是我并不知道你要让我们所有人在全班同学面前大声念出来啊。”丽贝卡说，脸上露出窘迫的笑容。

《快乐和责任》是给高年级学生的题目，必须要在五分钟之内写出来。丽贝卡搜肠刮肚，冥思苦想，但还是什么也没有写出来。当轮到她读时，她不得不红着脸承认她什么也没有写出来。

丽贝卡念诗

“你至少写了几个字吧，丽贝卡，”老师说，“因为我看见你的石板上有几个字。”

“可是我不想读出来，它们写得很不好，求求你，不要让我读了，老师。”丽贝卡哀求道。

“无论好坏，字数多少，读出来，我不会给任何人借口的。”

丽贝卡站起来，知道自己将遭受可怕的嘲笑和羞辱，她小声读出了她写的诗句：

当快乐和责任见面，
让该死的责任滚蛋！

教室里爆发出一阵哄堂大笑，迪克·卡特笑得把头都埋在了桌子下面，而里文·贝金斯甚至笑得喘不过气来。

迪尔伯恩小姐也笑了，她也是个女孩，平时一本正经的教学很难触动她的幽默细胞。

“丽贝卡，你放学后必须要留下来，重新写一遍，”她说，但是脸上带着笑容。“你的诗意义太差了，因为一个好女孩应该热爱自己的责任。”

“这并不是我心里的想法，”丽贝卡辩解道，“我刚刚写完第一句，就看见你敲铃了，我没有时间去仔细考虑什么才和‘面’押韵，匆忙地就想到了‘蛋’。我现在改动一下我刚才的句子：

当快乐和责任见面，
我应该让快乐滚蛋！

“这好多了，”迪尔伯恩小姐回答，“不过我认为‘滚蛋’这样的词语不应该出现在诗句里。”

在得到老师关于不定代词“一个人”的用法指导后，丽贝卡似乎掌握了写高雅作文的诀窍。她牢牢记住老师的建议，费了很大力气重新改写了她关于孤独的作文。以下就是她改后的作文，似乎无法让任何一个老师或学生满意：

孤　独

当一个人用一个人的思想去安慰一个人的时候，我们就不能说一个人是孤独的。的确一个人独自坐着，但一个人在思考；这些都不是孤独的表现，当一个人翻开一个人最喜爱的书，阅读一个人最喜爱的故事；当一个人与一个人的姨妈或兄弟交谈，或抚摩一个人的猫；当一个人看一个人的相册。一个人工作时也不是孤独的。一个人的家务会让一个人从不感到孤独。一个人是否在为准备一个人的晚餐捡柴生火而感到孤独呢？或者一个人在给奶牛挤奶前，清洗牛奶桶时感到孤独呢？这样的人是不会孤独的。

丽贝卡·兰德尔

“这太可怕了！”丽贝卡在放学后大声朗读自己的作文后，她叹着气说，“看样子用很多的‘一个人’并没有让我的作文读起来像书一样，相反却糟糕透顶。”

“你写作文真奇怪,”迪尔伯恩小姐继续指责她,“你怎么能写这些事情呢?怎么能写这些普通得不能再普通的东西,捡柴,挤牛奶?”

“因为我上一个句子在谈论家务活,而这些确实是家务活啊。你不认为把晚饭叫做‘一个人的晚餐’很好吗?还有‘抚摩’这个词是不是也很好?”

“是的,这里用的词还不错。但我不喜欢捡柴、牛奶桶这些东西。”

“好吧,”丽贝卡叹着气,“我把这些都删掉,那么奶牛是否也要删掉呢?”

“是的,我也不喜欢作文中出现奶牛。”迪尔伯恩小姐无奈地说。

去米尔敦城的旅途也带来了一点不愉快的后果。在随后的那个星期,米妮·斯麦丽的妈妈告诉米兰达,她应该对丽贝卡严加管教,因为一天下午米妮听说她在爱玛·简和里文·贝金斯面前说了“肮脏、亵渎的话”,而后两个人只是大笑并追着她打闹。

面对这样的罪名,丽贝卡愤怒地拒绝承认它,好在简姨妈很相信她。“仔细想想,丽贝卡,想想米妮到底听见你说了什么?”简说,“不要太固执,快认真想想他们为什么追着你跑,你们当时在做什么?”

“哦,我想起来了!”她大叫。“那天早上一直在下雨,路面上到处是污水坑。爱玛·简、里文还有我一起走在路上,我走在最前面。我看见路上的水流进水沟里,这一下子让我想起我们在

米尔敦城看的《汤姆叔叔的小屋》。那里面有一个情节是猎犬追着抱着孩子逃跑的伊莱扎，后来她踩在浮冰上穿过了密西西比河。我们当时看完这出戏、走出帐篷的时候都不禁大笑起来，因为舞台太小了，伊莱扎不得不在台上一圈圈地跑，有的时候是狗在追赶她，而有的时候又好像她在追狗似的。我知道里文也会记得这个滑稽的情节，于是我脱下雨衣，包住我的书包，当它是个孩子，然后我大喊：'哦，我的上帝！我怎么过河！'就像伊莱扎在舞台上那样；随后我就跳过一个个水坑，而里文和爱玛就像戏里的猎犬那样追赶我。也许讨厌的米妮看见了我们在玩，但她那么笨，根本不知道我们是在演戏。而且伊莱扎只是说：'哦，我的上帝！我怎么过河！'她并没有说什么诅咒的话语，她是在祈祷！"

"不过你也不能在路中间祈祷啊！"米兰达说，"还好，没有她们说的那样糟糕。你总是惹很多麻烦，我觉得如果你管不住自己的舌头，你就要一直这样惹麻烦！"

"我倒希望我能管住米妮的舌头。"丽贝卡一边收拾晚饭餐桌，一边低声咕哝着。

"我觉得她真是个古怪的孩子！"米兰达摘下眼镜，放下缝补的衣服，对简说，"你不觉得她有一点疯狂吗，简？"

"我也觉得她和我们不一样，"简说，脸上带着某种愉快的神情，同时还有些焦虑的神色，"但我现在还不能说这是好是坏，等她长大我们才能明白吧。她身上有很多特别的东西，而且我觉得有的时候我们不适合管理或者干涉她。"

“胡说八道！”米兰达瞪了妹妹一眼，“你可能是那样吧，但是我觉得我适合管理世界上的一切孩子！”

“我知道你是这样感觉的，但事实却不是你能左右的。”简带着笑容揶揄姐姐。

简似乎越来越自由地表达她同姐姐的相反意见了，当察觉到的时候，她自己也觉得吃惊，甚至感觉有些“放肆”了。

第十二章　无力的自我惩罚

在丽贝卡刚刚读了有关斯巴达男孩的书后，她也开始认为对于盲目自信的她来说，适当的轻度自我惩罚是有益的。直接导致她产生这种想法的，是一件比较悲哀的、不同寻常的事故。

那天，丽贝卡穿着最好的衣服到科比家里去摘茶叶，但是当过桥的时候，她突然被脚下的河水深深吸引了，忍不住靠在刚刷了油漆的围栏上俯身看着河水起伏的波涛，它在阳光下闪着令人头晕目眩的金光。她把胳膊支在木板顶端，小小的身躯探出去尽情地享受这怡人的美景，头脑里又开始幻想了。

大坝上游的河水形成了一面湖水，就像一面大玻璃镜子，倒映着蓝天白云以及两岸美丽的风光。河水从坝上泻下，形成了一道美丽的瀑布，它像一匹闪着金光的锦缎，而当锦缎流到坝下，它又变成了一堆雪白的泡沫。不仅是夏天，一年四季里，这片瀑布都在变换不同的景致，引人入胜：无风的阳光下它轻起涟漪，闪着鱼鳞般的光；清凉的月色下，它如同天上的银河；11月干冷的天空下，它是冷冷的，灰蒙蒙的；如火的7月里，它在烈日的炙烤下似乎失去了大部分生命，坝上只剩下浅浅的一层泡沫；而在4月雨水期，它又奔腾咆哮着，似乎有永远发泄不完的力量。这条河畔有多少双眼睛被这神秘、壮观的瀑布吸引啊！又有多少颗年轻的心看着奔腾不息的瀑布，倚在围栏上幻想他们的未来啊！但是几乎所有的人都注意到这个现象，坝上流下的汹涌壮观的瀑布最终还是汇入安静的河水中，一起静静地流向远方，但毕竟它曾经激起过波涛。

每次丽贝卡过桥的时候，她都要俯身在围栏上，看着河水，幻想着未来，而此时她把她的感受写成了一首小诗。

两位少女走在
贯穿缅因州的河边。
一个叫做丽贝卡，
另外一个是爱玛·简。

“我希望我的人生像这条河水，”
爱玛·简凝视着美丽的河水，
“如此安静，又如此平坦，
没有任何疼痛和苦难！”

“而我宁愿自己是一滴水滴，
是这奔腾的瀑布中的一滴水滴！
我不愿像那镜子一般平滑的湖水，
因为我更适合奔流向前，永不停息！”
丽贝卡对着河水发出自己的心声。

但是我也许并不能如愿以偿，
不能得到我所希望的东西，
最终我还是要归于平静，
汇入爱玛·简的生活！

油漆

“我不喜欢最后一句，‘汇入爱玛·简的生活’，但是我又想不出其他更好的句子。哦！天哪，怎么有油漆的味道！上帝，它粘在我的身上了！我最好的裙子上都是油漆！上帝，米兰达姨妈会怎样训斥我呢?！”

丽贝卡的双眼中充满了自责的泪水，她飞快地跑上山，她知道她会从科比一家那里得到同情，但她更希望会得到帮助。

科比太太看了一眼丽贝卡的裙子，保证她可以把每一根纤维上的油漆都弄掉；而杰里大叔也证明了妻子的能力，他说妈妈可以把任何东西都洗掉。

丽贝卡脱下这件五彩斑斓的上装，穿上科比太太的上衣，随后科比太太把有油漆的地方浸在松节油里。

“别让这件事情破坏了你的好心情，”科比太太说，“我有奶油饼干和蜂蜜要给你吃。别担心，如果松节油不管用的话，我就用其他方法，法国石灰、肥皂水等等。如果这些也不能去掉的话，可以让你杰里大叔去塞思家里借他们从米尔敦买来的一种东西，它一定很有效，因为塞思婚礼礼服上粘的葡萄干馅饼就是用它弄掉的。”

“不过我还是不理解这起油漆事故怎么会发生呢?”杰里大叔把蜂蜜递给丽贝卡，诙谐地说，“桥上挂着好几个‘油漆未干’的牌子，即使是一个瞎子也会看见的。我真不明白你怎么会弄得一身油漆！”

“我没有注意到那些牌子，”丽贝卡难过地说，“我一直在看那瀑布。”

“那瀑布一直就在那里，而且在我看来，它永远也不会消失，你为什么那么着急看它呢。”科比幽默地说。

当晚餐结束后，丽贝卡坚持要洗盘子，而科比太太则努力地清洗衣服上的油漆，看样子这可是个艰巨的任务。丽贝卡不时地离开厨房来看看科比太太的进度如何，而杰里大叔则不时地给出建议。

“你一定整个身子都靠在桥上了，”科比太太说，“你看，不仅袖子、腰部有油漆，整个前胸也都是油漆！”

当这件上装初见本色的时候，丽贝卡的情绪立即高涨起来

了；最后油漆几乎都不见了，丽贝卡把它放到庭院里晾干，随后进了起居室。

"家里有纸吗？"丽贝卡问，"我想把我刚才靠在桥上时想出的那首诗写下来。"

科比太太坐在她身边，修补一个篮子，而科比先生则拿下来一个绳编的方格篮子，全神贯注地解开上面的每一个绳结——这是他最喜爱的晚间娱乐。

丽贝卡很快就把诗写完了，当然她又做了许多改进。

两个愿望

丽贝卡·兰德尔

在流经缅因州的河边，
走来两位少女。
黑黑的女孩叫丽贝卡，
白皙的就是爱玛·简。

这位美丽的白皙少女祈祷，
"我希望我的人生就像这条小河，
如此安静，如此平坦，如此顺利，
充满了愉悦和安逸。"

"而我宁愿自己是一滴水滴，
是这奔腾的瀑布中的一滴水滴！
我不愿像那镜子一般平滑的湖水，

因为我更适合奔流向前，永不停息！”
丽贝卡激动地对上帝说出了，
和伙伴完全不同的愿望。

但是我也许并不能如愿以偿，
不能得到我所希望的东西。
最终我还是要归于平静，
汇入爱玛·简的生活！

她大声地念了出来，科比和太太都认为这首诗语言非常美丽，是件非凡的作品。

“我想即使那位住在波特兰国会街的诗人读到这首诗也会感到十分惊讶的，”科比太太说，“我认为这首小诗足以和他的那首《不要用悲伤的数字告诉我》媲美，而且意思更加清晰明白。”

“我从来不知道什么叫做‘悲伤的数字’。”科比先生讥讽地说。

“那么我想你可能没有学过小数吧！”丽贝卡笑着说。“杰里大叔、莎拉婶婶，你们能不能重新改写一下我的诗，尤其是结尾一段。老师总是说，有思想、有经历的人才能写出好诗。”

“我可不会写，你为什么认为你的结尾不好呢？”科比先生询问。

“它太糟糕了！”丽贝卡咕哝着，“我不应该在最后一节出现‘我’。因为我是在写这首诗，没有人知道我代表谁，应该是‘丽

贝卡'或'黑黑的少女',而且'汇入爱玛·简的生活！'这句话也太可怕了。有时候我觉得自己根本就不是在写诗,就像在说话一样。这结尾真是太难改好了,不知道这样算不算稍好一些：

但是也许我们并不能得到
我们祈祷的一切。
也许每个人最终都无法逃脱
平静的生活。

几分钟里,我们的女诗人冥思着,随后脸上露出兴奋的光芒,"这太简单了,我得到一个好结尾,听!"随后她用美丽、悲哀的嗓音低声读着：

无论我们的命运是幸福还是悲伤,
生活充满欢笑还是泪水,
但要相信一切都是上帝的安排,
这个信念会帮助我们忍受苦难的岁月。

科比先生和太太交换了一下赞许的眼神,杰里大叔甚至背过脸去偷偷地擦了擦眼睛。

"你怎么能写出这样的诗呢？"科比太太惊讶地问。

"哦,这很容易,"丽贝卡回答,"教堂里的圣歌和这个很像。你们知道威尔汉姆学院每个月都出版校报，迪克·卡特说主编通常都是男孩,当然,他们也允许女孩写稿件,从中选取最佳的。迪克还说我写的东西也能登在报纸上。”

“登在报纸上！”杰里大叔很惊讶地说，“何止刊登一点东西，我一点都不怀疑你可以自己写整张报纸，而且我认为你一只手就能打败所有的男编辑。”

“我们可以把这首诗抄在我们的家庭《圣经》上吗？”[许多基督教徒家里有家庭用大型《圣经》，内附有空白页，供记载家属结婚、生死等事项用。——译者注]科比太太尊敬地请求。

“哦，你很喜欢它吗？”丽贝卡问，“我们可以用枝好钢笔蘸上紫罗兰色的墨水抄写在上面。但是我得先出去看看我那条可怜的裙子。”

这对夫妇跟着丽贝卡一起来到厨房。裙子已经干了，而且莎拉婶婶的努力的确没有白费；但是由于用力搓洗，衣服有些退色，花纹有些模糊，而且不少地方还有水渍。科比太太用熨斗把它熨得平平整整，这样它看起来好了一些。他们催促丽贝卡快换上衣服，看看那些油漆痕迹是否还很明显。

丽贝卡穿上了衣服，老夫妇看了一眼衣服，就知道丽贝卡回去一定会挨骂的。丽贝卡拿下挂在门口钉子上的帽子，说：“我必须要回去了，回去后我又该挨骂了。晚安！”

“可怜的小家伙，她多么不幸啊！”杰里大叔叹着气，目送着丽贝卡跑下山去。“希望她路上小心点。我想，她要是我们的孩子，她就是把油漆弄得满屋子都是，我都不会责怪她的。这是她留下来的诗，再给我读一遍，妈妈。上帝！”他把烟袋填满，又笑了，“我似乎可以看见丽贝卡把学校的男编辑打得一败涂地！我不知道编辑是干什么工作的，但丽贝卡一定会做得很好！”他又

重复了丽贝卡的最后两句诗：

但要相信一切都是上帝的安排，

这个信念会帮助我们忍受苦难的岁月。

上帝！妈妈，这说得多好啊，就好像是福音书一样。你说她怎么能想出这样的诗句呢？”

“她这样的年龄本不应该写出这样的诗句，”科比太太说，“她也许只是猜测人生就是这样的。杰里米，这些道理我们不需教导就知道，毕竟我们经历了很多。”

丽贝卡回去后遭到了责骂(她自己也认为罪有应得)。米兰达姨妈用了很长时间历数她以前由于粗心所犯下的过错，最后下结论说一个凡事马虎大意的女孩最后只能长成一个只会胡言乱语的白痴。米兰达姨妈还不允许她去参加爱丽丝·罗宾逊的生日晚会，并且，作为一种惩罚和提醒，丽贝卡必须要一直穿着这条退了色的、有斑点的裙子，直到穿坏为止。不过六个月后，简姨妈给她作了一块带白色花边的条纹布围兜，正好遮住了满是斑点的前胸部分。简姨妈总是善良地做些事情，来弥补这个可怜的小罪犯所犯下的过错。

当丽贝卡听到姨妈对她的“判决”后，她回到房间，陷入了沉思。她可不想将来长成为一个白痴，尤其是一个满嘴胡言乱语的白痴；于是她暗暗下了决心：每次她做了什么错事，或令两位姨妈不高兴，她就要自己惩罚自己。她并不在意不能出席爱丽丝的生日晚会。她曾经对爱玛·简说这个晚会一定像是个在墓地举行的野餐,因为罗宾逊家的房子离墓地十分近。而且罗宾逊太太十分爱干净,“简直令人无法忍受的干净”,孩子们到她家里总是要从后门进去,然后站在门前的报纸上说话,因而小伙伴们都要求爱丽丝在贮藏室或谷仓里“接见”他们。罗宾逊太太不仅有洁癖,还“十分吝啬”,因而丽贝卡猜想晚会的点心差不多就是些薄荷糖,以及一杯清水。

考虑完这些后,丽贝卡想她应该如何自我惩罚。她希望像斯巴达男孩那样贴身穿硬硬的、扎皮肤的马尾衬衣,并在鞋里放一块鹅卵石,但随后她就立即否定了这两种忏悔方式。马尾衬衣她根本无法得到,而鞋里的鹅卵石肯定逃不过米兰达姨妈那像阿耳戈斯[阿耳戈斯是希腊神话中的巨人,长着一百只眼睛,以机警著称。——译者注]一样的眼睛,说不定还要因此责骂她恶作剧;再说丽贝卡每天又要做家务,又要走一英里半的路程上学,这种惩罚对她来说太不合适了。

她第一个试图通过受难来忏悔的试验并没有成功。虽然她有很多喜爱做的事情,但去主日学校唱歌是她最喜爱的,为了惩罚自己,她这个周日没有去主日学校。然而,由于她的缺席,好几个要跟着她唱歌的孩子都很丢脸地唱不下去(因为只有丽贝卡把歌词记得十分清楚)。今天她所在的班级要唱诵《圣经》里一段十分拗口的福音,而她的伙伴们不得不在牧师的要求下硬着头皮张开嘴,然而丽贝卡的缺席让他们唱不出一个完整的句子,本来就很拗口的唱词更是被他们改得乱七八糟。

她的自我惩罚再次造成了不良的后果——尽管她并没有

想到会有这样的后果。丽贝卡坐在房间里，头脑里一片空白，因为她再也想不出合适的自我惩罚了。她想她必须要放弃某种东西，然而实际上她根本没有什么东西可放弃，除了——是的，这样的惩罚是足够严厉的——她心爱的阳伞。她不能把它藏在阁楼里，因为某个时候她肯定会忍不住再把它拿出来的。

但她恐怕自己没有足够的道德力量来把她心爱的阳伞撕成碎片。她的眼神从阳伞上移到庭院里的苹果树上，随后又落在井栏上。这种方法很好，她可以把她最心爱的阳伞扔进深深的水井里。下定决心后，她就立即开始行动了，就像平时一样。她在黑暗中溜下楼，悄悄打开前门，来到了她准备牺牲的地方，她双手颤抖着打开井盖，浑身禁不住发抖，随后用尽全身力气把她心爱的伞扔了进去。在放弃心爱东西的这一刻，她头脑中

把太阳伞扔到井里

突然想起了恒河边上把自己的婴儿扔给鳄鱼的异教徒母亲，这似乎能给她注入些力量。

这天晚上，她睡得很好，早上起床后，身体里似乎有了某种神圣的力量。吃过早饭后，丽贝卡就去上学了。她却不知道此时家里抽水遇到了极大的难题。比佳·弗来哥被叫来帮助抽水，可是却怎么也抽不出水。他抬起井盖，发现了罪魁祸首，随后把它打捞了出来。原来阳伞的象牙把手卡到了抽水机齿轮上，机器一转动，这个由一颗懊悔的心所牺牲的祭品就在井里跳来跳去，坚硬的伞骨戳在井壁上，抽水机根本无法转动，结果水井里充满了阳伞的残骸。也许一个手法熟练的专家都无法做出这样专业的破坏，但一个追求美德的不幸小女孩却一转手腕就弄出了这样的“杰作”。

我们暂且不叙述丽贝卡放学回家后发生了什么吧。也许你是一个阅历丰富的人，是个能言善辩、口若悬河的人，但即使是你，也会为解释伞为什么在米兰达姨妈的井里而感到头痛，毕竟丽贝卡把心爱的阳伞扔掉的起因和其曲折的心理斗争根本无法解释，也很难让她的姨妈理解。尤其是在紧闭双唇，用严厉、谴责的眼光瞪着你的米兰达面前，你更不能解释这种自我惩罚了。米兰达姨妈用她的常识和逻辑把丽贝卡逼到了墙角，她不得不像姨妈坦白了她牺牲阳伞的动机，姨妈生气地说：“现在看看这里，丽贝卡，你真该受一顿鞭打，可是我不会打你的；但是如果你觉得你受的惩罚不够的话，随时告诉我，我会帮你想出些新的自我惩罚方法。现在全家人就一同和你受惩罚，我们陪你一起喝有象牙粉末、碎木屑和粉布头的水吧！”

第十三章　白雪和红玫瑰

就在感恩节前，辛普森一家的状况变得非常糟糕，可以用危机来形容了。辛普森家的孩子们一直都是在岌岌可危的贫穷中度过的。

利佛保罗的居民尽可能地尽一些微薄的力量来为这群孩子提供些帮助，然而他们并不能为辛普森家这么多的孩子提供衣食。况且，辛普森一家是从别处搬来的，利佛保罗更希望他们全家搬回到原来的地方。尽管辛普森太太竭尽全力，家里依旧缺吃少穿。孩子们只能适当地在快开饭的时候坐在邻居家的厨房外面，以求往肚子里填点吃的。他们虽然并不受欢迎，但他们确实可以从一些善良的主妇手里得到一口自己不要的食物。

在11月阴冷灰暗的天气里，辛普森家的孩子只能羡慕地看着其他人家纷纷烘烤又肥又香的火鸡，储存金黄的南瓜和玉米。相比之下，他们的生活真是太阴暗沉闷了，他们也想得到一些给生活增添些色彩的东西。最后他们决定通过卖肥皂来获取肥皂公司许诺的奖赏。他们在初秋已经向邻居卖了很多肥皂，赚的钱足够买辆小手推车，尽管车子很不结实，但足够他们推着去隔壁村庄卖了。孩子们从父亲那里继承了一些商业精明和管理能力，他们决定把“生意”扩大规模，将肥皂销售到整个利佛保罗，当然他们要劝说那些村民愿意购买他们的肥皂。象牙肥皂公司只给它旗下遍布全国的童工很微薄的报酬，但是它规定销售人员如果达到了一定销售数额便可得到一些奖赏——

通常是以实物形式，以此来激励销售人员；公司给所有的销售人员都发了一些彩色印刷的宣传册，上面印着各种奖赏物品的图片。在换取什么样的奖赏问题上，克拉拉·贝尔和苏珊咨询了丽贝卡的意见——丽贝卡一直全身心地支持他们的事业，并且还把爱玛·简也拉了进来。最终他们决定争取三种奖赏：一个书架、一把长毛绒椅子，还有一盏宴会用灯。当然，辛普森家没有什么书，书架也许只是个摆设；长毛绒椅子对一家七口人也有点用处（不包括辛普森先生在内，他通常四处为家）；但这盏落地灯却给他们带来了莫大的温暖，他们越来越期望能够得到这盏美丽的灯，甚至超过了对食物、水和衣服的渴望。对于辛普森的孩子们舍弃衣食却如此期望得到灯，丽贝卡和爱玛·简都没有意识到有什么不合适的。

他们每天看着图片，知道他们都会为了在房间里摆上这盏美丽的灯而努力奋斗，吃苦流汗，想想这盏灯会给即将到来的冬日傍晚增添多少温暖啊。从图片上看，这盏灯似乎有八英尺高，爱玛·简还建议克拉拉·贝尔先量量她家的屋顶；但从宣传册上的注释中，他们知道这盏灯只有两英尺半高，应该放置在合适的桌子上以凸显其高贵和华丽，但桌子还需要额外付三美元。宣传册上还写着灯是由抛光的黄铜做的，尽管它总被人认为是纯金的；配套的灯罩（如果想得到它，销售人员必须要多卖出一百块肥皂）是由绉绸做的，上面印着鲜艳的色彩——几乎每个销售人员都会看上它，并会努力得到它。

跷跷板·辛普森并没有加入到家族联合辛迪加中。克拉拉·贝尔是个相当成功的推销商；但是苏珊口齿不清，把肥皂说成

辛普森兄弟卖肥皂

“肥照”，她几乎从来没有得到什么大生意；而这对双胞胎太小了，得不到买主的完全信任，因而只能每次给予他们半打肥皂的销售任务，而且还得给他们带上写有每块肥皂、每打肥皂以及每箱肥皂的价格表。丽贝卡和爱玛·简主动要求去帮助他们调查居民对于白雪肥皂和红玫瑰肥皂的需求，并尽可能地多销售一些。白雪肥皂主要是用于洗衣的，而红玫瑰肥皂则是用于盥洗室的。

为了准备这次不同寻常的任务，两个孩子兴奋地在爱玛·简家的阁楼里开了很长时间的讨论会。丽贝卡和爱玛·简可以根据公司的宣传册来安排合适的推销词，而且她们还记得在米尔敦城的集市上，一个制药商是如何声情并茂地向大家推销药品的。他的推销方法让人过目难忘，当然他的手势、用词也让人无法忘记。爱玛·简以丽贝卡为买主做了练习，丽贝卡也同样练习。

“今天下午我可以卖给你一块肥皂吗？有白雪肥皂和红玫瑰肥皂。每个箱子里有6块肥皂，白雪只需要20美分，而红玫瑰只需要25美分。这都是由纯净原料制成的，气味芬芳，闻到它甚至都忍不住想咬一口呢。”

“哦，丽贝卡，我可不想这样说！”爱玛·简焦急地说，“那让我看起来像个傻瓜一样。”

“你一点都不像傻瓜，爱玛·简，”丽贝卡说，“而且我觉得你最不像傻瓜了；再说一遍吧，你要是不喜欢有关吃的那部分，就不说好了。继续。”

“白雪肥皂是迄今为止所生产的最好的洗衣皂。把衣服泡在水里，只需用这种肥皂轻轻揉搓脏的地方，接着再用清水浸泡几个小时，最后，连最小的婴儿都可以毫不费力地把衣服洗干净。”

“婴孩，不能说‘婴儿’。”丽贝卡看着宣传册指出爱玛·简的错误。

“那不是一回事嘛！”爱玛·简申辩道。

“确实是一回事，但是在宣传册上，就不能说‘婴儿’，而要说‘婴孩’或‘幼儿’，就像写诗不能用口语一样。你想说‘幼儿’吗？”

“不，”爱玛·简咕哝着，“幼儿听起来更难听。丽贝卡，你觉得我们是不是要按照宣传册上说的，在我们卖肥皂之前让以利

亚或以利沙试试它的效果？”

“我可不能想像一个婴孩能用任何肥皂洗衣服。”丽贝卡回答，“但我猜这一定是真的，否则宣传册上不敢这样写，不要怀疑啦！爱玛，想想这该多么有趣啊！在根本不认识我们的人家，我们就对他们说这么一大堆话，我们不会害怕吧？我要是记得的话，说不定我还会对他们说最后一句话呢：‘我们的一切产品都是为了顾客的满意。’”

这段对话发生在星期五下午，爱玛·简的家里，丽贝卡整个周末都要在爱玛家里度过，因为她的两个姨妈去波特兰参加一个老朋友的葬礼——能在好朋友家度过一个令人激动的周末让丽贝卡雀跃不已。星期六是假日，她们决定在这天坐着马车去离这里三英里远的北利佛保罗，然后中午十二点在爱玛·简的表兄家吃顿午饭，下午四点准时赶回来。

两个孩子询问贝金斯太太，她们是否可以挨家挨户地帮助辛普森他们推销肥皂，她起初断然地否定了。她尽管是个很纵容孩子的母亲，但她确实不太同意女儿用这种特别的方式玩乐；但由于丽贝卡——那个难以相处的米兰达的外甥女——也和女儿一起哀求自己，她有些犹豫了；但当两个孩子反复劝说她，并说她们的做法是帮助可怜的辛普森家的慈善事业，她最终默许了。

孩子们在沃森先生的商店里集合，克拉拉·贝尔·辛普森根据账目为她们提出了几大箱肥皂。他们合力把肥皂放到马车上，丽贝卡和爱玛·简就兴高采烈地上路了——似乎没有任何人能比她们此时更兴奋了。此时正是感恩节前夕，田野里色彩斑斓，有鲜红色，有浅黄色，有蓝色，有深红色，有青铜色。橡树和枫树上挂着金黄色和红色的树叶，随着微风轻轻摇摆着，不时有几片树叶像蝴蝶一样翩然飞舞。空气就像发泡的苹果酒那样甜美，每一片田地和果园里都堆满了丰收的产品，准备收进谷仓里、送到磨坊里，或运到市场上。这匹老马似乎也忘记了自己已经有二十岁的“高龄”了，它尽情地呼吸着甜美的空气，像小马驹一样撒着欢儿；远处的山峰清晰可见，天边飘着几朵白云。丽贝卡站在车厢里，用充满活力和喜悦的声音大声地赞美这美丽的田野景色：

伟大的、宽广的、美丽的、奇妙的自然啊！
有蜿蜒的河水做你裙子的花边，
美丽的花草点缀你的袖口，
自然，你穿着最华丽的盛装！

在丽贝卡看来，迟钝的爱玛·简从来没有像今天这样可爱、可靠、亲密、忠实，而爱玛·简也认为丽贝卡从来没有如此的灿烂、迷人、有才气。在这次亲密的、自由的、要完成重大任务的旅途中，两个小伙伴的友谊更进了一步。

一片色彩斑斓的落叶掉进了车厢里。

“颜色会让你感到头晕目眩吗？”丽贝卡问。

“不会，”爱玛·简停顿了很长时间，“一点也不会。”

“也许头晕目眩不能合适地表达出我的感觉，但是很近似。我有的时候想把鲜艳的颜色吃掉、喝掉，甚至融化进去。如果要

你做一棵树的话，你想成为什么树？”

爱玛·简最喜欢这种假设，丽贝卡投其所好，狡猾地撬开了她的嘴巴，刺激了她的耳朵，这样她就会陪她说话、做游戏啦！

“我想成为一棵开满花的苹果树——就是我家猪圈旁边那棵开满粉色花儿的苹果树。”

丽贝卡笑了。爱玛·简的答案中总有些她意想不到的东西。“我想成为池塘边上的那棵枫树，上面都是火红的枫叶。”——她用鞭子指了指她中意的那棵树。“我觉得我比你家猪圈旁边那棵苹果树要好得多，因为我可以看见树林里的一切风景，可以在美丽的镜子前欣赏我的火红色的裙子，还可以看见周围有很多美丽的小树慢慢长大。等我长大可以赚足够的钱了，我就要给自己买一条像这树叶一样璀璨夺目的红裙子，然后系上和树干一个颜色的褐色腰带，那我哪里应该是绿色的呢？有没有绿色的衬裙呢？我想穿上绿色的衬裙，不时地让它从红裙子下面露出来一点，这样大家就知道我红宝石般的树叶都是由绿树叶变成的。”

“我觉得你穿成那样会十分难看，”爱玛·简说，“我要穿一条雪白的绸缎长裙，系上粉色的腰带，穿着粉色的长袜、褐色的拖鞋，还要拿着一把粉色的扇子。”

第十四章 阿拉丁先生

对于两个急于在销售行业一展身手的孩子来说,第一个小时的失败经历并没有给她们的热情泼上冷水。两个孩子并没有一起向“受害者”推销,因为她们觉得一起推销肯定会让两个人都不严肃;她们在每家房门前分开,一个看着马车,另一个拿着样品对所有可能购买的家庭成员推销。爱玛·简已经卖出了三块肥皂,而丽贝卡却卖出了三小箱;毕竟两个人劝说公众的能力本来就有高下之分, 但两个人都把她们的成功或失败归咎于环境而非能力。家庭主妇们看着爱玛·简就不想要任何肥皂,即使听了她结结巴巴地称赞肥皂的各种优点,她们依然没有任何购买的念头。而丽贝卡却很幸运,她所选的买主要么想起了他们现在需要肥皂,要么觉得将来要用肥皂。幸运的丽贝卡几乎没怎么费力气就推销出了三小箱肥皂, 而她的成功无疑打击了可怜的爱玛·简,后者几乎失去了要成为一个尽职劳工的热情了。

“该轮到你了,我很高兴。”爱玛·简说,她指着离这条路很远的一幢房子。(这时候一个家庭主妇从旁边的房子里探出头,喊道:“小孩子们,到一边去,不管你箱子里装着什么东西我都不会买的。”)爱玛·简并没有在意,继续对丽贝卡说:“我不知道那房子里住着谁,前面的百叶窗和大门都关着呢。如果房子里没有人,你就继续找下一幢房子,直到你成功地卖出了肥皂,才轮到我去卖。”爱玛·简尽量回避自己的任务。

阿拉丁

丽贝卡走了过去，来到了房子的侧门。在门廊里，一个外表很英俊的年轻男人坐在椅子上，一边惬意地晃动着，一边剥着玉米。丽贝卡并不能完全判断他的年龄，年轻或是中年，但丽贝卡明显感觉到他带着城市味道——刮得很仔细的脸，修得很整齐的唇上胡须，非常合身的衣服。丽贝卡面对这个意想不到的客户有点害羞，但她不能逃避任务，于是她大声问，“这座房子的女士在家吗？”

“目前我就是这里的女士，”这个陌生人说，嘴角浮起一丝古怪的笑意，“我能为你做什么？”

“你是否听说过——你是否愿意，我的意思是——你需要肥皂吗？”丽贝卡有点紧张地问。

“你认为我看起来需要肥皂吗？”他的回答十分出乎丽贝卡的预料。

丽贝卡笑了，露出两个好看的酒窝，“我不是那个意思，我有些肥皂要卖；我想我可以向你介绍一下这种非凡的肥皂，它是目前市场上最好的肥皂。它叫做——”

“哦！我一定知道这种肥皂，”这位绅士快活地说，“是由纯粹的植物油脂制成的，是不是？”

“最纯粹的。”丽贝卡确认到。

“里面没有任何酸性物质？”

“一点都没有。”

“使用这种肥皂，即使一个孩子都可以毫不费力地洗全家的衣服，对吗？”

“一个婴孩。”丽贝卡纠正他。

“哦！一个婴孩？以前还是孩子，现在非但没有长大，反倒越来越年轻了。”

真是太幸运了，丽贝卡的顾客居然知道宣传册上写的所有优点！丽贝卡笑得越来越开心了，酒窝也越来越深，并应新朋友的邀请走进门廊，坐在他旁边的凳子上。她打开装着红玫瑰肥皂的美丽箱子，拿出两种肥皂的价格表。她此时完全忘记了等在大门口沉默的搭档，拿出一副对这种名牌肥皂了如指掌的派头，与她的顾客滔滔不绝地聊了起来。

“我并不住在这里，我今天只是帮忙照看房子。”这位令人愉快的绅士解释道，“我是来探望我的姨妈的，她今天去了波特兰。当我还是个小孩子的时候在姨妈家住过很长时间，而且我非常喜欢这里。”

“我觉得任何地方都代替不了一个人居住并度过童年的农场。”丽贝卡评论道，她居然在日常谈话中成功地用上了迪尔伯恩小姐教的不定代词(一个人)，为此她几乎要骄傲得跳起来。

这个绅士看了她一眼，放下了手中的玉米。“那么你认为你的童年已经是过去的事情了，是这样吗，年轻的女士？”

“我依然记得很清楚，”丽贝卡有点难过地说，“尽管它好像是很久以前的事情了。”

“我也清楚地记得我童年的每一件事情，尤其是不快乐的事情。”这位陌生人说。

“我也是，”丽贝卡叹了一口气，“你童年最大的烦恼是什么？”

“缺少食物和衣服。”

“哦！”丽贝卡同情地说，“我的烦恼就是没有鞋穿，家里孩子太多，没有足够的书。但是你现在很好，也很开心，不是吗？”她疑惑地问，尽管这位城市来的绅士很英俊，举止很得体，服装很漂亮，但当他沉默的时候，任何孩子都看得出来，他的眼神里有一丝疲惫，嘴角有一丝悲哀。

“我现在很好，谢谢你。”这个绅士笑着说，“现在告诉我，我今天应该买多少肥皂？”

“你姨妈手里现在有多少肥皂啊？”这个诚实而又没有经验

的小推销员问道，“她需要多少呢？”

“我也不知道她需要多少，不过肥皂放得住，不是吗？”

“我也不太确定，”丽贝卡很讲良心地说，“我看看宣传册上怎样写的，上面一定会写保存时间的。”她从衣袋里拿出了宣传册。

“你准备怎么花费卖肥皂赚到的钱呢？”

“我们并不是为了自己赚钱而出来卖肥皂，”丽贝卡推心置腹地说，“在门口看着马车的伙伴是个富有的铁匠的女儿，她根本不需要钱；我很穷，但我和姨妈住在一起，住在那幢砖房里，她们也不会让我成为一个小贩的。我们是为了帮助我们的朋友得到奖赏。”

丽贝卡原来从未对她的顾客提起过她的推销目的，但在这位绅士面前，她不由自主地对他讲述了辛普森先生、辛普森太太、辛普森一家；讲述了他们贫穷的生活，以及对可以照亮他们生活的宴会灯的热切盼望。

“你不必讲这么多，”这个绅士笑了，站起身来看了一眼站在正门口的“富有铁匠的女儿”，“如果他们想得到那盏灯，他们一定会得到的，尤其是你希望他们得到的话。我小时候也曾经很渴望得到一盏美丽的宴会灯。好了，把你的宣传册给我，让我计算一下辛普森他们此时还需要卖出多少肥皂。”

“如果他们这个月和下个月多卖出两百块肥皂，他们就可以在圣诞节前得到那盏灯，”丽贝卡回答，“而且这样他们还可以在夏季得到一个美丽的灯罩；但是恐怕我从今天以后就不能这样帮助他们了，因为我的米兰达姨妈一定不会同意的。”

“我知道了，好吧，我买三百块肥皂，这样他们就可以一起得到灯和灯罩了。”

丽贝卡一直坐在门廊边缘的凳子上，当听到这位绅士的话时，她立即哆嗦了一下，而小凳子就一下子翻了过去，丽贝卡跌在了身后的丁香树丛里。这位资本家大笑着把她拉起来，扶她站好，拍打着她身上的灰尘。“当你听到这样大数量的购买时，你不应该这样吃惊，”他笑着说，“你应该说‘你不能再多买五十块吗，先生？’而不是这样跌倒，这可不像个商人啊！”

“哦，我可说不出那样的话！”丽贝卡说，由于刚才的摔跤，她脸上一片绯红，“但是你买这么多合适吗?你确定你能买得起这么多吗？”

“没关系，我要是买不起的话，我可以从其他地方节省一些！”这位慈善家诙谐地回答。

“要是你的姨妈不喜欢这种肥皂怎么办？”丽贝卡紧张地问。

“我姨妈从来不会不喜欢我看中的东西。”

“可是我的姨妈却和我正好相反。”

“哦，那一定是你姨妈的过错。”

“不，错误在我。”丽贝卡笑着说。

“你叫什么名字，年轻的女士？”

“丽贝卡·罗威娜·兰德尔，先生。”

“什么？”他又开心地笑了，“你有两个名字？你的妈妈真是慷慨。”

“她无法放弃任何一个名字，因为她都喜欢。”

“你想知道我的名字吗？”

“我想我已经知道了，”丽贝卡欢快地看了他一眼，“我确定你一定是《一千零一夜》中的阿拉丁先生。哦，我可以去告诉爱玛·简这个好消息吗？她一定等得不耐烦了，听到这个消息一定会高兴极了！”

等这位绅士点头同意之后，她立即跳起来，一边向马车跑去一边大喊，“哦！爱玛·简！爱玛·简！我们全都卖出去了！”

阿拉丁先生也带着笑容跟在后面，以让爱玛相信丽贝卡不可置信的话确实是事实。他把马车上所有的肥皂都搬到院子里，并要去了宣传册，答应当天晚上就给象牙公司写信帮助他们索要奖赏。

“你们要是乐于保守秘密的话——你们这两个小女孩——那么当辛普森一家在感恩节时突然收到灯时一定会很惊喜的，怎么样？”他问道。

两个孩子很高兴地答应了，她们一起激动地说谢谢，丽贝卡的眼睛里涌满了欢乐的泪水。

“哦，不要谢了！”阿拉丁笑着举了举自己的帽子。“我几年前曾经是一个商业旅行者，我很高兴能帮助你们。再见了，丽贝卡·罗威娜小姐！下次你要是还销售什么东西的话一定要提前告诉我，这样我可以提前知道我是否需要。”

“再见，阿拉丁先生！我一定会的！”丽贝卡大喊，欣喜地把两条黑辫子甩在脑后，激动地对她的阿拉丁先生挥手告别。

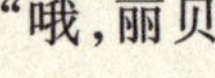

“哦，丽贝卡！”爱玛·简惊恐地对丽贝卡耳语，“他居然对

我们举起帽子，我们还不到13岁呢！我们五年后才能成为小姐呢！”

“没关系！”丽贝卡回答，“我们现在正在长成小姐。”

“他的举止多么文雅啊！”爱玛·简沉醉地回忆。“哦！他多好啊！买了我们全部的肥皂！想想我们一天的工作就赢来了灯和灯罩！你不庆幸你今天穿了这条粉裙子吗？你穿粉色和红色非常漂亮，丽贝卡，但是你穿土褐色和棕色就难看极了。”

“我知道，”丽贝卡叹口气，“我真希望我像你一样，穿什么颜色都好看！”丽贝卡有些羡慕地看着爱玛·简胖胖的、玫瑰红的脸蛋，她湛蓝的双眼——不像丽贝卡的双眼会说话，她小巧的鼻子——但没有任何特点，还有红红的嘴唇——但它说出的话语却不值得听。

“没关系，”爱玛·简安慰地说，“每个人都说你十分聪明、有才华，而且妈妈说等你长大了你会非常漂亮。你可能不相信，我两年前一直是个很难看的孩子，后来我的红头发变成深色，脸也好看了。这个好人叫什么名字？”

“我从来没想过问他！”丽贝卡懊悔地喊，“米兰达姨妈要是知道一定会说我总是这样粗心。但是我叫他阿拉丁先生，因为他让我们得到了灯。你知道阿拉丁和神灯的故事吧？”

“哦，丽贝卡，你怎么能第一次见面就叫他的绰号呢！”

“阿拉丁并不算是个绰号，不管怎么样，听到我这样叫他，他还笑呢，似乎很喜欢这个称呼。”

回到利佛保罗后，两个女孩几乎用了超人般的毅力才一直封住嘴巴，把这个好消息牢牢地憋在肚子里，尽管所有的人都看出来丽贝卡和爱玛有些不正常。

就在感恩节当天，辛普森家收到了一个大大的包装箱子。跷跷板打开了箱子，拿出了这盏无比华丽的灯，跷跷板顿时羡慕并崇拜起姐妹们的经商能力了。丽贝卡在灯到达的时候就知道这个消息了，但是她一直等到傍晚才去了辛普森家，这样，她就可以欣赏这美丽的战利品从粉红色的绉绸灯罩里发出的玫瑰色的、柔和而又迷人的光。

第十五章　美丽的宴会灯

中午一点，米兰达一家吃了丰盛的感恩节大餐，除了家人外，还有两位客人——伯纳姆姐妹俩，她们住在北利佛保罗和沙克村子之间，二十五年来，她们每个感恩节都到这里来度过。午餐过后，丽贝卡洗完碟子，安静地坐在客厅里看书，等到下午快五点的时候，丽贝卡询问米兰达姨妈她是否可以到辛普森家里去。

“你为什么想在感恩节这天去辛普森家里呢？”米兰达疑惑地问。“你就不能安静地坐在这里听你的长辈谈话吗？你总是要跑来跑去，一刻也闲不下来。”

“辛普森家里有一盏新灯，我和爱玛·简都答应要去看看它，并且我们还要开个小晚会。”

“他们怎么会要一盏新灯，而且他们哪里有钱来买？要是阿布耐在家，我也许会相信是他从什么地方换来的。”米兰达说。

“辛普森家的孩子们通过卖肥皂得到的奖赏，”丽贝卡回答，“他们已经卖了一年了，而且我还曾经告诉过您，在你们去波特兰的那个星期六，我和爱玛·简也去帮忙了。”

“也许我根本没有注意，我可是第一次听你说有关灯的事情。好吧，你可以去玩一个小时，而且只能玩一个小时，晚上六点天就像深夜那样黑了。你要不要带一些苹果去？你新裙子的口袋里装了什么？把口袋都弄得沉了下来。”

“这是吃饭时你给我的枣和葡萄干，”丽贝卡回答，她从来都没有在米兰达姨妈那锐利的双眼下成功地隐瞒任何行为——即使是清白无辜的行为，"就是你放在我碟子里的那些东西。"

"你怎么不吃呢？"

"因为我午餐已经吃得很多了，而且我想我省下这些东西可以拿到辛普森家里一起吃。"丽贝卡结结巴巴地说，她可不想在客人面前受到责骂。

"这些是你的东西，丽贝卡，"简姨妈插嘴说，"你完全可以留下来送给别人。毕竟今天是感恩节，我们也要给邻居一些值得感激的东西，而不能只想得到别人的东西，是不是？"

丽贝卡出门的时候，伯纳姆姐妹赞许地点了点头，还说她们从来没有见过像她这样短时间内进步这么快的孩子。

"如果她继续和我们住在一起，她还会有很多进步空间的，"米兰达回答，"邻居家孩子的特点她几乎都有，而且还出类拔萃呢，尤其是在淘气和恶作剧方面。"米兰达顿了顿，又说，"最近总是有很多蠢事发生，当然辛普森家的灯是最愚蠢的事情了！缺吃少穿的家庭居然这样渴望一盏灯！不过我一直不知道辛普森家的孩子们还有什么生意头脑。"

"至少其中的一个孩子一定有，"埃伦·伯纳姆小姐说，"因为有个女孩去北利佛保罗的赖德家里卖肥皂，而亚当·赖德说那是他所见过的最非凡、最动人的女孩。"

"那肯定是克拉拉·贝尔，不过我从来没有认为她有什么非凡之处，"米兰达回答，"亚当·赖德又回来了吗？"

"是的，他已经回来和他姑妈一起住了几天了。他们都说

他赚了不计其数的钱，而且他每次回来都给邻居带些礼物。这次回来他送给姑妈一套昂贵的皮衣，真不敢想像他曾经是个光着脚丫，只有一件衣服穿的穷小子！真奇怪，他有这么多钱却一直没有结婚，他很喜欢孩子，每次回来都有好多小孩子围在他身边。”

“他仍然可以娶个年轻的妻子，”简笑着说，“我从来都看不出来他的年龄居然已经超过30岁了。”

“即使他130岁了，他也可以在利佛保罗找到老婆。”米兰达说。

“亚当的姑妈说他十分喜欢卖给他肥皂的那个女孩（是叫克拉拉·贝尔吗？），还说他要来送给他一份圣诞礼物呢。”埃伦小姐又说。

“这不可能啊，亚当怎么会喜欢她呢，”米兰达惊讶极了，“克拉拉·贝尔长着一头难看的红头发，眼睛斜视，他怎么会要给她礼物呢？”

“辛普森家里没有其他的女孩了吗？”丽迪·伯纳姆小姐也很惊讶地问，“因为那个女孩肯定不会是斜视的，我记得赖德太太说亚当特别称赞了那个女孩美丽的眼睛。他说就是因为那双眼睛他才买了三百块肥皂。赖德太太把这些肥皂都堆在储藏室了。”

“三百块肥皂？”米兰达惊叫，“这恐怕是利佛保罗最大的投资了！”

“什么投资？”丽迪小姐斯文地问。

“愚蠢的投资，”米兰达简洁地回答，随后立即转移了话题——这让简很庆幸。最后十五分钟，简一直在紧张地听着她们谈论“非凡、动人的女孩”，她并没有愚蠢地猜测究竟是辛普森家的哪个女孩，她一下子就知道那是丽贝卡。除了丽贝卡，在整个利佛保罗，哪一个女孩可以用“非凡”和“动人”来形容呢？又有谁有那样一双美丽神奇的眼睛呢？而且，除了丽贝卡，世界上哪一个女孩还能让一个男人一下子买三百块肥皂呢？

而此时，这个“非凡”的孩子已经在黄昏中向辛普森家跑去了，然后她听见一阵急促的脚步声，她回过头来，看见爱玛·简熟悉的身影向同样的方向跑来。她等着爱玛·简跑过来，两人气喘吁吁地拥抱了一下。

“发生了很糟糕的事情！”爱玛·简喘着气说。

“别告诉我灯坏了！”丽贝卡大叫。

“没有，没有，灯装在箱子里运来的，里面塞满了稻草，每部分都完好无损；我在那里看了，但是我一点都没有提是你卖出了三百块肥皂他们才得到灯的，应该由你告诉大家你的功劳。”

“是我们一起卖出肥皂的，”丽贝卡纠正好朋友，“你和我做得同样多。”

“不，我没有，丽贝卡，我只是拉着马坐在大门外面。”

“是的，但是带我们去北利佛保罗的马是谁的？而且，恰巧是轮到我去卖。如果是你进去见到阿拉丁先生，他也会买下肥皂的。不说这个了，快告诉我出了什么问题？”

“辛普森家里没有灯油也没有灯芯，我猜他们也许以为宴会灯是会自己发光的吧。跷跷板已经去了医生那里，看看是否可以要根灯芯回来，妈妈让我拿一品脱油过去，但是不可能再

多给我了。我们从来没有想过拥有一盏灯还需要许多其他的花费，丽贝卡。"

"我们确实没有想过，不过等我们的晚会过后再担心这些事情吧。我带来一把枣子、葡萄干，还有几个苹果。"

"我带了些薄荷糖和枫糖，"爱玛·简说，"他们今晚确实吃了一顿感恩节大餐；医生给了他们一些甜土豆、越桔还有萝卜，爸爸给他们送去了一块排骨，科比太太又给了他们一只鸡和一罐肉馅。"

五点半时，辛普森家的晚会开始了。在这之前，辛普森太太熄灭了厨房的火，带领孩子们布置这个充满节日欢乐气氛的晚会现场。孩子们把房间里的一个小桌子搬到墙角，用来放置美丽的灯。孩子们小心翼翼地把这盏神圣的、华丽的、渴望已久的宴会灯放在桌子上，它就像宣传册上那样漂亮，不过看起来只有图片的一半高。黄铜金灿灿的，而罩着灯光的粉红色的灯罩看起来像一颗巨大的红宝石。辛普森家的孩子们坐在地板上，沐浴着柔和的灯光，爱玛·简和丽贝卡手拉着手站着，大家都在神圣地、欣喜地凝视着这盏无比吸引人的灯，沉浸在一片肃穆庄严的沉默中。大家似乎不需要交谈，仅仅看着灯就让人激动不已。每个人都庄严地摸了一下灯，似乎这灯的存在就可以给大家带来莫大的欣喜，并给晚会增添高贵的色彩。

"我真希望爸爸能看到他。"克拉拉·贝尔真诚地说。

"他要是看见这盏灯，一定想把它交换出去。"苏珊很机灵地说。

快到六点了，丽贝卡恋恋不舍地离开了这个迷人的地方。

美丽的灯

“等我认为你和爱玛·简回到家了，我就立即熄灭这盏灯。”克拉拉·贝尔对好朋友说。“我真高兴你们在回家的路上，可以看见从我家窗户透出的灯光。如果每天晚上点一小时，这些灯油会支撑多长时间呢？”

“你不必因为缺少灯油而熄灭灯，”跷跷板从储藏室走出来，说，“这有一大罐子油呢，科比先生从北利佛保罗送来的，说是一位先生给我们的。”

丽贝卡偷偷地捏了一下爱玛·简的胳膊，爱玛·简也兴奋地捏了一下丽贝卡。“那一定是阿拉丁先生。”丽贝卡一边走出大

门，一边对爱玛·简耳语。跷跷板跟在她们身后想护送她们回去，但丽贝卡冷冷地拒绝了他的殷勤。跷跷板失望地回到家里，却在梦里梦到了丽贝卡，她双眼喷着怒火，手里拿着一柄锋利的宝剑。

丽贝卡快乐地走进了餐厅。伯纳姆姐妹已经回去了，两位姨妈正在做针线活。

"这真是个太迷人的晚会了！"她一边脱下外衣，一边兴奋地对两位姨妈说。

"回去看看你有没有把门关紧，然后锁上它。"米兰达用惯常的冷漠语气说。

"这真是个迷人的晚会，"丽贝卡关好门，回到房间里，继续说——她实在太激动了，米兰达姨妈的冷漠一点也没有打击她的热情，"哦，米兰达姨妈，简姨妈，如果你们到厨房里，从窗户就可以看见辛普森家的宴会灯亮着，发出红色的光，就好像房子里面着了火一样。"

"说不定不久后就会着火呢，"米兰达依旧冷冷地说，"我没耐心看这种傻事。"

简随着丽贝卡来到了厨房。尽管远处辛普森家里透出的微弱的灯光并没有让她觉得美丽耀眼，她依然尽可能表现得很热情。

"丽贝卡，在北利佛保罗把三百箱肥皂卖给赖德先生的女孩是谁？"

"什么先生？"丽贝卡惊讶地问。

"赖德先生，在北利佛保罗。"

“这是他的真名吗？”丽贝卡吃惊地问，“看样子我猜得不错。”[赖德和阿拉丁的英文拼写有几个相同的字母，分别为Aladdin和Ladd。——译者注]

想起自己叫他阿拉丁先生，她不由得微微笑了。

“我在问你是谁把三百箱肥皂卖给了亚当·赖德？”简再次追问。

“亚当·赖德！那么他的名字简写也是A.赖德，多有趣啊！”[亚当·赖德的英文原名是Adam Ladd，简写为A.Ladd，和阿拉丁的英文原名Aladdin很相似。——译者注]

“回答我的问题，丽贝卡！”

“哦，对不起，姨妈，我一直在想名字呢。爱玛·简和我把肥皂卖给了赖德先生。”

“你用什么诡计让他买了这么多肥皂？”简立即变得很严肃起来。

“没有，简姨妈，我怎么能让一个大人买他不需要的东西呢？他说他十分需要这些肥皂，给她姑妈当做礼物。”

简看起来将信将疑，不过她没再多说什么，“我真希望你米兰达姨妈不会介意，但是你知道她很特别。丽贝卡，我希望你以后最好在征得她同意之后再做些不寻常的事情，因为有时候你的想法和行为很古怪。”

“这次我一点错事也没有做。”丽贝卡很安心地回答，“爱玛·简把肥皂卖给了她的亲戚和科比先生，我先去木头作坊旁边的那一片人家卖肥皂，随后去了赖德家里。赖德先生把我们所有的肥皂都买下了，还要求我们保守秘密，直到辛普

森家里收到灯为止。卖完肥皂后，我感觉心里有盏灯在一直燃烧着呢！”

丽贝卡的辫子解开了，长头发像波浪一样散到肩上；眼睛十分明亮灿烂，脸蛋带着迷人的微红；从这个孩子的脸上似乎可以隐约察觉到什么——少女的敏感、微妙以及热情；她的身体洋溢着如五月花朵般少女的甜美，如年轻橡树般的活力。每个人都可以看出她是那些“造物主极度宠爱，但又要经受生活磨难”的人之一。

“你总是这样，对整个世界都这样热情。”简姨妈叹了口气，“丽贝卡！丽贝卡！我真希望你可以规规矩矩，安静一些，有时候我很为你担心呢！”

第十六章　成长的季节

时间过得飞快，转眼就从夏天进入到秋天，又一眨眼冬天就赶走了秋天。但对生活在砖房里的丽贝卡，时间却很难熬。她一直在努力地好好表现，让自己做事的时候更加细心，玩的时候更加安静，她也在慢慢学习如何用温柔的回答来代替鲁莽的冲动。

米兰达发脾气的机会也越来越少了，这也许说明丽贝卡确实让她有点满意了。

米兰达曾经因为丽贝卡过于好客的习惯而严厉地训斥过她，不过并没有奏效，因为随后丽贝卡的这种好客习惯就以更夸张、更无法预料的方式表现出来了。

在某个星期五下午，丽贝卡问米兰达姨妈，她是否可以把自己的面包和牛奶拿一半送给楼上的朋友。

“你房间里有什么朋友？”米兰达姨妈警觉地问。

“辛普森家的小孩子，要在这里住到星期日，当然如果你同意的话。辛普森太太说她可以住在这里。我能把她带下楼来让你们看看她吗？她穿着爱玛·简的旧裙子，十分可爱。”

“你可以把她带下楼来，但不必让我看了！你怎样偷偷把她带进来的，就怎样带出去，把她送到她妈妈那里。你怎么会有这种可怕的念头，居然为了过周末把别人的孩子借过来！”

“你太习惯家里没有小孩子了，你已经习惯了这种沉闷的

气氛，根本不知道小孩子有多可爱，”丽贝卡顺从地叹了口气，“但是在农场我总是和小婴儿玩，好在我家里总是有婴儿，他们根本不会带来任何麻烦。好吧，我把她带回去，她一定会很失望的，而且辛普森太太也会十分失望，因为她计划周末去米尔敦城。”

“她可以取消计划。”米兰达毫不妥协。

“也许我可以一直待在楼上照顾她，好吗？”丽贝卡满怀希望地建议，“我也可以一边照顾她一边做家务啊。”

“你已经有很多事情要做了，不必再有个小孩子添麻烦了。好了，不必再说了，给孩子点晚饭吃，然后立即把她送回家！”

“你不喜欢我从前楼梯走，我最好从这个房间出去，正好让你看看她。她长着一头金发、一双大大的蓝眼睛，漂亮极了！辛普森太太说她长得很像她爸爸。”

米兰达脸上浮起一丝讥讽的笑容，心里想这孩子将来长大后不会也像她爸爸吧。

简姨妈此时正在楼上的布匹储藏室里，挑一些干净的床单和枕头。丽贝卡转而寻求简姨妈的帮助。

“简姨妈，我把辛普森家的小婴儿带回来了，我觉得她会让我们过一个有趣的周末，但是米兰达姨妈不同意她留在这里。爱玛·简答应下个周末由她来照料这婴儿，而爱丽丝·罗宾逊则是大下个周末。辛普森太太希望我能第一个照顾她，因为我照顾弟弟妹妹有丰富的经验。简姨妈，进来看看她坐在我的床上呢。她多可爱啊！瞧，她长得白白胖胖的，还十分懂事呢，我每天只需要给她换一次衣服就可以了。哦，我真希望我能有一本上面印着好多图片的书来给她看！”

“没有一本书能适合你的胃口，丽贝卡，”简说，“因为没有一个人能够想像得出你到底需要什么样的图片。你要抱着这个重重的小胖子回家吗？”

“不是，我用卖肥皂的小手推车带她回去。过来，孩子！把你的大拇指从嘴里拿出来，过来和贝基姐姐坐在你的小婴儿车里。”她伸出胳膊抱起这个咯咯笑的小孩，坐在椅子上，熟练地把孩子横放在膝上，把孩子腰带上那个弯曲的别针拿下来，扔

丽贝卡照顾婴儿

在地板上，一只胳膊抱着她走到衣柜前，拿了一个比较安全的别针，熟练地把孩子身上的红色法兰绒衬裙和外衣别在一起。无论丽贝卡怎样抱着孩子——肚皮向下，脑袋向下，脚悬在空中——这个小婴儿似乎知道丽贝卡是照顾孩子的专家，一直在咯咯地笑着；而简姨妈则被丽贝卡的动作惊得目瞪口呆。

“天哪！丽贝卡，”她惊叫，“你对照顾孩子竟然这样得心应手！”

“我当然得心应手了，我照看过三个半婴儿呢。”丽贝卡脱下小辛普森的袜子，自豪地说。

“我猜你也很喜欢布娃娃吧？”简说。

“我是很喜欢布娃娃，但是布娃娃没有一点变化，总是一个样子。你根本就不知道它是高兴还是难过，是喜欢你还是无法忍受你，而孩子就不一样了，尽管麻烦些，但更有趣。”

简对孩子伸出手，手指上戴着一枚很旧的金戒指，这孩子伸出胖胖的小手紧紧地抓住这枚戒指。

“你在手指上戴着订婚戒指，简姨妈，你曾经想过要结婚吗？”

“是的，很久以前的事情了。”

“那随后怎么了，简姨妈？”

“他死了，就在我们结婚前。”

“哦！”丽贝卡的眼圈湿了。

“他是一个士兵，受了枪伤，死在南方前线的医院里。”

“哦，简姨妈，”丽贝卡声音都有些哽咽了，她轻声问，“你见到他了吗？”

“是的，我去见他，他死在我的怀里。”

“他很年轻吗？”

“是的，很年轻，很勇敢，很英俊，丽贝卡；他是卡特先生的弟弟汤姆。”

“我真高兴你当时在他身边！他是不是也很高兴，简姨妈？”

简回首那一段快要遗忘的岁月，但汤姆欣喜的脸却清晰地出现在她的眼前：他憔悴的笑容、双眼中的泪水，她似乎看见他伸出胳膊，用微弱的声音对她说：“哦，珍妮！亲爱的珍妮！我一直在盼望你，珍妮！”这段心痛的回忆一直埋藏在简的心底，她从未对任何人提过一个字，因为没有人会理解她。现在她在丽

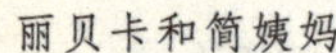

丽贝卡和简姨妈

贝卡身后，把头靠在外甥女稚嫩的肩膀上，眼睛里含着泪水，痛苦地说："这是很难过的回忆，丽贝卡。"

辛普森家的孩子已经在丽贝卡的膝上睡着了，头靠在她的肩膀上，满足地吮吸着手指。丽贝卡把脸靠在姨妈灰白的头发上，轻轻地拍着姨妈，难过地说："很抱歉，姨妈。"

这个孩子的眼睛湿润了，她的心似乎又成长了一些，她更深切地体会了人与人之间甜蜜的深情。她的心了解了另一颗心，感受到它在跳动，听到了它的叹息。

这样生活中的小插曲使平日里安静的生活有了些生气。迪克·卡特、里文·贝金斯和秀达·米塞弗等人离开了利佛保罗学校，去了威尔汉姆上学。村庄里似乎更安静了。

然而生活的变动并没有给丽贝卡带来枯燥无聊的感觉。她的适应性、灵活性以及接受性都很好，她可以与所到之处的任何人做朋友。

她可以来到村子边缘的小棚屋给屠夫或渔夫送食物，她知道走街串巷的水果贩子的家族历史，她经常被邻村的伙伴们叫到家里去吃晚饭或过夜——而她的姨妈根本不认识这些孩子的父母。在普通人眼里，丽贝卡的朋友真是太多了，但这些友谊的性质各不相同；丽贝卡总是满腔热情地追求她渴望的友谊，然而每次都很失望；总而言之，她从来没有真正精神意义上的、可以互相理解、互相支持的好朋友。她很爱爱玛·简，但这是一种出于环境接近性的友谊，而非双方内心真正的契合。她喜爱她和爱玛·简之间的亲密交流、彼此热爱以及互相帮助，但是她也一直在寻找超出这种感情的精神交流，然而从未找到过，因为爱玛·简虽然比她大,但在心理上仍然没有成熟。秀达·米塞弗身上有种与生俱来的幽默感,这深深地吸引了丽贝卡;秀达曾经去过米尔敦城和波特兰看望过出嫁的姐姐,因而她对外面世界的侃侃而谈让丽贝卡非常入迷;但是从另一方面说,秀达缺少同情心,对待朋友不真诚,这让丽贝卡不屑于与之做朋友。迪克·卡特是丽贝卡可以在学习上很谈得来的朋友。他是一个很有雄心壮志的男孩,有很多对于将来的打算,他经常很自由地对丽贝卡畅谈人生和未来,然而当丽贝卡谈到自己的打算和未来时,他就没有什么兴趣了。丽贝卡似乎无法深入到爱玛·简、秀达和迪克的精神世界中,这种感觉总是阻碍丽贝卡和他们进行她所希望的、朋友似的交流。

杰里大叔和莎拉婶婶是丽贝卡另外一种不同的朋友,是一种非常令人满足的、充满父母之爱的友谊。丽贝卡每次去探望科比夫妇,都会给他们带来极大的快乐。她欢快的谈话、对生活离奇的评论都让老两口感到新奇有趣,即使丽贝卡随意说出一句话,他们都看做是预言家高瞻远瞩的预言。每当看到丽贝卡的身影出现在山脚,莎拉婶婶就会立即到食品储藏室拿出食物准备好,通常是果冻馅饼和蜂蜜蛋糕。每当看见杰里大叔穿着干净的白衬衫,站在厨房的窗户前向外看的时候,丽贝卡的心头就涌过一股暖流。在下雪前,他总是坐在大门外的一堆木板上,看看丽贝卡是否爬着山路向他家走来。秋天,丽贝卡总是陪着杰里大叔挖土豆和剥豆荚,尽管帮不上什么忙,但杰里大叔却少不了她,因为她可以陪他说话解闷;现在是冬天了,丽贝卡有时上来陪他挤牛奶。

丽贝卡和科比夫妇

可以说，他是整个利佛保罗最受丽贝卡信任的人。丽贝卡只对他倾诉自己的心声，对他讲述自己的希望和梦想，描绘将来模糊的前程。在米兰达的砖房里，丽贝卡凡事都按照姨妈的要求小心谨慎；而在科比的小屋里，她可以像小鸟一样放声高歌，在这里她是快乐的，尽情享受着科比夫妇对她的喜爱。但是她仍然渴望有一个这样的朋友，他（或她）不仅能喜爱她，还可以理解她，能够说她的语言，领会她的含义，对她神秘的渴望有所共鸣。也许只有在威尔汉姆这样的大世界，才能找到和她一样的人吧！

事实上，简并不比米兰达多了解丽贝卡多少；不同之处在于每当丽贝卡无法解释自己的古怪行为时，简总是同情外甥女，并且坚信外甥女没有什么过错，而米兰达却十分生气。在这幢砖房里，简的变化也许是最大的，只不过一切变化都是秘密的，掩饰得很好，普通人无法察觉。现在砖房里的生活似乎有了过去显然没有的活力和快乐。原来姐妹俩的早餐一直都是在厨房里吃，而现在有了这个孩子，她们便在客厅里铺上美丽的桌布一起吃早餐，当然她们的食物也比过去丰盛了许多，生活似乎也更加美丽了。丽贝卡每天清晨去上学，这也让简觉得清晨更加美好了，更加充实了：她为丽贝卡准备午餐；叮嘱她带伞、雨衣或者橡皮；站在窗口目送丽贝卡远去，下意识地等着她回头挥手告别。她为丽贝卡越来越美丽的外表感到骄傲，她喜欢外甥女健康的脸蛋、动听的嗓音；而且每当贝金斯太太夸奖女儿爱玛·简的容貌时，她就称赞丽贝卡的头发是多么长，多么平滑，双眼又是多么美丽动人。每当丽贝卡在衣服颜色上与米兰达姨妈发生矛盾时，简总是完全站在外甥女一边；她甚至还有一次用了两天时间，劝说米兰达同意给丽贝卡买一个扎头发的红色蝴蝶结。没有人可以知道简看到丽贝卡在灯下低头学习时心里静谧的喜悦，也没有人知道当她和丽贝卡两个人在家，她听外甥女为她大声朗诵《海华沙之歌》时的幸福。丽贝卡鲜活的生命改变了她单调乏味的生活，她的迟钝和沉默因丽贝卡年轻的思想而消失了。对她而言，丽贝卡的到来和存在就是“点燃人类希望的天火的一个火星”。

丽贝卡曾经梦想像罗斯小姐那样成为一个画家，但现在，

这种念头逐渐被打消了，因为米兰达姨妈根本不支持。米兰达认为花时间和金钱去培养一个“画画的”真是太愚蠢了，她根本不相信靠画画就可以赚到能养活自己的钱。在利佛保罗，用手画画是个卑贱的职业，这里人们尊敬的是多彩的石印和钢板印刷。丽贝卡也没有什么希望从默顿小姐那里学习音乐，默顿小姐在教堂演奏管风琴，但她很少有时间收学生，因为她的妈妈总是有很多家务给她做。当然在米兰达看来，音乐也只是一种卑微的、无用的、愚蠢的娱乐，而非一种正当的职业，但米兰达允许丽贝卡每天练习弹奏一小时钢琴，并学点音乐课——当然是课程费用很少的情况下。

从太阳溪农场传来很多好消息，这让丽贝卡充满了对家庭的希望。安表姐的丈夫死了，约翰——丽贝卡最喜欢的弟弟，住到了寡妇表姐家。在那里他帮助表姐照看马、奶牛和谷仓，还要帮忙看管老医生的有二三十册图书的图书室；而作为回报，表姐帮助他接受良好的教育。他全身心地希望自己将来成为一个医生，甚至都想好了将来诊所的名字就叫“兰德尔诊所”。汉娜的头发已经很长了，盘在脑后，个子也长了很多，越发具有少女的动人风采。马克摔断了腕骨，不过已经治好了。小米拉长成了一个更加漂亮的小姑娘。还有人传言说从汤普朗斯到布拉姆的铁路会经过太阳溪农场，这样的话，那里的土地一定会升值的，说不定会寸土寸金呢。但兰德尔太太从来没有考虑过出卖农场，她更喜欢披星戴月地在自己的土地上耕作，用辛勤的劳动换取孩子们的衣食。这位伟大的母亲是为了孩子的前途而劳作，而非为了自己目前的生活。

第十七章　悲喜参半的日子

辛普森家的感恩节晚会已经过去一两个年头了，日子一天天悄无声息地流过，当丽贝卡回首这段往事时，发现留在自己记忆中的只有几个比较重要的事件而已。

她首先想到的就是那年的圣诞节。那是一个空气清新的早上，树上挂满了项坠般耀眼的冰凌柱，雪地上闪耀着淡蓝色的光芒，整个世界一片晶莹剔透。在这白雪皑皑的景色中，辛普森的红色谷仓显得格外有生气。几周前，丽贝卡还忙着为太阳溪农场的七个人准备礼物，为了存下50美分，她不知道费了多大劲儿，可是用这么点钱来筹备这么多礼物，对她来说仍然是一件非常伤脑筋的事情。不过，最终她还是做到了，那个珍贵的小包裹已经在两天前邮寄出去了。索娅姨妈给她的圣诞礼物是一件灰色松鼠皮制成的手笼和一件披肩，可是丽贝卡却觉得简直没有比那更不合身的衣服了；而简姨妈送给她的绿色羊绒裙，虽然样式简单，但是颜色柔和美丽，丽贝卡穿上就像一片嫩绿的叶子一样引人注目。她还收到了妈妈送来的漂亮的梭织护肩、科比夫人送的红色的手套，还有爱玛·简送的手帕。

丽贝卡还自己动手做了一个绣有“M”字样的很精致的茶壶保温套、绣有“J”字样的小巧的镶花边的针垫来送给她的两位姨妈[M和J分别是米兰达和简的英文第一个字母。——译者注]。就算没有其他事情发生的话，这一天也已经可以算是充实而愉快的了，不过，更大的惊喜还在后面呢。

早餐时，丽贝卡听到敲门声，开门一看，是一个小男孩，说是来找丽贝卡·兰德尔小姐的。丽贝卡告诉他自己就是他要找的人，然后从小男孩手里接过了一个写有自己名字的包裹，她拿着包裹走回饭厅，一切都好像是在梦中一样。

“这应该是一份礼物，对，一定是的。”她一边打量着这个把自己搞得一头雾水的包裹，一边自言自语道，“可是，我实在想不出，这会是谁送来的呢？”

“把它打开看看，不就什么都知道了嘛。”米兰达建议道。

于是，包裹被打开了，里面是两个小包，丽贝卡用颤抖的手指打开了属于她的那一个。任何人在这种情形下都会手指颤抖的，因为掀开包装纸，里面露出了一条由粉红色的珊瑚珠穿成的长长的项链——项链的末端是一个由玫瑰花蕾制成的十字架。十字架下面还有一张卡片，上面写道：“阿拉丁先生祝你圣诞快乐！”

“天哪！”两位老妇人从坐位上站起来，大叫道，“这是谁送来的？”

“是阿拉丁先生。”丽贝卡屏住呼吸回答。

“亚当·赖德！我怎么没想到！难道你忘了埃伦·伯纳姆说过他会送一份圣诞礼物给丽贝卡的吗？不过我真没想到他还会记起这件事来！”简说，“那另外一个包里是什么呢？”

那个包裹是送给爱玛·简的，里面是一条银项链，上面挂着一个蓝色的珐琅做的盒式小坠。毫无疑问，他还记得她们两个！包裹里还夹着一封信，他在信中这样写道——

丽贝卡收到礼物

亲爱的丽贝卡·罗威娜小姐：

送一份圣诞礼物给你，或许这么做有些多此一举。但是我发现这些小礼物总是可以得到人们的喜爱，所以希望你和你的朋友也会喜欢我的礼物。今天下午你一定要带上那条项链，我相信那一定会是非常漂亮的，我会乘我的新雪橇来看你，顺便带着你和你的朋友一起去兜风。还有，我的姑妈非常喜欢那肥皂。

你真诚的朋友，

亚当·阿拉丁

“真是太棒啦！”简小姐欢呼起来，“他真是个好人，不是吗？丽迪·伯纳姆说过他最喜欢孩子们了。丽贝卡，快把早餐吃完，收拾好碗筷我们就赶到爱玛那儿去，把这条项链送给她——嘿！孩子，你怎么了？”

丽贝卡总是这样，喜欢把自己的情感深深地埋在心里，而她的各种情感又常常是相互交织在一起的。就像现在，她内心的喜悦简直无法用文字来表达，连吃起面包和黄油来都是狼吞虎咽的了，可是，时不时地，还会有一两颗泪珠偷偷地流过她的脸颊。

阿拉丁先生如约而至。他和姨妈们打了招呼，并且攀谈起来，很快，他们就像相识已久的老朋友一样熟识起来。丽贝卡坐在火炉旁的小脚凳上，有点害羞似的，一门心思全放在自己的漂亮衣服上了，有米兰达姨妈在，她一句话也不说。不过，今天真是她的“美丽的节日”。那种幸福的感觉、兴奋的心情、裙子上美丽且柔和的绿色，以及触摸粉色珊瑚珠项链时的那种美妙的滋味，所有这些，使得这只丑小鸭感到自己已经变成美丽的白天鹅啦！显然，阿拉丁先生也对她的打扮非常满意。然后，她们一起去乘雪橇兜风，这回丽贝卡可不再沉默了，她一路上像只喜鹊一样唧唧喳喳说个不停。愉快的圣诞节就这样过去了。在那之后的无数个夜晚，丽贝卡在睡觉时，都要把那条珍贵的珊瑚珠项链压在枕头底下，并且把一只手放在上面，这样她才会觉得安心。

另外一件令她难忘的事情就是辛普森一家从利佛保罗离

开的那天了，到处都是大包小包的，连宴会灯的灯光都显得格外地耀眼。值得庆幸的是，跷跷板那个可恶的家伙再也不会在她眼前出现了，不过一下子少了很多玩伴，对于利佛保罗的小孩子们来说，还是觉得心里有些空荡荡的。丽贝卡只好和罗宾逊家的孩子做朋友，虽然整个小镇上除了那个孩子之外，再也找不到在冬天穿着那样的傻大袍的人了。在离开之前的那个晚上，丽贝卡忠实的伙伴跷跷板来她的砖房拜访了，见到丽贝卡来开门，他表情严肃，有些结结巴巴地说："等……等你长大了，我……我还能和……和你做朋友吗？""当然不行！"丽贝卡回答说，不等他再说什么，就毫不留情地把这个小追求者关在了门外。

辛普森先生及时赶回家来，准备和他的妻子还有孩子们一起搬到他们出生的那个小镇上去，毫无疑问，那个小镇上的人们将敞开热情的怀抱欢迎他们的到来。辛普森他们搬家这件事情是由镇上的权威人士负责的，其他的邻居们也都怀着急切的心情关注着。尽管大家都非常地小心，可最后还是发现一把讲道椅、几盏煤油灯，还有一个小火炉竟然从教堂里不翼而飞了。他们没有发觉，在辛普森先生搬家的路上，他已经拿着这些东西去做其他的交易啦。当丽贝卡和爱玛·简得知在辛普森搬家途中，另一个村子里的一位雄心勃勃的年轻牧师在教堂大厅里摆上了那盏美丽的宴会灯时，她们伤心了很长一段时间，毕竟那是她们辛苦劳动的成果。由于那位牧师用一辆旧自行车从辛普森先生手中换走了这盏灯，所以整个工作中没有涉及任何的金钱交易。整件事情中最难过的就是那些可怜的孩子了，他们

失去了心爱的、给他们带来温暖的宴会灯，不停地吵闹着，搞得辛普森先生无可奈何，只好骑上自行车跑掉了，一连好几天都没有消息。

丽贝卡还记得，那一年她像棵小树一样一下子长高了许多。在她的印象中，自己好像从10岁开始就连一英寸都没长高过，不过这一回可不得了，那势头一发不可收，害得简姨妈几个月来除了忙着把她的衣服、裙子和袖子加长以外，什么都干不了了。这个新英格兰的女人为了节省布料使尽了浑身解数，还是无能为力，最后，那些裙子就被送到太阳溪农场去改一改给珍妮穿了。

还有一件重要的事情，让丽贝卡感到非常地难过，那就是米拉的去世。她小小的坟墓就在太阳溪农场的一棵柳树下面，一看到它，丽贝卡就会想起那个兰德尔家的孩子米拉。看着她那小小的身躯安详地躺在那里，丽贝卡不禁回想起从她出生那天起，米拉就一直是她的小跟班，回想起她那个脑子里总是充满了各种各样稀奇古怪的念头和疑问的小妹妹。有的时候，死亡给人们带来的最大痛苦，就是使他们意识到了活着的艰辛和所要面对的种种困难。

丽贝卡是带着非常沉重的心情回到家的。米拉去世了，最喜欢的弟弟约翰不在她身边，她的妈妈也沉浸在悲痛之中，她们的小房子也远离城镇，生活越来越拮据。所有这些对于一心追求美好而和谐的生活的丽贝卡来说，实在是太让人难过了。

丽贝卡不在家的日子里，汉娜好像一下子就成熟起来了。

她忽然脱掉了那身孩子气，让丽贝卡感觉怪怪的。不过在很多事情上，汉娜表现得非常沉着、镇定，有时候她甚至看起来比简姨妈还要老上几岁似的。她真是个又漂亮又能干的人，即使那身朴素的穿着也掩盖不住她的美丽。

丽贝卡漫步在那个旧时的操场和其他一些她小时候最喜欢去的地方，还有那些她再熟悉不过的自己的秘密天地，约翰或许知道一些，不过还有很多地方是只有她一个人知道的。在这边可以听得到印第安的风笛，而在那边的沼泽地里可以找到个儿最大、颜色最蓝的长满须子的龙胆根；在那棵摇摆的枫树上，她还发现过一个白头翁的鸟巢；那个小小的篱笆后面是田鼠们的家；那个长满苔藓的树桩上常常会出人意料地长出几只带菌的蘑菇来。所有这些都是她童年的痕迹，她看着它们，感觉自己的童年仿佛已经是很久很久以前的事情了。自从约翰离开以后，那条撒满了阳光的清澈的小溪就成了她最好的伙伴，不过到了这个季节，连它都不能陪她一起玩儿了。阳光下，小溪里看不到一丝欢快地跳跃着的水花。夏天的时候，它还是一路欢歌笑语地流淌过来，在那些白色的鹅卵石上跳几个舞，然后再嘻嘻哈哈地流走，一直到深潭里才安静下来。而今，就像米拉一样，它也是那么地安详，那么地冰冷，白雪就像裹尸布一样轻轻地盖在它身上；不过丽贝卡还是在小溪边弯下腰来，把耳朵贴在光滑的冰面上，仔细地听着，幻想着，她听到了从小溪的最深处传来轻微的叮叮咚咚的声音。没错，就是它！当春天来临的时候，太阳溪一定可以重新活蹦乱跳起来的；那么，说不定米拉也可以在什么地方继续她的歌唱呢！——虽然丽贝卡很想知道

她将要在哪儿，唱着怎样的歌。她一个人走了很久，脑子里一直在想着这件事。汉娜就没有这样的机会了，农场里的日常事务和工作总是让她脱不开身。而她，丽贝卡，却一直享有着所有的特权。在砖房子里的日子怎么说都不会像走在种满玫瑰花的小路上那般美妙，但是可以和其他孩子一起玩耍，还有机会学习和读书，这对她来说也算是莫大的欣慰了。和外面的花花世界相比，利佛保罗实在是太微不足道了，但它多少还是有些代表性的。有时，丽贝卡不得不说服自己把最心爱的东西贡献出去，为了这，她不知道流过多少次眼泪了。于是，一天早上，当她的拜访差不多快结束了的时候，她鼓起勇气把这个问题思考了很久，然后说道："汉娜，这个学期过去我就准备回家了，你也可以

丽贝卡和汉娜

回去了。米兰达姨妈一直都很想念你呢，你该回到她那儿去，这样才公平。”

汉娜正在补长袜，她把线从针上取下来，剪断，然后回答道：“亲爱的丽贝卡，谢谢你，不过我不打算离开。妈妈离不开我，而且我也讨厌去学校。现在，我和其他孩子一样已经学会了读、写还有算术，我觉得这些已经足够了。要我去靠教课谋生，还不如让我死掉算啦。冬天很快就会过去了，维尔·梅尔维尔答应把她妈妈的缝纫机借给我，我想用简姨妈送来的棉布给自己做一条白色的裙子，还要在裙边打几个褶，这样它就不容易坏了。新年过后，在汤普朗斯会有歌唱学校和一些社交活动，我现在已经长大了，我可以去那边好好玩玩了。丽贝卡，我在这里不会寂寞的，”说到这里，汉娜竟然脸红了，“我喜欢这个地方。”

丽贝卡觉得她说的都是实话，但是直到一两年后她才搞明白，汉娜那个时候为什么会脸红。

第十八章　丽贝卡代表全家

还有一件令人难忘的事,准确地说,那是一个"大事件";它给很多人都留下了深刻的印象,而且以后发生的很多小事都是由它引发的。那就是尊敬的阿摩司·伯奇牧师和他的夫人来到了利佛保罗,他还是从叙利亚回来的传教士呢。

那一年,正好是丽贝卡结束了在利佛保罗的学业,准备去威尔汉姆继续读书的时候,在3月的一个星期三,援助协会召开了一次会议。那一天,狂风大作,阴冷刺骨,雪已经下了一地,可是看看天上,还是一点要停的迹象都没有。米兰达和简都感冒了,谁都不想在这种天气下出门。可米兰达又是援助协会的官员,内心的责任感使她感到深深的不安。早上起来,她一边把早餐桌弄得乱七八糟,一边发着牢骚说,希望下次简可千万不要再和她一起生病了。最后,她决定让丽贝卡代表她们去参加会议。"你一定不会比别人差的,丽贝卡,"她有点讨好似的说,"你的简姨妈会帮你找个理由让你下午不用去上学的;你可以穿上你的小胶靴,走会议室那条路回家来。如果我记得没错,这个伯奇先生过去还认识你的外祖父索娅先生呢,他只在作为候选人的时候来过这里一次。他也许会希望见一见我们呢,所以你必须要去,代表我们全家去表示对他的敬意。做事要小心谨慎。祈祷的时候记得低头;唱圣歌的时候声音不要太大太粗;向斯图特小姐家的男孩问好;告诉大家我们的感冒有多严重;如果有机会的话,就把你的手帕从兜里掏出来,把手风琴上的尘土擦掉，当然了，这一定要在会议召开之前进行；如果还需要募捐的话，就从起居室的火柴盒里拿出25美分带上。”

丽贝卡非常高兴地答应了。她对所有的事情都怀着极大的兴趣，即使是一个小村庄的传教士的会议她也会欣然前往，而且这次是代表全家去开会，更是让她兴奋不已。

那个会议是在星期天学校的教室里召开的，虽然当丽贝卡进去的时候，里面不过十来个人，但伯奇牧师已经站在讲台上了。丽贝卡的年龄显然不适合来参加这样的聚会，她觉得有些害羞，想找一个友好一点的面孔来把自己遮掩一下，正好看见罗宾逊太太坐在前面靠边的坐位上，于是她穿过过道，坐在了罗宾逊太太的身边。

“我的两个姨妈都感冒了，可严重呢，”她小声说道，“她们派我来代表全家参加会议。”

“看，讲台上的就是伯奇夫人和她的先生，”罗宾逊太太悄声说道，“她晒得太黑了，是不是？如果你也要挽救自己的灵魂，看来保持这种肤色是不行了。尤杜克西·默顿还没来呢；我打心眼儿里希望她能来，要不米利肯执事小姐又要把钢琴的音调调得很高了，她调出来的调子，我们爬上梯子都唱不上去呢！你会调音吗？在她来之前，最好先深吸几口气，再清清嗓子。”

伯奇夫人是个身材苗条、婀娜多姿的娇小女人，有一头深色的长发，宽宽的额头，还有一张健谈的嘴。她身穿一套非常旧的黑色丝裙，看起来疲惫极了，丽贝卡都忍不住为她担心起来了。

“他们穷得和约伯的火鸡没两样了，”罗宾逊太太又悄声说

牧师夫妇

道，“不过你要是给他们点东西，他们立刻就会转送给那些异教徒。他的帕森菲尔得的教徒们捐钱给他买了一块金表，喏，就是他带着那块。不过依我看，过不了多久他又会把它送出去啦，不过那些异教徒都是看太阳来知道时间的，要手表也没用。尤杜克西怎么还没来；看在大家的份儿上，丽贝卡，一定赶在米利肯执事小姐之前把调子定低些。”

祈祷过后，会议正式开始了，然后，伯奇牧师用很慢的语调宣告：

我来自尊敬的上帝的教堂，
那里闪耀着神圣的正义的光芒：
这些光芒将会延伸到远方，
到那些野蛮的国度继续发光。
它的光芒会照耀那些国王和那些异教徒，
他们也会对上帝无比地崇敬、无比地爱慕；
他们会像天边的云彩一样向我们走来，
就像鸽子回归它们的家乡，一路飞翔。

"在座的哪位可以帮我们调一调琴？"他出人意料地问道。

大家面面相觑，没有一个动地方的；这时，从远处的角落传来一个慵懒的声音，"丽贝卡，你为什么不试试？"说话的是科比太太。丽贝卡本来也打算在天黑的时候拉一拉琴的，于是，她走到手风琴前，不慌不忙地把琴调好，家里的其他人都没来，但她一点都不觉得难为情。

接下来的发言就和平常的没什么差别了。伯奇先生热情洋溢地呼吁大家将福音推广到世界各地去，他还恳求大家说，虽然我们无法亲自见到那些生活在黑暗中的人，但是应该竭尽所能地向他们提供无私的帮助和支持。当然了，他所做的事已经远远超过了帮助和支持。伯奇先生的讲话真诚而令人愉快，他还将自己在异国的所见所闻插入他的演讲之中——讲到异国的礼仪、风俗、语言和信仰等等；他甚至还提到了他们的日常生活、工作、他自己的家庭、他亲爱的妻子所为他付出的一切，还有他们那群可爱的孩子全都是在叙利亚的土地上出生的。

丽贝卡听得简直入了神，感觉自己就像是拿着一把钥匙开启了另一个世界的大门。利佛保罗渐渐消失了，星期天学校的教室、罗宾逊太太的红格子围巾、米利肯执事的假发、那些被人们坐弯了的光秃秃的长椅、撕破了的写有赞美诗的书本、墙上挂着的课文和地图……都不复存在了。她看到的是湛蓝的天空、闪耀的星星、洁白的穆斯林头巾，还有其他一些令人愉快的东西；伯奇先生并没有讲到这些，说不定还会有清真寺、神殿、尖塔和海枣呢。那些在叙利亚的天空下出生的孩子一定知道好多好多有趣的故事吧！丽贝卡正想得出神，忽然前面有人叫她去演奏一曲“太阳下面都是耶稣的国土”。

捐款箱在下面传递着，伯奇先生在低头祈祷。当他睁开眼睛，唱完了最后一首颂歌时，他看了看眼前这些人，看了看捐款箱里那些零散的分币和角币，忽然想起自己的任务并不单单是为修建教堂募钱，而是要让爱在那些边远的寂寞的小村庄中永存，用爱给他们带来未来的希望。

“如果在座的哪位姐妹愿意提供她的住所的话，”伯奇先生说道，“伯奇夫人和我今晚和明天准备留下来。我们打算开一个小小的客厅会议。我的太太和一个孩子会穿上当地的服饰亮相给大家看，我们还会展示一些叙利亚的手工艺品，也可以顺便讲讲我们教育孩子的方法。在这种非正式的客厅会议上，大家可以随意地聊天或是问问题，当然了，这些谈话是非常有趣的，不会像在教堂里这样拘束，如果在座的哪位好客的朋友愿意的话，我们将很荣幸地暂住两天，并和您聊聊上帝、聊聊我们的工作什么的。”

教室里忽然安静下来，每个“姐妹”都有非常合理的理由不为伯奇夫妇提供住所。有些人家里没有多余的房间，有些人家里储存的食物实在是不多了，有些人家里有病号——总之，大家都有各自的理由不接受这对传教士夫妇在家里暂住。伯奇夫人瘦削的手指不安地拨弄着她的黑色丝裙。“竟然一个同意的人都没有！”丽贝卡想着，她小小的心里对他们充满了同情。罗宾逊太太凑过来，语气凝重地低声说道：“以前，传教士们都是在砖房子里被接待的；你的外祖父活着的时候，他可是从来都不会让他们在别的地方住下的。”罗宾逊太太的意思是讽刺米兰达小姐的吝啬，因为她们有四间空闲的房间一年四季地空着呢；而在丽贝卡听来，她倒是提了一个不错的建议。如果从前的习俗就是这样的，那么姨妈们一定希望她也这么做，要不派她来代表全家还有什么意义呢？想到这里，丽贝卡感到自己的责任非常重大，不由得兴奋起来。于是，她从坐位上站起来，用非常悦耳的声音说道：“我的姨妈米兰达小姐和简·索娅小姐非常荣幸地邀请你们来我们的砖房做客，因为我的外祖父在世的时候，传教士们一直都是住在我们家里的。我代她们向你们表示由衷的崇敬。”和小镇上其他的年轻人不同，丽贝卡表现得有些古怪。“崇敬”这个词在这种情况下通常是用来形容城市的解放或是骑士的雕像的，如果她的姨妈们能够预知她会这样说的话，她们一定会吓得发抖的；不过，丽贝卡这种行为却给其他在场的人留下了深刻的印象，大家都认为米兰达·索娅一定是出了什么问题了，要不怎么会突然有如此大的转变呢？

伯奇夫人必恭必敬地鞠了个躬，欣然地接受了邀请，并要

米利肯先生带领大家祈祷。

如果人的耳朵也会觉得累的话，那么它们一定懒得再去听米利肯执事四十年如一日的祈祷词，什么仁慈的王冠呀，一点新鲜的东西都没有。贝金斯夫人是继她之后另一个带领大家祷告的；她总是有很多真诚的愿望要向上帝祷告，只是那些祷词的模式一成不变，不过是把那些经文绞尽脑汁地编在一起而已。而且让丽贝卡搞不懂的是，她总是在最和平安定的时期用这样的话语结束祷告，“战争之神啊，当我们像耶稣的士兵们走向战场时那样奋力前行的时候，愿您与我们同在。”不过，丽贝卡今天再听起这些话来感觉真实多了，她一脸虔诚，显然，伯奇先生刚刚的演讲深深地打动了她。当丽贝卡抬起头来的时候，牧师正直视着她，说道：“年轻的小姐，您可以带领大家一起祈祷，来结束这次聚会吗？”

丽贝卡感到自己身上的每滴血液都凝固住了，她的心脏几乎停止了跳动。在一片寂静中，科比太太兴奋的呼吸声显得格外突出。伯奇先生并不觉得自己的请求有过分之处。在他参加过的乡村圣会中，常常可以见到年纪很小的“老教徒”，他们一般在9~10岁左右就加入教会了。丽贝卡今年已经13岁了，她已经可以在圣会上弹奏手风琴，带领大家唱圣歌，甚至还可以带着非常聪慧和礼貌的样子代她的姨妈们向客人发出邀请了。由此，伯奇先生认为，丽贝卡将成为该教会年轻一代的栋梁之才，所以待她非常热情和坦率。

这却使丽贝卡感到非常尴尬。她既没有办法拒绝伯奇先生的热情，又不好向他解释说自己根本不是这里的成员，她怎么能当着那么多年长的女士的面带领大家祈祷呢！即使是那个被绑在树桩上的约翰·罗杰斯当时的处境也未必有这可怜的孩子那么为难了吧！她站起身来，尽量不去想周围坐着的那些准备祈祷的女士，也不去想站在前面的执事小姐。伯奇先生的样子在她眼前不断地晃来晃去，满脑子都是乱糟糟的。当然了，她是知道应该怎样措词的；像丽贝卡这样的新英格兰的孩子，早就习惯了星期三晚上的聚会了，怎么会不懂得祷告该如何措词呢？只是她私下里祈祷的并不是这些罢了。不管怎么说，她还是有些紧张地、慢吞吞地开口了——

“那住在天国里的主啊……你是叙利亚的上帝，也是缅因州人民的神……在叙利亚，现在应该有蔚蓝的天空、闪亮的星星和光芒四射的太阳……温和的空气里，树叶在随风起舞。而在缅因州，我们脚下还堆积着厚厚的白雪……但是对上帝而言，距离永远不是问题，他在这里，与我们同在，他也在那里，与叙利亚人民同在……我们的灵魂永远追随着他，就像鸽子飞回它们各自的家……

“我们不可能都成为传教士，告诉大家拥有善良的心灵……也许我们之中还有些人并没有完全领悟到善良的真谛，但是如果您的国度将要降临人间，而您的意志将要像在天国那样在地球上实现，那么人人都会竭尽所能，人人都会助您一臂之力……无论是年轻力壮，抑或是年老力薄……我们已经听到了那些孩子的声音，那些在叙利亚的天空下出生的孩子，他们将为您完成新奇而有趣的工作，而我们中的一些人，也会不远万里来到那片陌生的土地上，去帮助那些野蛮的人民，让

他们从对石头和木头的偶像崇拜中走出来，投入您的怀抱。但是我们还是要待在家里，完成上天交给我们的任务……还要完成那些我们并不喜欢的工作……但是，我们相信圣歌里所唱的就是这个意思，每天早上我们都可以闻到甜美的花香，我们同时也要为这些付出代价……这是上帝在教导我们，学会谦恭，学会耐心，他要我们相信这是他的意志，他会除去我们心头的恐惧，并且帮助我们承担生活中的负担。阿门。”

可怜的不太懂事又充满幻想的小孩子！她的祷词不过是从不同的圣歌里改编出来的一些歌词而已，就连她描绘的那些画面也是从伯奇先生的传道词里听来的，但是，她用她自己的方式对这些进行重新的组合，用她自己的逻辑把它们串联起来，感觉竟然就好像是她创造出来的似的。有些人的话会使人听后对他们产生不好的印象，因为和他们的年龄相比，他们的人格似乎还有些差距；而丽贝卡年纪尚小，所以人们听了她的祷告后，都不会对她横加批评的。

“阿门”一说完，丽贝卡就坐下了，她甚至都没想到身后是不是有椅子就坐下去了，然后是祈福仪式。当整个屋子都安静下来了，她走到伯奇夫人身边，伯奇夫人给了她热情的一吻，然后说：“亲爱的，我真高兴我们可以住在你那里。我们五点半过去会不会太晚了？现在已经是三点钟了，我们还要去车站接行李和我们的孩子们。因为事先不知道能否在这里停留，所以我们把他们都留在车站了。”

丽贝卡回答说，她们每天都是在五点半吃晚饭的，然后她接受了科比太太的邀请，坐她的车回家去了。她兴奋得满脸通红，连嘴唇都颤抖起来了，莎拉婶婶了解她的心情，所以整个回家的路上，她们几乎一句话都没说。外面的寒风呼呼地刮着，再加上莎拉婶婶的沉默，丽贝卡渐渐地回过神来，不过当她走进砖房的时候，她还是忍不住地兴奋起来。她有太多的事情要讲了，连脱掉她的胶皮靴的时间都等不了，她小心地将一块麻花状的小毯子拿到起居室去，站在上面，准备开始她的讲演。

"你的鞋正在火边烤着呢，"简姨妈告诉她说，"在你讲话之前，先把它们换上。"

第十九章　伊斯雷尔执事后继有人

“米兰达姨妈，这只是一个小型的集会，”丽贝卡开始讲了，“那个传教士和她的夫人都是很和蔼可亲的人，他们今天晚上和明天一天会来这里和我们一起住。我希望你们不要介意哦。”

“什么？来这里！”米兰达惊叫起来，连她正在做的编织品都从膝盖上掉下去了，就像她在遇到极其惊讶的事件时那样，她甚至把眼镜都摘下来了。“他们是不请自到的吗？”

“当然不是，”丽贝卡回答说，“是我代你们向他们发出邀请的；我以为你一定会喜欢和他们一起住的，他们都是很好的人呢。当时的情况是这样的——”

“够了够了，别解释了，赶快告诉我他们什么时候到，马上吗？”

“不是，要两个小时以后才到，大概在五点半左右。”

“好吧，你继续讲，你最好能解释清楚，是谁说过你可以有权力把一群陌生人领回家来过夜的？难道你不知道我们已经有二十年没有接待过任何陌生人了吗？过去不会，现在不会，以后也不会！只要我还是这个屋子的主人，任何时候都别想！”

“米兰达，别责怪她了，先听她把话讲完吧！”简说道，“我刚刚还在想，如果是我们亲自去参加会议的话，说不定也会这样做的，因为伯奇先生认识我们的父亲呀。”

“这只是一个小型的集会，”丽贝卡继续讲道，“我把你们的情况告诉大家了，她们都说真遗憾你们不能来。因为校长不在，马修斯女士暂时代替他的位置，遗憾的是，那把椅子太小了，根本不够她坐的，她那个样子让我想起圣歌里的一句歌词：‘那些野蛮的国度是多么地宽广呀！’她戴的那顶毛皮园丁帽还总是歪在一边。伯奇先生讲了很多有关叙利亚那些异教徒的故事，歌也唱得非常好听，那个捐款箱传到我这里的时候，里面大概有40分钱。我觉得那连挽救一个叙利亚的婴儿都不够，是不是？然后，伯奇先生说，如果哪位姐妹愿意将自己的住处提供出来，他们想要留下来住一夜，然后明天在利佛保罗召开一个小型的客厅集会，伯奇夫人会穿上叙利亚的服饰，还会向大家展示许多异国的手工艺品。于是他就在那儿等着大家的回音，等啊等，就是没有一个人回答他。我觉得很苦恼，但是不知道该怎么帮他们才好。这时，他又把刚才的话说了一遍，他说他之所以要留下来，是因为那是他的职责所在。就在这个时候，罗宾逊太太低声对我说，当我外祖父在世的时候，传教士们都是来我们的砖房过夜的，说外祖父绝对不会让他们去别的地方的。我不知道你们已经开始放弃这个习惯了，因为自从我来到利佛保罗以后，除了一个传教士在这里停留过一个星期天的早上以外，再也没有其他的传教士来过呀。所以我想我应该向他们发出邀请，因为你们都不在场，而你们曾说过我是代表全家去出席会议的。”

“那你是怎么做的？是不是等大家都出去以后，走到前面去向传教士夫妇自我介绍？”

“不是的，我当时就站了出来。如果我不这样做的话，伯奇先生会因为没人回答他而感到很难过的。所以我就说，‘如果你

们能够到我们的砖房来做客的话，我的姨妈——米兰达小姐和简·索娅小姐会感到非常荣幸，因为我的外祖父在世的时候，传教士们都是在我家里暂住的。我代我的姨妈向你们表示她们的敬意。'说完我就坐下了；伯奇先生还为外祖父祈祷，说他是上帝派来的，还说感谢上帝，外祖父的精神始终活在他的后代心中(当然，是指你们)。而那间古老而伟大的砖房里，曾经迎接和帮助过多少同胞，让他们精力充沛地走向战场呀，如今，它的怀抱依然向那些陌生人和战斗者敞开着。"

有时，当天体在适当的时机会合，大自然就会变成一件完美的艺术品。而那些没有经过任何思考和掩饰的发自内心的话语和行为，就像是受了神的感召一样。

在米兰达·索娅的心里，有扇门已经被关闭了很多年了，甚至连她自己都没意识到，这扇门竟在不知不觉间将她的灵魂封闭起来。如果丽贝卡能够提前几天了解这些情况并且她足够聪明的话，她就不会再贸然地闯进这片禁止通行的地带，但是现在，由于她的一无所知，门上那又硬又锈的铰链开始摇摆了，随着时间的流逝，风一点点钻进门去，使得它的大门慢慢地敞开。所有的这些事情一并发生了，并且造成了令人意想不到的结果。米兰达渐渐地回想起了昔日的时光，想起了她那虔诚而恭敬的父亲；索娅这个名字曾经那样地被大家尊敬和赞扬；丽贝卡应该以自己是伊斯雷尔·索娅执事的外孙女而感到高兴，并告诉大家她并非人们所认为的那样是个十足的"兰德尔"。想到这些，米兰达感觉自己平静多了，她甚至感到有些欣喜，但是她不想表露出来，也不想给别人留下这样一个印象，以为有了这个先例，以后人们就可以把她当做是个热情好客的人了。

“好吧，丽贝卡，我觉得你做的事是尽了你的职责的，”她说道，“而且你对他们发出邀请时的措词说得非常棒。我希望你的简姨妈和我可以尽快克服感冒；不过我们的房子都很干净，无论是开着的还是锁着的，里面的东西也都摆放得井井有条，而且我们有足够的食物，所以，丽贝卡，无论发生什么事情，你都不必感到惊讶，也不要怕被别人瞧不起。只要伯奇夫妇不是太挑剔或是太懒惰，我们有六间房可以供他们休息和娱乐呢。对了，他们为什么没和你一起回来呢？”

“他们去车站接行李和孩子们去了。”

“还有孩子要来？”米兰达小姐忍不住抱怨道。

“是的，姨妈，而且他们都是在叙利亚的天空下出生的呢！”

“叙利亚人的后代！”米兰达叫道(这并非事实)，“一共几个孩子？”

“我忘了问了，但是我会为他们收拾好两个房间，如果再多的话，就让他们和我一起睡好了。”丽贝卡说道，心里偷偷地想，要是真能这样那就好了。“如今，你们两个都有病在身，能不能相信我一次，让我来为客人们安排住处？如果有困难我会叫你们的，好不好？”

“好吧，相信你一次，”米兰达有点不情愿地叹了口气。“我和简在卧室里休息一会儿，看看待会儿能否有力气起来做晚餐。现在是三点半——五点之前一定要叫我起床。厨房的炉子里还生着火呢。我也搞不明白，为什么要在这个时候烤一锅豆子出来呢，不过他们来的话就方便多了。父亲以前常说，那些从

国外回来的传教士们总是对猪肉啊、豆子啊、黑面包什么的挑剔得不得了。丽贝卡，把最南面的那两间房收拾出来吧。”

丽贝卡平生第一次有了可以供她自由支配的空间，她高兴得像一阵旋风一样冲下楼去。砖房里的每间屋子都像打过蜡一样干净，她要做的只不过是把盖在物品上的东西掀掉，然后拿把小笤帚把地面和家具上的尘土打扫干净就可以了。她的姨妈们可以听到她在房里上蹿下跳的声音，一会儿拍拍枕头和羽毛床，一会儿拍拍毛巾，屋里的陶器发出丁丁当当的响声，她还用自己清脆的嗓音唱起歌来——

过分的仁慈也是徒劳无功，
上帝的礼物人人平等；
异教徒生活在黑暗之中，
竟对木头和石子鞠躬。

丽贝卡已经长成了一个办事敏捷利落的小大人了，对于所有她有能力完成的工作，她都会在最短的时间内全部搞定，所以，当五点整，她叫她的姨妈们起床来审查她的劳动成果的时候，她简直是创造了一个奇迹。挂在衣柜和洗脸架上的毛巾洗得干干净净，床铺得既整洁又舒适，水瓶也都灌满了，肥皂和火柴都摆放得整整齐齐，箱子里放着点火用的旧报纸、引火绳和木头，在每个封闭的火炉里，都有一块大木头在慢慢地燃烧着。“我觉得最好把这里的寒气驱除掉，”丽贝卡解释说，“因为他们是从叙利亚来的；对了，这倒提醒我了，我应该在他们到来之前在地理书上找一找，看看叙利亚在什么地方。”

一切都做得无可挑剔，所以姐妹两个准备下楼去简单地打扮一下，换件衣服。当她们从客厅门口路过的时候，米兰达听到一阵噼里啪啦的声音，她向里面看去。所有的遮蔽物都被掀开了，前厅的敞开的火炉里，火焰正欢快地燃烧着，丽贝卡正在里屋生火呢。阿拉丁先生送给她的第二件圣诞礼物——一盏煤油灯就放在桌角的大理石台上，从玫瑰色的灯罩里透出柔和的光，使得原本阴沉灰暗的屋子顿时变成了可以坐下来和邻居聊天的好场所。

“看在大家的份儿上，丽贝卡，”米兰达小姐在楼上喊道，“你认为我们有必要把客厅也提供给他们用吗？”

丽贝卡一边编辫子，一边从屋子里跑出来。

“在圣诞节和感恩节的时候，我们不是都要开放客厅的吗？我觉得这个场合就像那两个节日一样重要。”她说，“我把壁炉架上的蜡做的花都拿下来了，这样它们就不会被烤化了，然后把贝壳、珊瑚和那只绿色的喂饱了的小鸟放在上面了，这样，那些孩子就不会吵着要玩这些东西了。米利肯先生要来和伯奇先生谈一些生意上的事，我不知道如果科比夫妇两个也碰巧在场那该怎么办。对了，别去地窖，我马上要去那里收拾一下了。”

米兰达和简交换了一下眼色。

“她真是这个世界上最活跃的孩子了！”米兰达叫道，“不过，她要是想起别的事来，就会放弃手头的工作了！”

五点十五分的时候，一切都准备就绪了，远远近近的只要是砖房（在树叶落光了的时候，砖房在那片土地上非常地显眼）

视野范围内的邻居，都对这件事好奇得不得了。哇，两个客厅里的遮光布都被掀开了！最南面的两间房子的遮光布也都被掀开了！还生了炉火——如果眼睛没有看错的话——每个屋子都生好了火。如果不是一位刚刚参加了集会的女士及时出来向大家解释，为什么砖房要这样地大动干戈，恐怕许多邻居今晚都会好奇得无法入眠了。

传教士一家准时到达了，他们只带了两个孩子来，为了减少旅行的花费，其他的七八个孩子都被留在了波特兰的同胞家里。简带着他们上了楼，而米兰达在厨房里忙着准备晚餐；丽贝卡赶快把两个小女孩从她们妈妈的身边带走，帮她们脱了外套，梳梳头发，然后又把她们带到楼下的厨房去闻闻豆子的香味。

晚餐非常丰盛，有这些小孩子在场，所有的尴尬气氛都一扫而光了。简姨妈来整理好桌子，并摆放好食物，而米兰达姨妈则在客厅里忙碌着；丽贝卡和两个伯奇家的小孩洗碗，她们甚至在厨房里开了一个盛大的狂欢节，不过并没有进行太大的破坏——只是打碎了本来就有裂缝的一只杯子和一个盘子，还把一把银勺子里的洗碗水直接泼到后门外面去了（在砖房，这种行为是绝对禁止的），最后，又把咖啡的渣子倒进了水槽里。不过，所有“犯罪”的证据都及时地被丽贝卡“毁灭”掉了，她尽自己的能力对那些破坏进行了最大限度的修复，然后三个人若无其事地走进客厅，科比夫妇、执事和米利肯太太已经来了。

这个夜晚是多么地美妙呀！他们会不时地停下来，让自己和伯奇先生都歇口气儿，暂时不谈那些异教徒是如何在黑暗中生活，并且把木头和石头当做偶像的，但是，过不了多久，伯奇夫妇又会讲述起在那个陌生的、美丽的国度里发生的不可思议的故事来。那个年纪较小的孩子唱起歌来，在伯奇夫人恳切的要求下，丽贝卡也坐在了那架破得丁当响的老钢琴前，演奏了一曲“一个印第安女孩的荒野流浪记，聪明而美丽的阿尔法拉塔”，她风度翩翩，激情四射，表现得非常好。

八点钟的时候，丽贝卡穿过屋子，拿着一把棕榈叶扇子走到米兰达姨妈面前，表面上，她好像是在用扇子挡着刺眼的灯

丽贝卡弹钢琴

光，实际上，她是想借此机会偷偷问米兰达，“我们什么时候把饼干拿出来给大家吃呀？”

“你认为我们有必要那样做吗？”米兰达小姐不太高兴地回答说。

“贝金斯家每次都是这样做的呀。”

“那好吧，你知道它们放在哪里的。”

丽贝卡悄悄地走出门去，那两个伯奇家的小孩像跟班似的跟在她身后，好像一秒钟都离不开她一样。五分钟以后，她们回来了，两个小孩子捧着装满了薄薄的香菜威化饼干的盘子——有心形的、菱形的和圆形的，上面撒着糖，还点缀着在屋后的花园里种出来的嫩嫩的香菜叶子，看起来非常爽口。这可是简姨妈的拿手好戏。丽贝卡捧着一个盘子走进来，上面放着六只装满了蒲公英酒的精制的水晶杯，这些酒还曾经让米兰达姨妈出名了好一阵子呢。这手艺是从老伊斯雷尔执事那里传下来的，那些杯子还是他亲自从波士顿买回来的呢。米兰达对这些杯子爱不释手，因为它们不仅样式美丽，而且握在手里感觉非常秀气。在它们被买回来之前，他们一直都是用装葡萄酒的杯子来盛这些蒲公英酒的。

在大家尽情地享用了这些点心和饮料——在利佛保罗，人们把这叫做“过滤”——之后，丽贝卡看了看时钟，然后便从孩子堆里站出来，高高兴兴地大喊道，“好啦好啦！到了小传教士们上床睡觉的时间啦！”

大家都被她逗笑了，就连老传教士们也都笑得合不拢嘴，年轻人相互握了握手，然后就和丽贝卡一起离开了。

第二十章　心灵的转变

“你的外甥女是我这么多年以来见过的最了不起的女孩子。”伯奇先生出门的时候这样说道。

“她最近的确是变聪明了很多，不过她的马虎大意可是要了命的，”米兰达回答说，“而且她有些活泼得过了头啦。”

“我们一定要相信，在这个世界上，活力只会不够，永远不会过头的，好多麻烦都是因为人们热情不足引起的呢。”伯奇先生回敬道。

“她会成为一个了不起的传教士的，”伯奇先生继续说道，“她的声音、她的热情，还有她对语言的天赋，都是那么地出色。”

“要是让我说来比较传教士和异教徒的话，我觉得丽贝卡更适合做个异教徒。”米兰达毫不留情地评论道。

“我姐姐从来不会表扬孩子的。”简赶快接过话题说道，她看到伯奇夫人好像感到非常地惊讶，打算张口问问，如果丽贝卡不是教会的人，她怎么会出现在那天的集会上呢。

而科比太太整个晚上都在担心她会提到这个问题，也担心大家会提到丽贝卡在祈祷的时候所表现出来的天赋。那天下午，当伯奇先生把丽贝卡叫到前面去带领大家祈祷的时候，她忽然对这个牧师产生了一种转瞬即逝的、毫无来由的厌恶感。她看到丽贝卡当时苍白的脸蛋、无助的眼神和颤抖的睫毛，并感受到了这个孩子所经历的痛苦的折磨。不过，伯奇先生后来

亲切的演讲和行为又使她消除了对他的偏见。但是，当她感到伯奇夫人想要问那个危险的问题时，她赶快转换话题，问她从叙利亚到利佛保罗来是不是要换乘好几趟火车。她也觉得在这个时候问这个问题有些不合时宜，但是一时她也想不到更好的了。

这时，米利肯执事对索娅小姐说道："米兰达，你知道丽贝卡让我想起谁了吗？"

"我大概可以猜个八九不离十了。"她回答说。

"那就是说你也注意到了！一开始，我还以为她在外表上长得十分像她的爸爸，那么她的个性也一定是像她爸爸的比较多；但她实际上不是的，她很像你的父亲，伊斯雷尔·索娅先生。"

"我不知道你是怎么得出这个结论的。"米兰达回答说，她感到吃惊极了。

"下午开会的时候，当她站起来替您提出邀请的时候，可把我吓了一跳呢。说起来有些不可思议，但是她当时就坐在你父亲从前做安息日学校校长时的位置上。你是知道的，当他站起来发言的时候，他总是习惯把下巴抬起来，然后把头朝后面仰一仰的，是不是？丽贝卡今天的表现简直和他一模一样，我简直都形容不出来了。"

访问者们九点以前就都离开了，这时(对于砖房来说，这可是个难得的轻闲的时刻)，大家也都开始准备休息了。丽贝卡拿着伯奇夫人的蜡烛走到楼上，发现此时屋里只有她们两个人，于是，她有些害羞地说道："你能不能告诉伯奇先生，其实我不是教会的成员？今天下午，他叫我到前面去祈祷的时候，我都不知道该怎么办才好了。我当时没有勇气告诉他，其实我从来没有大声地祈祷过，也不知道该怎么做才合适。当时，我脑子里一片空白；我真的吓坏了，真想找个地缝自己钻进去算了。要我在那么多年长的教会成员面前祈祷，我真的觉得太大胆、太无礼了，好像我要故意装成那个样子似的；但是反过来说，如果一个牧师要我祈祷，而我又有些不情愿的话，上帝会不会认为我是个邪恶的人呢？”

蜡烛的光照在丽贝卡害羞得通红的脸蛋上。伯奇夫人弯下腰来吻了她，“别担心，”她说，“我会告诉伯奇先生的，我相信上帝也会理解你的。晚安，亲爱的。”

第二天早上，丽贝卡不到六点钟就起床了，她觉得自己有那么多的家务活要做，是不应该睡懒觉的。她走到窗前向外看，窗外天还没亮，又是一个狂风到处叫嚣肆虐的天气。

“简姨妈说她要六点半起床，然后七点半吃早餐，”她心里想着，“但是，我敢说，她们两个的感冒都很严重，米兰达姨妈一定不喜欢家里有这么多人烦她。所以，我最好悄悄地把该做的工作都做好，到时候给她们一个惊喜。”

她找了一件带衬的长袍穿上，穿好拖鞋，然后偷偷摸摸地走下了前面那段姨妈们不让她靠近的楼梯，走进厨房，轻轻地关好门，以免发出声音把家里其他人都吵醒。然后，她就开始忙碌起来了，早餐的程序她早就已经知道得一清二楚，忙了半个小时左右，她回到自己的房间，穿好衣服，准备去叫孩子们起床。

出乎意料的是，简小姐昨天晚上的病情本来已经比米兰达小姐轻很多了，不料夜里又加重起来，以至于早上都起不了床了。米兰达在早上起来梳洗的时候嘴里不停地抱怨着，责怪这个又责怪那个，好像是别人害得她得了这个折磨人的病，还要每天忍受着；她甚至连送伯奇一家去叙利亚的传教士委员会都不放过，还说，要是公正一点来说的话，那些被送到国外去拯救异教徒的传教士就应该留在那里挽救那些人，而不应该带着自己的孩子们满世界地到处跑，尤其不该来拜访那些根本不欢迎他们，更没打算邀请他们来的人家。

简躺在床上，由于发烧，头痛得厉害，但她又不由得感到有些忧虑和不安，不知道没有她帮忙，姐姐能否应付得了。

米兰达有些不开心地走进饭厅，试着将一条毛巾绑在额头上，以免受风，她准备先把做早餐的火生好，然后叫丽贝卡下来帮忙干活，顺便要告诉她一些基本常识，让她明白代表全家去参加一个传教士的集会时应该怎么做。

她打开厨房的门，一头雾水地四处环顾，开始怀疑自己是不是走错房间了。

遮光布都被掀起来了，火炉里的火烧得正旺；茶壶在火上冒着热气，壶里的泡泡正在欢快地唱着歌，在茶壶大大的壶鼻子下面有半张纸笺，上面潦草地写着“丽贝卡问候您”。咖啡壶也是滚烫的，里面的咖啡已经倒在碗里了，旁边还放着打好的鸡蛋和没用了的蛋壳。冷的马铃薯和咸牛肉都放在木盘子里，一张“丽贝卡向您问好”的纸条放在切菜刀上。黑面包已经准备出来了，白面包也准备好了，烤面包架也已放好了，油炸圈饼也摆放出来了，牛奶也准备好了，连黄油都已经从奶制品商店里买回来了。

米兰达把毛巾从她头上拿下来，一屁股坐在了厨房的摇椅上，边喘气边感叹道："丽贝卡真的是最活跃的孩子！我敢断定她完完全全就是个索娅家的人！"

整个白天和晚上就这样过去了，每个人都深深地感到了信任和尊敬，连简都包括在内，虽然她的病让大家多少有些扫兴，但是她的病情没有再加重，反而渐渐地康复起来了。伯奇一家对他们这两天的打扰感到非常地抱歉，而那两个小传教士更是哭得跟泪人似的，发誓要和丽贝卡做一辈子的好朋友。在分别的时候，丽贝卡还把自己早餐前做的一首小诗送给了她们。

送给玛丽和玛撒·伯奇

丽贝卡·罗威娜·兰德尔

出生在叙利亚的天空下，
享受着比我们更加炽热的太阳；
孩子们一天天地长大，
像一朵朵在热带里盛开的小花。

当她们睁开双眼看到的第一抹光明，
即是来自那片未开化的土地，
她们看不到格陵兰岛群山上的冰凌，
也看不到印度海岸那些美丽的珊瑚虫。

但是在那个神秘的国度，
人们只有黑色的皮肤，
没有真正的宗教和信仰，
他们过得痛苦而无助。

那么，快快贡献出我们的力量，
为传教士委员会助上一臂之力，
让那些有着黑色皮肤的异教徒不再迷茫，
让上帝也成为他们心中的信仰。

显然，这位归来的传教士在利佛保罗的访问还是有些深远的影响的，伯奇夫妇回到家中都已经有半个年头了，可是当他们回味起这段时光的时候，仍然觉得其乐无穷。邻居们都争先恐后地想要和他们交谈：争论、辩驳、怀疑、肯定、回顾、展望，大家几乎无所不谈。米利肯执事还为挽救叙利亚人，并在那里建立公理会捐了10美元，而米利肯太太却认为她丈夫一定是脑子出了问题，如此慷慨的行为实在是太鲁莽了。

值得高兴的是，米兰达·索娅小姐从那儿以后，就像变了一个人似的，不过这也不完全是事实。就像一棵弯曲了二十年的树，不可能在眨眼的工夫就变挺拔了一样。但可以肯定的是，虽然在外人看来，她的变化很微不足道，但她的确是改变了，她对丽贝卡不再像从前那样挑剔，对她做评判的时候也不像从前那样苛刻了，还似乎对她的未来充满了信心。这种变化的主要原因在于她忽然发现丽贝卡并非像她原先所想的那样，从外表到灵魂都得自让她瞧不起的兰德尔家族的遗传，相反，她在丽贝卡身上发现了很多索娅家族的特征。至于丽贝卡的每个有趣之处、每个小特长，或是她所表现出来的每项能力和天赋，米兰达都归功于她在砖房所接受的训练，这种想法使她不由得感到有些骄傲，仿佛她自己是一个可以用最差劲的原材料建造出最好的房子来的那个巧手的工匠一般；不过，即便如此，她对丽贝卡的管制可以稍稍放松一些，对她的要求也可以少一些苛刻，但是她从来不把内心深处的这种骄傲的感觉表现出来，更不会对丽贝卡表现出一丝的喜爱之情。

可怜的生错了地方的被人瞧不起的兰德尔家的洛伦佐·德·梅第奇，人们认为他荒谬可笑，只是因为他和他们没有任何相似之处！如果利佛保罗忽然间变成了一个大的社区，让各种不同类型、不同观念的人来居住的话，那么他，一定会成为整个社区中最不受人关注的一个人。他的女儿就幸运多了，因为她从她母亲的家族那里继承到了一些实际的能力，但是，如果洛伦佐没做其他事的话，他也会认为至少在防止丽贝卡变成一个彻头彻尾的索娅家人上面，他是功不可没的。如果他失败了的话，他也会慷慨地把自己的优点全部遗传给丽贝卡，而把那些不值得继承的东西全部留下。这种细致的区分，恐怕天下没有几个做父亲的可以做得到吧。

砖房并没有很快地演变成路边的小旅店，让那些年轻人尽情地来娱乐甚至狂欢；但是，传教士一家的到来的确是开了一个好头，米兰达小姐同意收拾出一张空闲的床来“以备不时之需”，而那些水晶杯子也被放在了架子的第二层上，从前它们一

向都是被放在陶瓷壁橱的最顶层的。丽贝卡从前要踩着椅子才够得到它们,现在她只要伸手就可以拿得到了;当然了,这也是她潜移默化地打破米兰达小姐的教条和偏见的大门的一个主要标志。

米兰达小姐已经做出了让步,她说如果伯奇一家偶尔来砖房做客的话,她会非常欢迎,但是她又担心他们会把这个消息传出去,以至于一年到头都会不断地有传教士们来家里碍事了。关于这一点,她还适当地用了一个比喻说,如果一个流浪汉在某个人的后院里得到很好的招待的话,那么他就会在临走的时候在这个人家的后门上做一个记号,这样其他的流浪汉就知道他们可以在那儿得到同样的招待了。

最让人担心的就是这种家常似的比喻里面暗含着一些真理,所以米兰达小姐对于她未来的麻烦的畏惧也是有一定的根据的,虽然后来发生的事情并没有像她想像的那般恐怖。一个人的心灵要接受好的习惯和接受坏的习惯一样容易,生活在这一刻也开始绽放出美丽的花朵,美好的言行和新的行为规范逐渐确立,而那些邻居也都用期待的目光看着你接下来的变化,因为你已经向他们展示出了自己所具备的勇气、同情心、智慧、友谊以及灵感。如果你种了一两季的无花果后,发现果园外面的世界并不需要它,那么就不妨改种蓟吧。

伯奇一家的来访对丽贝卡的影响更是无法用语言来形容了。尽管如此,当许多年过去以后,丽贝卡试图从好的一方面回忆这件事,她觉得伯奇先生叫她到前面去“带领大家祈祷”的那一刻,简直就是她生命里的一个里程碑。

你是否曾经有过这样的经历，当你穿上了一件非常漂亮的新衣服，你是否会感觉自己变得彬彬有礼、仪态万方？当你闭上眼睛，扣紧双手，轻轻地低下头，你是否会感到有种庄严的感觉悄悄地在体内蔓延？如果你曾经感到自己对某个人的厌恶感在每天的问好声中渐渐消失，那么你一定可以理解，外在的那些可见的迹象（也就是我们所说的表情）会对人们的内心和精神状态产生怎样的影响。

只有当一个人年岁已老、感觉迟钝的时候，她的灵魂才会变得沉重，而且不愿接受那些欢快的东西。年轻的心灵总是无拘无束的；深吸一口气，心情就可以好得像飞上了天一样。丽贝卡想去捕捉心灵深处那些最模糊的感觉，当她能够把这些感觉说出来的时候，她觉得自己的梦想都变成现实了。

"就像鸽子回归它们的家乡，一路飞翔。"在一种强烈的光芒照耀下，丽贝卡感觉自己的心灵也飞翔起来，刚开始的时候，这种感觉还非常模糊，不过后来她感到自己越飞越近，越近就感觉越真切了。她渐渐地感到自己的心灵已经和神牢牢地连在一起了，分都分不开，也许对于一个孩子而言，这就是使她感觉到上帝存在的最好的办法了吧。

第二十一章　天空更加宽广

等了又等，盼了又盼，终于到了丽贝卡可以去威尔汉姆上学的日子了。在那些经历过各种社交场合，或是见识过国外法庭，或是在名牌大学的知识分子圈子里混得很好的人看来，到威尔汉姆去上学实在看不出有什么特别之处；不过，从利佛保罗去那里上学就是向前迈进了一大步了，就像是从太阳溪农场来到利佛保罗这个小镇上一样。丽贝卡的计划是用三年的时间完成全部四年的学习，因为所有关心她的人都认为，17岁的她应该已经长成一个成熟的姑娘了，她应该自己挣钱来养活自己，并帮忙教育那些年纪较小的孩子。丽贝卡不知道她是否能够成功地实现这一计划，因为其他的女孩子都在想着她们应该怎样轻松而悠闲地度过这四年的时光，等到毕业的时候，所知道的全部知识还是和刚入学时的一样多。对丽贝卡来说，这项任务的确有些艰巨，她甚至感觉希望非常渺茫，但它是可以实现的。在除了小小的威尔汉姆以外的地方，其他学校已经有过这种先例了。

从9月份一直到圣诞节，丽贝卡每天都要坐着小车来来回回的，她打算在最冷的那三个月里在威尔汉姆住校。爱玛·简的父母总是认为在埃奇伍德高中(离利佛保罗只有三英里)念上一两年以后，他们的女儿就完全可以作为一个有知识、有教养的女孩子走向社会了。爱玛·简对于这个提议表示由衷的赞成，只是在学习的那些功课方面，她感到有些不满意。在她眼里，那些书一本不如一本，她恨不得眼看着全世界的图书馆都沉到海底去，那时，她一定会连吃晚餐都觉得非常地开心；但是，当她被送到埃奇伍德高中，而丽贝卡被送到威尔汉姆以后，情况开始有了转变。爱玛·简用她最大的耐心忍受了一个星期——度日如年的七天呀，每天都看不到自己亲爱的小伙伴，只有在晚上的时候她们才能见面，而且还要各自忙着做各自的功课。星期天终于来了，爱玛·简决定把这个问题和她父亲好好地谈一谈，但是父亲表现得非常顽固。他认为受教育根本没什么大用处，觉得爱玛·简现在所受过的教育已经足够了。当他把农场租给别人，带着全家来到利佛保罗的时候，他并不打算干一辈子的铁匠，而是想要尽快地回到农场去。他希望在回去的时候，爱玛·简已经上完了高中，并且可以开始帮她的妈妈做一些牛奶场的工作了。

又过去了一个星期。爱玛·简消瘦了很多。她的脸色越来越差，吃饭的时候几乎一点胃口都没有。

她的妈妈很悲哀地说，贝金斯家族的人们总是有日渐憔悴的趋势，她真担心爱玛·简也是红颜薄命；其实对于有些人来说，有一个雄心勃勃的女儿可是一件非常令人骄傲的事情呢，他们总是会尽自己最大的努力来为女儿提供最好的教育的；她又担心自己身体太弱，经不起每天从利佛保罗到威尔汉姆的路程，并叫贝金斯先生雇一个男孩子每天接送爱玛·简上下学；事情虽然这样决定下来了，但是在贝金斯夫人看来，女子无才便是德，爱玛·简这种学习的热情，并不是她所愿意看到的。

贝金斯先生对这件事忍耐了好几天了，现在连他的脾气、

食欲和消化能力都受到了很大的影响；最后，他终于低头了，爱玛·简就像一个刚刚被释放的俘虏一样，兴高采烈地接受了父亲的投降。虽然威尔汉姆学校的测验非常恐怖，但这并没有影响到爱玛·简的信心。她只通过了两门课程的考试，于是便带着她的“五个条件”欣然走进了预科班，她想要让知识的源泉一点点地流入自己的大脑，可不想让它们在自己的头脑中泛滥成灾，那会使她受不了的。不过，有个事实是无法忽略的，那就是爱玛·简并不聪明；但她对学习有着一股韧劲，坚持不懈地努力着，而且全心全意地喜爱学习。不管怎么说，这也可以算是一种天赋吧，对于世界上那些学习数字和语言的人来说，这也是一种非常难得的精神。

威尔汉姆是一个非常漂亮的小镇，条条宽敞的大道两旁都种满了枫树和榆树。那儿有一家药剂店、一家铁店、一家水管店，还有其他一些各种各样的店铺，此外还有两座教堂和许多住宿旅店，但它最有名的还要数这里的神学院和研究院。这些学院的学习环境和其他同类的院校相差无几，但是学习的效率可就比其他地方强得多了，主要原因在于这里的校长是个充满了精力和智慧的人。这里汇聚了来自各个乡镇和各个州的男孩女孩们，他们在出身、地位、贫富等方面各不相同。这里也出现过一些愚蠢的或是鲁莽的行为，但是总体来说，校园内秩序井然，没有人愿意去效仿这些行为。在三年级和四年级的同学中间，也有一些是成双结对地出入火车的；还有些男孩子会主动帮助女孩子们提着沉重的书包上山。偶尔，也会蹦出几个行为不谨慎的早熟的女孩子来，秀达·米塞弗就是其中的一个。她一开始对待爱玛·简和丽贝卡倒是非常地友好，但是时间长了，感觉就越来越不亲密了。她长得非常漂亮，一头赤褐色的靓丽的秀发，还长着几个不起眼儿的雀斑，她常常提起它们，不过，如果人们不仔细观察她那光洁的皮肤和她弯曲的睫毛的话，是根本不会注意到这些雀斑的。她有一双明亮的大眼睛，身材丰满得与她的年龄几乎不相称，但这也是大家都认为她迷人的一个重要原因。由于在利佛保罗这个小地方很少有追求者，她决定只要情况允许的话，她要充分利用在威尔汉姆的四年时间。在她看来，最大的乐趣就是在身边永远有一群仰慕者围着她团团转，她可以召之即来，挥之即去，而且越是在公开的场合，她越喜欢这样；间或的戏弄和玩笑、快活的谈话常常使她们笑完了腰，并不断地引来其他人的注意。她还常常把自己的追求者介绍给那些没人欣赏的女孩子，然后再装作惋惜地慨叹自己总是在伤别人的心；好像她自己是一只纯真无邪的、不愿意去伤害任何人的小羊羔一样。类似的事情发生过一两次，人们就不愿意再和她做朋友了，所以没过多久，在往返利佛保罗的路上，丽贝卡和爱玛·简就坐在了火车的一端，而秀达和她的追求者坐在了另一端。有一次，还发生了一件非常不可思议的事情，有一个名叫蒙特·克里斯托的年轻人，每个星期五都会花上30美分，买一张从威尔汉姆到利佛保罗的全程火车票，目的只是想接近秀达。不过，也有这样的时候，火车上除了一个卖爆米花和花生的男孩子以外一个人都没有，那么他就会成为秀达的目标了。

丽贝卡对于这种男女关系还处于那种毫不知情的状态，男孩子们对她来说都是很好的伙伴，但是仅此而已；她喜欢和他

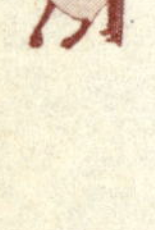

们一起在教室里背诵课文，感觉这样就会进展得快些；但是那些早熟的粗俗的调情是绝对与她的理想格格不入的。她所遇见的男孩子中，还没有哪个人可以使她从幻想中清醒过来，毕竟她年纪还小，还有待成熟。像秀达那样的女学生的爱情故事，虽然她了解到了很多细节，但那不是她所梦想的事情，即使她也梦想过自己的爱情故事，但那和秀达的完全不同。

在威尔汉姆学校的老师中，有一位对丽贝卡影响很大，那就是教授英语文学和作文的艾米丽·麦克斯韦小姐。麦克斯韦小姐是缅因州一位长官的外甥女，而且是博杜因学校的教授的女儿，她在威尔汉姆学校是最受大家欢迎的老师了，而她正好教到丽贝卡的年级，这使丽贝卡感到非常非常地高兴。很快，丽贝卡就和麦克斯韦小姐熟识起来了；丽贝卡想事情总是像箭一样正中靶心，而一旦当她遇到比自己见解更高明的人，她就会对那个人产生永久的敬意。

有传言说麦克斯韦小姐会“写”，这个词如果用某种特定的音调发出来的话，指的就不是那些研究书法，或是斯宾塞哲学或是其他一些学问的人了，而意味着她的文字常常被出版印刷。

“你会喜欢她的，她会写，”第一天早上祈祷的时候，秀达悄悄地对丽贝卡说道，那时老师们都在最前面的位置上整整齐齐地站了一排。“她写书，但我认为她这是在反抗。”

对于这件大家都感到非常好奇的事情，没有人能给大家带来足够准确的消息，但是人们都相信有一个人曾经亲眼看到过麦克斯韦小姐的文章在一本杂志上发表了。她的这种成就让丽

丽贝卡和麦克斯韦小姐

贝卡有些替她难为情，但是她仍然很崇拜她；有些事情是班上的大多数同学都无法了解的，因为上天没有赋予他们一双明亮的、善解人意的眼睛。而麦克斯韦小姐在环顾全班同学的时候经常可以看到一双渴望知识的黑眼睛，当她讲到精彩之处，她会习惯性地想要在角落里的第二个板凳上那里得到认可，因为在那个孩子年轻而敏感的脸上，她总能感受到自己和她是心灵相通的，在她的脸上，她总能看到自己想要唤起的那份激情。

一天，大家正在讨论同学们的第一篇习作，麦克斯韦小姐要求每个新同学都交一篇自己在上一年中写的文章来，这样她可以通过自己的评判来决定她要讲述哪方面的材料。大家都照她的话做了，只有丽贝卡犹豫着，她害羞地走到讲台前。

“麦克斯韦小姐，我现在手里一篇作文都没有，但是我可以在星期五回家的时候从家里带一篇过来。我把它们都整理好，放在阁楼上的小盒子里了。”

“是不是用粉色和蓝色的丝带小心地绑好了的？”麦克斯韦小姐带着一丝古怪的微笑，问道。

“不是的，”丽贝卡回答说，坚决地摇了摇头，“我也想用丝带绑好的，因为我知道其他女孩子都是这么做的，这样看起来非常地漂亮，但是我以前都是故意用麻绳线来绑我的作文的；其中有一篇很孤独的文章，我就用一条旧鞋带把它系好，这样好显示出我对它的与众不同！”

“孤独的文章！”麦克斯韦小姐笑起来，抬了抬她的眼眉。“题目是你自己选的吗？”

“不是的，迪尔伯恩小姐说我们年龄还小，还不能自己选题目写文章。”

“那么，其他的文章都是什么题目的呢？”

“《火炉旁的幻想》、《士兵格兰特》、《从菲尼斯·泰勒·巴纳姆的一生联想到的》、《被埋葬了的城市》，我想不起别的来了。我觉得它们都写得糟透了，我可不想把它们都拿出来给别人看；我现在可以很轻松地写出不错的诗来了，麦克斯韦小姐。”

“写诗！”她大叫道，“是迪尔伯恩小姐要求你这样做的吗？”

“哦，不是的；我常常写诗，在农场的时候就开始写了。我可以把它们都带来吗？数量并不是很多。”

丽贝卡带着那个黑色封皮的、写满了她的小诗的本子来到了麦克斯韦小姐家门口，希望麦克斯韦小姐能够叫她进去，然后和她单独谈谈；但是来开门的是一个仆人，丽贝卡只好失望地走开了。

几天以后，她在麦克斯韦小姐的办公桌上看到了那个黑色的小本子，她感到自己最担心的评判的时刻就要来到了。所以放学以后，当麦克斯韦小姐要她单独留下来的时候，她一点都不感到意外。

教室里非常地安静，红色的枫叶在微风中发出沙沙的声响，轻轻地飘落在窗前，预示着下一个季节的来临。麦克斯韦小姐走过来，坐在丽贝卡身旁的板凳上。

“你认为这些诗写得很不错，是吗？”她问道，把那些诗还给了丽贝卡。

“不，并不是很好，”丽贝卡承认说，“但是只让我自己来说也不是很准确的。贝金斯一家和科比一家总是说这些诗写得棒极了，不过当科比太太告诉我说，这些诗写得比朗费罗的还要好的时候，我就有些难过了，因为我知道那不可能是真的。”

丽贝卡如此坦白的话语使麦克斯韦小姐相信，这个女孩子是可以明辨是非，并从中吸取经验教训的。

“好了，我的孩子，”她微笑着说道，“你的朋友们说得不对，但你的看法是正确的；如果用合理的评判标准来看的话，它们的确不是很好。”

“那么，看来我要放弃当一个作家的所有希望了！”丽贝卡叹息道，她已经感觉到嘴里那种苦涩的味道了，不知道自己能否坚持到谈话结束再让这些眼泪流下来。

“别这么早就下结论，”麦克斯韦小姐打断她说，“虽然这些算不上是很好的诗歌，但是通过它们，我可以看到你的某个方面是很有天赋的。你在诗歌的韵律和节奏方面一个错误都没犯，说明你对正确的事物有一种天生的敏感；用诗人们的话来说，就叫做‘形式的感觉’。当你再长大些，经历的事情再多些——事实上，当你觉得自己有很多话想要表达的时候，我相信你可以写出非常好的诗歌来的。写诗不仅需要有扎实的知识和开阔的视野，生活的经历和丰富的想像力也是必不可少的，丽贝卡。你现在还不具备前面这三项，但是我相信你是具备足够的想像力的。”

“那么，我以后再也不能写诗了吗？自娱自乐的那种诗都不能写了吗？”

“你当然可以写，这可以使你越写越好的。至于我们第一次的作文题目，我打算让所有的新同学都写一封信，描述一下自己的家乡以及自己在学校的生活情况。”

“一定要以自己的真实身份来写吗？”丽贝卡问道。

“为什么这样问？”

“由丽贝卡·兰德尔写给她在太阳溪农场的姐姐汉娜的一封信，或是写给利佛保罗的砖房的简姨妈的一封信，这既枯燥又无聊，如果这是一封真实的信的话；但是，如果我假设自己是完全不同的另外一个女孩子，并且把这封信写给一个无论我说什么她都能看得懂的人，那么这封信写起来感觉就好多了。”

“非常好，我觉得你的这个计划不错，”麦克斯韦小姐回答说，“那么，你会把自己假想成谁呢？”

“我非常喜欢富人家的女儿，”丽贝卡想了想，回答说，“虽然我从来没见过她们，但是我觉得有趣的事情总是发生在她们身上，尤其是那些金头发的小姐。我的富家小姐不会像灰姑娘缺德的姐姐们那样虚荣和傲慢，她应该是高贵并且慷慨的。她放弃了在波士顿一家名牌学校学习的机会，因为她想要来这里，这是她爸爸小时候住过的地方，那时候她们家还很穷。她的父亲现在已经去世了，她还有一个监护人，他是世界上最善良最伟大的人；当然了，他的年纪应该是比较大了，有时候会很严肃很沉默，但是一旦他开心起来，他就会变成一个很幽默的人，那时，伊芙琳就不害怕他了。对了，这个女孩子的名字应该叫做伊芙琳·阿伯罗姆比，而他的监护人就叫做亚当·阿拉丁先生。”

“你认识阿拉丁先生吗？”麦克斯韦小姐惊诧地问道。

“对呀，他是我最最要好的朋友，”丽贝卡高兴地叫道。“你也认识他吗？”

“哦，是的，他是这些学校的理事之一，你知道的，他常常来这里呢。不过我想如果让你继续假想下去，你就会把整封信的内容都讲出来了，这样我再读它的时候，岂不是一点惊喜都没有了？”

丽贝卡是怎样看待麦克斯韦小姐的，我们已经了解得很清楚了；那么，这位老师是怎样看待丽贝卡的呢？我们从她两三个月后写的一封信中可以了解一二，信是这样写的：

威尔汉姆　十二月一日

我亲爱的爸爸：

你是知道的，我对于教书这份工作并非总是充满了热情的。有时，要把知识硬塞进这些自以为是的、不够聪明的男孩子和女孩子头脑中，的确让我感到有些沮丧。他们越是愚笨，他们自己越是意识不到这一点。如果我教的课程是地理或是数学的话，我可能还会觉得自己做了一些事情，因为这些学生对这种学科会比较感兴趣，也会下点工夫，这样也就不会学得很差了；可是我教的偏偏是英语文学和作文，这是一门没有一定的智慧、欣赏水平和想像力就根本没办法学好的课程！每天，我都在做着这份辛苦的工作，日复一日，感觉自己将牡蛎一个一个地打开，却很难找到一颗珍珠。不过，这个学期，当我毫不费力地打开一个贝壳的时候，我竟然发现了一颗罕见的珍珠，我这种兴奋的心情你一定可以想像得出；这真的是一颗黑色的、有着缎子般的外表和闪亮的光泽的珍珠！她的名字叫丽贝卡，不过她长得一点都不像家里那本《圣经》中描写的那个井边的丽贝卡；她的头发和眼睛都是深色的，就像是有着意大利或是西班牙血统似的。她并不是什么身份特殊的人，没有人为她做过什么；她的家庭环境也没什么值得一提的，不富有，也没有受过高等教育的家长，没有任何与众不同的地方；但是，大地母亲选中了她，并说道——

“这个孩子是我选中的，我会把她当成自己的亲骨肉一样对待，并让她成长为一名尊贵的女士。”

老天保佑华兹华斯吧！是他让我们感受到了这一点！可惜的是，那颗珍珠到现在还没有听说过他！想像一下，当你把露西的文章读给大家听，读完的时候，竟然发现一个14岁的小女孩嘴唇因兴奋而颤抖着，两眼中闪耀着感动的泪光！

你这可怜的孩子呀！明明知道自己是在把上好的种子播种在了岩石缝里、沙子里、水里，有时甚至是泥巴里，结果如何本来已不抱任何的希望了——知道即使是种子发了芽，长出的也一定是干巴巴的、垂死的小苗而已。现在，我却找到了一株真正的好苗子，感觉就像在把种子撒到温暖的、肥沃的土地里去，并且完全有理由可以期待收获时节那茂盛的叶子、盛开的花朵和丰硕的果实！我已经迫不及待地想要看到那些果实啦！也许我真的不适合做个老师，其他老师都没有像我这样对学生的愚蠢满腹怨言……那颗小珍珠写了很多稀奇古怪的语言朴实的小诗，就像打油诗一样。但不知怎么回事，她在不知不觉中表露出来的一句话、一个想法或是一幅图画，就可以让人们看到她内在的天赋……好了，就此搁笔。也许某个星期五晚上，我会带丽贝卡回家，让你和妈妈亲眼见见她。

爱你的女儿

艾米丽

第二十二章　三叶草和向日葵都开花了

“女孩子们，你们好吗？”秀达·米塞弗从门口向里瞥了一眼，叫道，“你们能不能休息一会儿，先别学了，带我参观一下你们的房间嘛！对了，我刚刚去外面的商店给自己买了这副手套，我打赌这个冬天我再也不会戴拳击手套了，它们戴起来实在是土气到家了。这是你们在这儿的第一年，而且你们比我年轻，所以我想你们可能不会介意的，不过换了我的话，要是没能跟上潮流，那可真是件令人难过的事情。哎，你们的房间真是太可爱了，简直无法用语言来形容！我相信其他新学生的房间绝对没办法和你们的相比！我真不知道是什么东西使它变得这么华丽的？是那幅长长的窗帘，还是这扇精制的屏风，抑或是丽贝卡的煤油灯呢？不过，显然，你们屋有个人很擅长收拾房间。我也很喜欢这样一间漂亮的屋子，不过我总是腾不出时间来布置我的房间，我总是忙着穿衣打扮，有时几乎要等到午饭时间才开始收拾床铺。不过，毕竟来我房间的都是女孩子，乱一点也没什么大不了的。等我毕业以后，我要好好地把我家里的客厅装饰一番，我要它华丽得像皇宫一样。我已经学过了印花的课程，等我学会了亮漆喷刷，我要把客厅装饰得到处都是窗帘呀、小瓶子呀、沙发枕呀什么的，还要在墙上贴上瓷片，让妈妈给我一个火炉，这样晚上我就可以在火边和朋友们聊天了。我可以在你们的通风机这儿把脚烘干吗？如果不是因为那些烂泥都积到膝盖那么高了，我才不会穿靴子呢，显得我的脚又大又难看。我好不容易才买到这双法国鞋跟的靴子，所以我尽量不去穿那些胶靴了，那简直让我无法忍受。我觉得男孩子们都是先注意女孩子的脚的。昨天，我偶然地把脚伸到过道上去，结果就被埃尔默·韦伯斯特踩了一脚。后来他对我道歉说，那实在不能算是他的错，因为我的脚太小了，他真的很难看得到！他是不是很棒？当然了，这只是他的说话方式而已，不过我只穿二号鞋，这也是事实。穿这种法国鞋跟的鞋，把脚尖伸直，就会使整个脚看起来秀气多了，而且脚背也高起来了。我原来还以为自己的脚是不可救药的畸形呢，不过他们都说它漂亮极了。女孩子们，把你们的脚放到我旁边来比较一下，你们就可以看出差别来了，不是我想炫耀什么，只是开个玩笑而已。"

"我的脚现在感觉挺舒服的，"丽贝卡不客气地回答说，"在学习代数的时候，我可没空停下来去量脚背有多高。我早就注意到了，一旦你买了新鞋，你总是习惯把脚伸到过道上去，所以要是你被踩了的话，那也没什么稀奇的。"

"也许是我对它们太过注意了吧，因为它们开始感觉不舒服，不过时间长了就习惯了。对了，你们没有什么新鲜玩意儿要给我看看吗？"

"你指的是我们收到的圣诞礼物吗？"爱玛·简说道，"这些枕垫是科比太太送来的，这块地毯是玛丽表姐从北利佛保罗拿来的，废物篮是里文和迪克送的。这个衣柜和垫子套是我们送给彼此的，还有这个屏风是阿拉丁先生送给我的。"

"哦，你们能见到他，真是幸运！他太亲切了！我要是能遇见像他那样的人该有多好。他总能保持那么好的风度！他的屏风

正好遮住你们的床,是不是?我总是觉得在屋子里放上一张床,那就什么情调都没有了——尤其是在床上什么装饰都没有的情况下。虽然你们有个壁橱,这可是整幢楼里惟一的一个壁橱呢。不过,我觉得你们毕竟还是新来的学生,要不,这间屋子还可以被装饰得更好一些呢。”她最后有些不满意地说道。

“如果不是鲁思·贝利的爸爸突然去世,她离开了学校,我们连这间屋子都得不到呢。这间屋子空出来以后,是麦克斯韦小姐问我们要不要住进来的。”爱玛·简回敬道。

“哦,那个伟大的麦克斯韦小姐今年比从前还要冷淡无情,”秀达说道,“我已经懒得再去讨好她了,她简直就是不讲道理的。她喜欢的学生,她就对她们特别好,而对其他的学生,她就理都不愿意理了,偶尔理一下,也是因为一些完全和她不相干的事情,她却来狠狠地批评他们。昨天,我甚至想告诉她,她的工作是教我们拉丁语,而不是什么礼仪规范。”

“我认为你最好不要在我面前说麦克斯韦小姐的坏话,”丽贝卡生气地说道,“你知道我很喜欢她的。”

“我当然知道,不过我不理解的是,你怎么能容忍她呢?”

“我不仅能容忍她,我还很喜欢她!”丽贝卡大声喊道,“我不会让太阳把她晒得太热,也不会让风把她吹得太冷。如果我可以,我会在她的教室前放上一个大理石的讲台,在她面前摆上金色的桌子,还要让她坐在天鹅绒的椅子上!”

“好啦好啦,别发那么大的火!对我来说,她愿意坐在哪儿都无所谓。看来我得想想其他的事情了。”秀达甩了甩她的头。

“现在不是你学习的时间吗?”爱玛·简问道,她可不想再讨论这个问题了。

“是的，不过我昨天把那本拉丁语语法书给弄丢了，我把它放在了大厅里，然后离开了大概有半个小时左右，当时我如约去见赫伯特·杜恩先生了。我已经有一个星期没和他说过话了，我把班级的钥匙给了他。他看起来很生气的样子。然后，我再回到大厅里去，就发现书不见了。随后，我就去市中心买了这副手套，顺便去校长办公室问问是否有人捡到了我的语法书并把它上交了。所以，你看，这就是为什么我现在如此轻松的原因了。”

秀达穿着一条羊毛裙，本来是灰色的，却被她染成了明亮的蓝色。她还在灰色的夹克上添加了三行白色的小辫子和一颗

秀达在炫耀

大大的白色珍珠纽扣，这样，整件衣服就看起来更加“考究”了。她的灰色的帽子上镶嵌了一根白色的羽毛和一块白色的薄薄的面纱，上面还点缀了许多黑色的大圆点，使得她的细致皮肤看起来更加有光泽了。而在丽贝卡看来，如果帽子下面露出红色的头发，上面再系一个可爱的发卡，那该有多好看呀。为什么要没完没了地把前面的头发烫卷了，让它变得那么没光彩呢！她的淡蓝色的夹克敞开着，上面别着一大堆的纪念品——一面小小的美国国旗、一个威尔汉姆划船俱乐部的标志，还有其他一两个社团的标志。从这些标志可以看出，她是一个非常受欢迎的人物，就像沙龙舞的爱好者们喜欢把时尚美女的海报贴在卧室的墙上一样。从她一进屋开始，她就不停地把这些标志别上又摘下，或是把她的面纱整理好又弄乱，希望两个女孩能问问她，这个星期她戴着的是谁送的戒指？其实，两个女孩子都注意到了她的新戒指，不过她们才懒得自找麻烦地去问呢；再说，秀达想要她们问的意图也太明显了。她的点头、她的招手、她的微笑，还有她那兴高采烈的喋喋不休劲儿，如果再加上一对灰色的翅膀，她简直就和华兹华斯诗里所描写的鹦鹉一模一样，那首诗是这样写的：

调皮的、轻快的、嬉戏的鸟儿，
是社交的欢乐给了你灵感；
雄心勃勃地想要被人看见或听见，
满心期待地等待人们的赞叹！

“莫里森先生说，我的语法书一定可以找得到，所以他暂时借了一本给我。”秀达继续说道。

“他对于我把书放在大厅的这种行为有些不满。不过，在他办公室里有位非常文雅的绅士，虽然我不认识他，不过他可帮了我的忙。我真希望他是这里新来的老师，但是也许我的运气还好不到那个程度。他很年轻，不可能是这里哪个学生的爸爸，但如果是谁的哥哥的话，年纪又稍微大了一些，他长得像画得一样英俊，只不过穿的那件衣服实在是太过时了。我在办公室的时候，他几乎每分钟都要看我一眼，我都觉得有些不好意思了，甚至在回答莫里森先生的问题的时候都不能集中精神了。”

“过不了几天，你就将不得不戴个面具了，如果你想要过得舒服一点的话，”丽贝卡说道，“是他主动提出把班级的钥匙借给你的，还是他毕业的时候就顺便把钥匙也带走了？赶快告诉我们，这个人有没有要你剪下一绺头发来给他放在表里留作纪念？”

丽贝卡是带着玩笑的口气笑呵呵地说这些话的，但秀达有时又搞不清丽贝卡是想要保持幽默感呢，还是在嫉妒她。不过她还是觉得嫉妒的可能性比较大，因为对于一个没人注意的女孩子来说，嫉妒别人是件很正常的事情。

“他没戴珠宝，只戴了一条镶有贝壳的围巾和一个很漂亮的戒指——那个戒指的样式很特别，就像是在他的手上转了一圈又一圈似的。天呀，亲爱的，我必须赶快走了！时间怎么过得那么快？学习的钟已经敲响了！”

秀达说话的时候，丽贝卡曾经仔细地打量过她。她想起了

一个特别的戒指，而它的主人是这个世界上惟一一个（麦克斯韦小姐除外）能唤起她的想像力的人——阿拉丁先生。丽贝卡对他的感觉，就像爱玛·简对他的感觉一样，既对他本人充满了浪漫的尊敬和欣赏，又对他的美丽的礼物充满了由衷的感激。自从她们第一次遇见他，以后的每个圣诞节，他都会给她们带来一些难忘的经历，而这些经历显然都是经过他高品位的选择和深谋远虑的。爱玛·简只见过他两次，不过他已经来砖房拜访过好几次，丽贝卡已经和他非常熟识了。她总喜欢写些感谢的纸条给他，还煞费苦心地绞尽脑汁避免爱玛·简和自己写的一样。有时，阿拉丁先生会从波士顿写信回来，问她利佛保罗有什么好消息要告诉他。丽贝卡会给他写上好几页稀奇古怪的、带着孩子气的琐碎小事；偶尔，还会在信里点缀上几首小诗，阿拉丁先生常常把她的诗读了又读，说其中意味无穷。如果秀达说的陌生人就是阿拉丁先生的话，那么，他会不会来看她们，她和爱玛·简是不是应该把她们这间漂亮的小屋指给他看呢？里面还有很多他送的礼物为证呢！

当两个女孩子把一切都安顿好，她们真正地成为了威尔汉姆的住校生，两个人都兴奋不已，感到生活真的是其乐无穷。事实上，她们在学校度过的第一个冬天是最令丽贝卡感到快活的校园生活了，很久以后，她还常常回忆起那个美妙的冬天来呢。她和爱玛·简成了室友，两个人把自己所有的宝贝都拿出来，一起努力把她们的小家装饰得漂亮而又温馨。起初，这个屋子里有一块很不错的深红色的地毯，还有一套淡棕色的家具。至于其他那些东西，都是由丽贝卡进行创意，爱玛·简找来材料并完成的，她们的这种分工合作看起来效果非常不错。贝金斯太太的父亲曾经做过店主，他去世以后，所有的货物都留给了已经嫁了人的女儿。糖蜜呀、醋呀还有煤油等，让贝金斯家整整用了五年，直到现在，她们家的小阁楼仍然是一个堆满了小花布、棉花和“美国小饰物”的聚宝盆。所以，在丽贝卡的强烈要求下，贝金斯太太给她们做了一幅长长的窗帘，纯细棉的垂纬，她还在上面镶上了整齐的、打着圈的鲜红色棉布做成的花边。再配上两张桌布，这样，每个孩子都能拥有她们自己的学习空间了。丽贝卡说尽了好话，终于，米兰达姨妈答应她可以把那盏宝贝的煤油灯带到学校去，因为它能为整个房间添彩不少呢。阿拉丁先生在最近一次圣诞节送给她们的礼物——爱玛·简的日本屏风和丽贝卡的英国诗人式的书架，也都被搬到她们的新家来了，两个女孩子还宣称，不论是将来嫁人还是做家务管理，那个书架都将给她们带来无穷的乐趣。

秀达来拜访的那天正好是星期五，而每个星期五的下午，从三点钟到四点半，正是丽贝卡可以自由享乐的时刻，也是她一周以来最期待的时刻。她总是沿着那条铺满了雪花的小路，一口气跑过学校后面的松树林，然后从一条安静的小镇街道上跑出来，直接跑到那座白色的大房子里面去，那正是麦克斯韦小姐的住处。那个全职女佣给她开了门。她摘下帽子和披肩，把它们挂在大厅里，然后小心地把胶靴脱下来，连同雨伞一起放在角落里，就兴奋地走向“天国之门”了。麦克斯韦小姐的起居室两旁是两个长长的书架，丽贝卡可以坐在火炉旁，从中选出她最喜欢的书来，读上一个多小时。然后麦克斯韦小姐正好下

课回家，接下来的半个小时对丽贝卡而言是格外珍贵的，她可以与麦克斯韦小姐闲谈，一直谈到她不得不离开到火车站与爱玛·简会合，然后两个人一起坐火车回利佛保罗去。星期六和星期天她们会在那里度过，洗个澡，把衣服熨一熨、补一补，同时还要忍受大人们数不清的检查，要是满意也就罢了，不满意的话就免不了一顿责备，还要对她提出好多警告和建议，够她这一个星期受的了。

这个星期五，麦克斯韦小姐家里的天竺葵开花了，丽贝卡从书架中取下一本《罗莫拉》，坐在靠窗的椅子上读了起来。她不禁感慨书的海洋浩瀚无边，无论她怎么读都读不完。她不时地抬起头来看看表，上一次，她因为沉迷于《大卫·科波菲尔》，竟然把回利佛保罗的火车忘得一干二净。爱玛·简在车站都急疯了，不过她还是决定非要和丽贝卡一起回去不可，于是她从火车站一路跑到麦克斯韦小姐家来找丽贝卡。当时只有一趟晚一点的火车，但是它的终点站是在利佛保罗的另一边，离她们的家有三英里那么远，两个孩子在雪地里走得筋疲力尽，到家的时候已经天黑很久了。

当她读了大约半个小时以后，她抬起头来朝窗外望去，正好看见两个人影从林中的那条小路上走过来。从那个红色头发上的发卡和那顶妖艳的帽子上可以看出，那个人非她莫属。她们越走越近，丽贝卡惊讶地发现，和她一起的那个人不是别人，正是阿拉丁先生。秀达正优雅地提起她的长裙，为她的高跟鞋找到安全的落脚点，她的脸显得容光焕发，在黑白相间的面纱下，她的眼睛也显得炯炯有神。

两个女孩走在雪地里

原本在窗边坐着的丽贝卡这时悄悄地转移到了火炉前的地毯上，她把头靠在那张宽大的、舒服的躺椅上。她感到有些害怕，内心久久不能平静。这件事情对她来说实在是太突然了，而她心里的那种感觉也是非常奇妙的，是她所不曾感受过的。一时间，她觉得阿拉丁先生的友谊应该是只属于她的，她根本无法忍受他和秀达做朋友：秀达那么聪明，那么漂亮，那么活泼；她那么受欢迎，又那么喜欢交朋友，是多好的一个伙伴呀！一直以来，她很高兴地接纳了爱玛·简进入她和阿拉丁先生的宝贵

在宿舍见到阿拉丁

情谊之中，那是因为在潜意识里，她感到爱玛·简在阿拉丁先生的心中占据的不过是第二名的位子；那么，她自己呢？她是不是无论如何都希望自己是那个第一名呢？

忽然，门被轻轻地打开了，有人往里面看了看，说道："麦克斯韦小姐告诉我说，在这里可以找到丽贝卡·兰德尔小姐。"

丽贝卡一听到这个声音，立刻从椅子上蹦了起来，高兴地叫道："阿拉丁先生！哦，我就知道你在威尔汉姆，我还担心你没时间过来看我们呢！"

"'我们'是指谁?你的姨妈们不在这里呀,对吗?哦,你是不是说那个富有的铁匠的女儿?她的名字我记不起来了,她也在这儿吗?"

"对呀,她现在是我的室友,"丽贝卡回答说。她心里想,如果她把爱玛·简的名字都给忘了,那自己真的不如死掉算了。

屋里的光线变得柔和了许多,火焰在炉子里快活地燃烧着,他们谈论了很多事情,直到原来那种熟悉的、亲密的感觉重新回到了丽贝卡的心头。亚当已经有好几个月没见到过丽贝卡了,很想从她这里了解一些学校方面的事情,听听她自己的想法。他已经从莫里森先生那里了解到了她的进步状况。

"好了,可爱的丽贝卡小姐,"他说道,从椅子上站了起来,"我恐怕要准备一下开车去波特兰了。明天那里有一个铁路理事的会议,我希望能借这个机会参观一下学校,并在教学方法和财务状况等方面提出一些可行的意见来。"

"让你当一所学校的理事,听起来很有趣,"丽贝卡想了想,说道,"我总是觉得你和那差事不相配。"

"你真是个聪明的年轻人,我完全同意你的看法。"他回答说。"事实是,"他严肃地说道,"我接受这里的托管人职责是为了纪念我的可怜的母亲,她一生中最后一段开心的时光就是在这里度过的。"

"那应该是很久以前的事情啦!"

"让我想想,我今年32岁,呵呵,才32岁就已经开始长白头发了。我母亲毕业后一个月就结了婚,在我10岁那年,她就去世了。是呀,虽然那时的学校只有十五年到二十年的历史,但是我

想，距离我妈妈的那个年代的确已经过去很久了。你想见见我的母亲吗，丽贝卡小姐？”

丽贝卡轻轻地拿起那个皮箱子，打开它，她看到了一张白里透红的、像雏菊一般纯真的脸，那么亲切，那么敏感，一下子就占据了她的心。她使丽贝卡感到自己忽然间长大了，见识广了，了解了母爱的真谛。她本能地想立刻去安慰和保护这张年轻的、温柔的面孔。

“哦，多么甜美，多么可爱的、鲜花一般的面孔呀！”她轻轻地感叹道。

“这鲜花不得不忍受各种各样的风暴，”亚当严肃地说，“世界上那些寒冷的天气让她瘦弱的身躯弯下了腰，低下了头，并最终融入了土地。我那时还是个小孩子，根本没有能力去保护她、呵护她，在她陷入最困难的境地的时候，没有任何一个人来帮助她。现在，我成功了，有了权利和金钱，我有能力使她过上幸福的生活了，可惜，一切都太迟了。她是因为缺乏爱和关心、缺乏珍爱和照料而死的，我永远也忘不了这一切。有时，我觉得自己现在所拥有的一切都是毫无用处的，因为我再也不能和她分享了！”

丽贝卡还是第一次看到这样的阿拉丁先生，她心里不由得对他产生了一种同情和理解。她终于明白了为什么他的眼中总是带着一丝疲惫，为什么在他开心地讲话和大笑的时候，会不时地流露出那种表情来。

“我真高兴你让我知道了这一切，”她说，“真高兴我能够透过玻璃，看见她把白色的棉布帽子系在下巴上的样子，看见她黄色的卷发和像天空一样湛蓝的眼睛。她一定很快乐地生活过，不是吗？我真希望她能一直快乐地活下来，能够看到你健康茁壮地成长起来。我的妈妈平时总是忙忙碌碌地不开心，但是有一次当她看到约翰的时候，我听到她这样说道，‘有了他，我做什么都值得了。’我想，如果你的母亲在世，她对你也一定有这样的想法，嗯，她一定就是这样想的。”

“你真是个懂得安慰人的女孩子，丽贝卡。”亚当说道。从他的椅子上站了起来。

当丽贝卡也站起来的时候，她的睫毛上仍然闪耀着泪光，亚当看着她，感觉她像变了一个人似的。

“再见吧！”他说，他把她瘦瘦的、晒黑了的小手握在他的手里，就好像他们刚刚是第一次见面似的，“怎么回事呢，红玫瑰和白雪现在变成了另外一个女孩子啦！要在三年里完成四年的功课，那熬夜的煤油灯会把眼睛熏得无神、脸颊熏得发白的，但是我们的丽贝卡眼睛还是那么明亮，脸颊还是漂亮的玫瑰红色！她的长长的辫子编成了一个圈，这样从后面看上去就是一个黑色的英文字母U了，头顶上还有一个大大的蝴蝶结！她长得好高，都差不多到我的肩膀了。这简直是个奇迹！要是没有了这个善解人意的小朋友，阿拉丁先生可是要难过得不得了！他从来都不喜欢那些成熟的、穿着长裙和华丽的衣服的年轻女士，她们让他感到害怕和厌恶！”

“哦，阿拉丁先生！”丽贝卡期待地叫起来，她把阿拉丁先生的玩笑话都当真了。“我现在还不到15岁，不过再有三年时间，我就会长成一个年轻的女士了，如果不是迫不得已的话，千万

别对我放弃希望呀！”

“我不会的，我可以向你保证。”亚当说道。“丽贝卡，”他停了一下，继续说道，“那个长着一头漂亮的红头发、举止非常大气的年轻女孩子是谁？是她陪我下山来的。你知道我说的这个人吗？”

“那一定是秀达·米塞弗了，她也是从利佛保罗来的。”

亚当把一根手指放在丽贝卡的下巴上，直视着她的眼睛。那双眼睛还和她10岁时一样的柔和、清澈、不懂世事和充满孩子气。他不由得想起了另外一双十分挑逗的蓝眼睛，从半张半闭的眼睑中不时地投来卖弄风情的一瞥，扬起的眉毛下，一双眼睛频送秋波。亚当十分严肃地说道：“别让你自己变成她那个样子，丽贝卡，在太阳溪农场旁边的田地里生长的三叶草花是不应该和那些华丽的向日葵绑在一个花束里面的，她们太甜美、太芳香、太健康了。”

第二十三章　接连不断的难题

在威尔汉姆的第一年就这样快乐地过去了，丽贝卡感到天空和视野都变得宽阔了，机遇也多了起来。在暑假期间，丽贝卡也在坚持学习，并且在她秋天回学校的时候通过了相关的考试，这样，如果她明年还能坚持学下去的话，就可以用三年的时间完成四年的功课了。她的成绩并不是特别地理想——毕竟，她用的时间要比其他人少得多，受到的训练也要少得多，这些因素决定了她门门优秀是不可能的事情。但是在几门必修课程中，她的成绩非常棒，再加上其他几门都不差，所以她的平均分相当高。也许她在任何情况下都不可能成为一个令人尊敬的学者，但是她在数学和自然科学等方面的确要比许多女孩子高上一筹。在以后的几个月里，不知道为什么，丽贝卡渐渐成了学校里的风云人物。她有时会完全不记得自己要完整地、有条理地回答好一个问题必须以哪些事实为基础，但是，她总会有一些新奇的理论解释给大家听，虽然她的理论常常出错，但它的那种独特性和趣味性却是非常难得的。她在拉丁语和法语语法方面只是平均水平，但是每次做起翻译来，她对词语灵活地掌握和选择、对文本内容深入透彻地理解总是让老师们眼前一亮，而让其他竞争者难以望其项背。

“她可以对一门学科一无所知，”麦克斯韦小姐这样对亚当·阿拉丁说道，“但是，只要有一点线索，她就会立刻变得非常机智。而其他那些女孩子虽然知道很多信息，却愚蠢得像只绵

羊一样。”

在第一年里，丽贝卡的精力主要用于使自己适应新环境，所以，她的天赋并没有被大多数老师所发现。她是家里比较穷苦的女孩子之一，没有华丽的衣服可以吸引人们的注意，在小镇里没有人来拜访过她，她也没结交过朋友。她把大部分时间都花在学习上了，因而很少考虑如何去和其他女孩子搞好关系，但是如果她想要那样做的话，一定也可以愉快地享受到另外一种校园生活的。不过，水流总是可以找到自己的位置，在第二年的春天，她就像在利佛保罗做孩子群的领袖时那样，在学校里做起管理工作来。她被大家一致选举为威尔汉姆《校园导航》的助理编辑，成了坐上这个令人羡慕但又有些费力不讨好的职位的第一个女孩子。当她的处女作问世并传到了科比家里的时候，杰里米叔叔和莎拉婶婶骄傲得几乎茶饭不想了。

“她肯定会赢得选票的，”在讨论那次选举的时候，秀达·米塞弗说道，“不管她知道不知道，她总是表现得什么都清楚似的；不管她能否胜任这项工作，她都表现得完全可以胜任似的。我真希望我也长得又黑又高，好让人们相信我也是像丽贝卡·兰德尔一样伟大的人物。虽然男孩子都说她长得漂亮，不过仔细观察你就会发现，他们根本没怎么注意过她。”

的确，丽贝卡现在都已经15岁半了，但是她对男孩子们的态度仍然是漠然而无知的。每个见到过她的人都认定，在她身上存在着一种潜在的吸引力，但是，这种吸引力一直舒舒服服地潜伏着，耐心地等待时机的到来。在某个特定的时间内，一个人的能力决定了他只能进行一定数量的活动，毫无疑问地，人们都会选择去满足自己最紧迫的需要、最强烈的愿望和最大的野心。丽贝卡心中总是装着小小的紧张和不安，担心砖房那边会出事，或是担心家里的农场有问题发生。她整天过于忙碌，过于劳累，所以，她的全部注意力自然而然地就都被转移到日常生活中那些难以应付的小事上去了。

那一年的秋天和冬天，除了刚开始的一段时间以外，米兰达姨妈好像忽然变得从没有过的挑剔，甚至有些吹毛求疵了。一个星期六，丽贝卡忽然跑到楼上去，哇哇地大哭起来，大叫道，“简姨妈，我觉得我再也忍受不了米兰达姨妈那没完没了的责备了。无论我做什么事，她都看着不顺眼，她刚才甚至说，我就是花上一辈子的时间也不能把得自兰德尔家族的遗传全部改掉，可是，我并没想过把它们全部改掉呀，我现在没什么不好的呀！”

简姨妈本来很少参与意见的，但是这次她安慰丽贝卡的时候，忍不住也哭了起来。

“你一定要有耐心，”她说道，先擦了擦自己的眼泪，然后又去擦丽贝卡的。“我本来不想告诉你的，我觉得你现在学习得那么辛苦，不应该再让这些事情分散你的精力，但是，你的米兰达姨妈最近的确不太好。大约一个月以前的一个星期一早上，她忽然感到有些头晕，当时看起来并不是很严重，但是医生说她担心这意味着休克，如果是这样的话，那么米兰达的身体状况就很糟糕了。我现在看来，她的状况简直就是一天不如一天，这也是她最近变得越来越烦躁、越来越易怒的原因。你完全不了解，她还被其他的麻烦困扰着。孩子，如果你现在不对你的米兰

达姨妈好一点的话，以后，你恐怕再怎么遗憾都无法挽回了。”

丽贝卡心里所有的不满都从脸上消失了，她不哭了，遗憾地说道：“哦，可怜的人呀！从现在开始，她说我什么我都不会介意了。她刚才还叫我拿一些牛奶和烤面包给她，我还害怕，不敢去见她呢，现在我懂了，事情不是我原来想像的那样。简姨妈，你别担心，也许事情并不像你想像得那么糟糕呢。”

所以，当丽贝卡端着牛奶和烤面包给她的姨妈送过去的时候，她把牛奶放在了家里最好的金边陶瓷碗里，还在盘子里放了一条带流苏的纸巾，在放盐的小盘上还放了一枝嫩嫩的天竺葵。

“来吧，米兰达姨妈，”她高兴地说道，“我希望你能咂咂嘴，然后说味道不错。这可不是兰德尔家的，是完完全全的索娅家的牛奶和烤面包。”

“你总是想着用这样或是那样的办法来讨好我。”米兰达回答说，“这面包尝起来确实不错，不过我认为如果你不浪费那枝漂亮的天竺葵就更好了。”

“你不能说它是被浪费掉的，”丽贝卡好像在进行逻辑推理一般地说道，“说不定这枝天竺葵一直都在盼望着能为某个人的晚餐添加一丝靓丽的光彩呢，所以别说你不喜欢它，它会感到很失望的。我曾经看到过天竺葵在哭泣——就在一大清早！”

简姨妈暗示的那件非常神秘的事情是和财产相关的，只不过她们的保密工作做得特别好，很少有人知道这件事。索娅家有2500美元的财产一直是投在她们父亲的朋友办的一家公司里，每年，她们都可以按时得到100美元的收入作为利息。大约五年前，父亲的朋友去世了，但是他的儿子继承了他的生意，并且每年仍然按时付给索娅家和从前一样多的利息。忽然有一天，她们却收到这样一封信，说那家公司已经倒闭了，他们的生意全部陷入了瘫痪状态，什么都没有了，索娅家的钱也落得一分不剩。

每年损失100美元并不是一件了不起的大事，但是对于这两位年纪不小了的未婚妇女来说，从前的一切都非常舒适，而现在却不得不做出一些牺牲了。她们的生活方式一向都是非常有规律、非常谨慎的，要让她们变得更加节俭几乎是不可能的事情，而且这个突然的打击来得非常不是时候，因为丽贝卡的学费和住宿费虽然数目并不是很大，但却非用现金及时交上不可。

“我们还能继续供她上学吗？我们是不是要让她辍学，然后再跟她解释原因？”简泪流满面地询问她的姐姐。

“我们的手已经开始犁耕了，我们不能让它停下来。”米兰达姨妈用非常冷酷的声音说道，“我们把她从她妈妈的身边带走，答应让她接受足够的教育，我们必须要信守自己的诺言。在我看来，她是这么多年来奥雷丽娅惟一的希望。汉娜把所有时间和精力都放在她的情郎身上了，我想等她一出嫁，她就会把她的妈妈忘得一干二净了。而约翰并不喜欢做农场的工作，他一心想做一名医生——好像现在生病的人还不够多似的，可是也没见哪个年轻有为的医生把这些病人从死亡线上拉回来呀。不，简，我们可以把那些没用的花销节省掉，重新对我们的钱进行合理地计划和安排，但是我们不能违背了自己的原则，无论

发生什么事情。”

在大多数节俭的新英格兰妇女心中，“违背自己的原则”是除了纵火、盗窃和谋杀以外最恶劣的罪过了。虽然在一般意义上来说，这种原则有时会被看得过于严重——就像在这件事上一样，两位60岁左右的老妇在不是特殊需要的情况下，竟然还要在她们那小小的储藏室里节省出一些开支来——毫无疑问，她们在做的事情是善良的，而不是邪恶的。

而对于这些生意上的事情一无所知的丽贝卡，只是感到她的姨妈们变得越来越节俭了，处处都显得很拮据，她们总是无情地把这儿那儿的开支减少又减少。她们买的鱼和肉越来越少；那个从前每周来家里两次洗衣服、熨衣服并进行一些擦洗工作的女佣被解雇了；去年戴过的旧绒帽，今年又拿出来重新修饰和整理一番继续戴了；开车去莫得里逊和波特兰的旅行也被取消了——生活中处处都节俭到了极点。但是，虽然米兰达在她的行为和交谈中几乎变得越来越阴郁、越来越不留情面，但是她从来没把她的外甥女当做一丁点儿的负担。所以，虽然索娅家遭遇了不幸，但丽贝卡除了继续穿她的旧裙子和旧夹克、戴旧帽子以外，其他一点明显的变化都看不出来。

然而，在太阳溪农场，没有什么事情是可以隐瞒得住的，更不幸的是，在这一年中，接下来又像连载的故事一样发生了一件又一件的意外事故。庄稼地里的土豆收成不好，苹果树也没结出几个果子来，干草也少得可怜，奥雷丽娅总是一阵又一阵地感到头晕，马克把脚踝扭伤了——这已经是他第四次受伤了。米兰达忍不住想知道一个人一共有多少块骨头，“这样，我们就可以计算出什么时候马克可以把它们全部弄伤一遍了。”

又到了借债付利息的日子，它像个噩梦一般把兰德尔家所有的快乐都带走了，这个噩梦虽然过去了，但这却是十四年来的头一次，她们无法付清所需的48美元。这段时间内发生的惟一一件令人开心的事情就是汉娜和维尔·梅尔维尔订了婚——他是个年轻的农民，他的土地和太阳溪农场毗邻，有一幢很不错的房子，一个亲人都没有，是个自己吃饱全家不饿的自由人。汉娜完全被自己未来的美好前景冲昏了头，一点都没意识到母亲的难处。在通常情况下，人们都是患难见真心，而越是在突如其来的好运气下，人的品质越容易堕落。她每周都会来砖房拜访一次。米兰达私下里和简说，汉娜给她的印象就像一张老树皮，实在是自私得不得了，当她爬到一定高度的时候，她会在第一时间内毫不留情地把脚下的梯子踢开的。谈到未来她应该帮这些小孩子做些什么的时候，她竟然说她认为自己已经做得足够多了，她可不想让自己的穷亲戚给维尔增添不必要的负担。“她从里到外，完完全全就是一个苏珊·兰德尔的翻版！”米兰达忍不住叫起来，“我真高兴现在就看到她跟汤普朗斯那边翻了脸。如果有谁能偿还得清农场的债务的话，那个人绝对不会是汉娜的，恐怕只有我和丽贝卡会做这件事了！”

第二十四章　阿拉丁先生美梦成真

“亲爱的贝金斯小姐，你那篇《威尔汉姆的野花》已经被威尔汉姆《校园导航》通过了，正准备发表呢！”丽贝卡一进屋就嚷嚷道，爱玛·简正在屋里织一双长筒袜。“我和麦克斯韦小姐喝了一会儿茶，然后就急着赶回来告诉你啦。”

“丽贝卡，别和我开玩笑啦！”爱玛·简从她的手工里抬起头来，有些结巴地说道。

“绝对没有，那个高级编辑读过你的文章，说你写得非常好，下一期就会刊登出来了呢。”

“那是不是和你写的那首诗发表在同一期上呢？就是那首写当我们离开学校时，在我们身后关闭的那扇金色的大门的？”爱玛·简屏住呼吸，紧张地等待答复。

“没错，是这样的，贝金斯小姐。”

“丽贝卡，”爱玛·简叫道，感觉自己离遭受灭顶之灾的日子不远了似的，“我不知道我能否承受得了，天呀，如果我出了什么事的话，我请求你把我和那本《校园导航》埋葬在一起吧！”

丽贝卡倒是一点都没觉得爱玛·简的表现过于夸张，因为她这样回答说，“我了解，我第一次发表文章的时候感觉和你现在差不多，即使是现在，当我独自一个人的时候，我还常常把那些有我的文章和诗的《校园导航》拿出来，重新读自己写的那些东西，我还常常会笑出声来呢。这可并不是因为我觉得它们写得很棒，相反，我每一次读它们，都感觉它们比从前读起来更差劲了。”

“等我们老了以后，如果你愿意，我们两个就找一间小房子，住在一起。”爱玛·简在那儿冥想起来，她做活儿用的针还在空中举着，她整个人对着墙做起梦来，“我就来做家务活儿和做饭，然后把你写的所有的诗和故事都抄下来，通过邮局寄出去；你呢，什么也不用干，每天在家里写东西就行了。那一定美妙极了！”

“我也觉得没有比那更好的了，可是我已经答应给约翰当家了呀。”丽贝卡回答说。

“他要等好多年以后才会有自己的家呢，不是吗？”

“是的，”丽贝卡悲伤地叹了口气，一屁股坐在桌子旁边，把头枕在自己的手上。“除非我能还清那笔讨厌的债务。现在，那一天不是越来越近，反而越来越远了，因为今年我们连利息都没还上。”

她伸手抓过来一张纸，在上面毫无目的地乱画着，还不时地大声读起来：

> “你们的利息能不能快一点还呀？”农场的债主说道，
> “我承认我实在是厌恶这个地方。”
> “厌恶是共同的，”丽贝卡·兰德尔叫道，
> “我真希望我再也不用见到你那副面孔了！”

“一张票据会有‘面孔’，”爱玛·简看了看说道，她对算术还是很有天赋的，“我没发现债务也会有面孔呀。”

“我们的债务就有，”丽贝卡报复的心都燃烧起来了。“即使是让我在黑夜里见到他，我也会认出他来的。等一下，让我把他的脸画出来给你看。知道他长什么样子对你是有好处的，这样，等你有了一名丈夫和七个孩子的时候，你就不会让他靠近你的农场方圆一英里的范围内了。”

这幅素描图画出来了，看上去恐怖极了，胆小的人们临睡觉前可千万别去看它。在图的右边，是一所小房子，房子前面一家人在那儿哭成一团。那个债务被画得既像个魔鬼又像个怪物，它鲜红的右手上还高高地举着一把斧子。一个留着瀑布般乌黑靓丽的长发的人正在忍受着它的折磨。丽贝卡自豪地解释说，这个人是她照着自己的样子画出来的，虽然她现在也不清楚她应该采取什么办法来克服这一困难。

“它太可怕了，”爱玛·简说道，“不过好在它很小，而且看起来也没什么能力。”

“只不过是1 200美元的债务而已，”丽贝卡说道，“这的确可以说是一个小债务。约翰还见过一个人身上背着12 000美元的债务呢。”

“你以后会不会做一名作家或是编辑？”爱玛·简忽然问道，好像一切已成定局，丽贝卡只要在其中选择一个就可以了似的。

“我想，我恐怕得先做些事，把债务还清才行。”

“为什么不去叙利亚做个传教士呢？伯奇一家不是一直在怂恿你这样做吗？那个委员会会为你支付那些开销的。”

“我现在还不能下决心做一个传教士。”丽贝卡回答说，“首先，我觉得自己还不够格，而且伯奇先生说过，要感觉到心中的召唤才可以，可我感觉不到。我愿意为别人做些事，让他们的生活发生一些变化，但是我不想走到几千几万里远的地方去教会人们如何生活，我自己都还没学会呢。我觉得，那些异教徒并不需要我；而且没有我，我相信他们也完全可以好好地活下去。”

“我可不知道他们该怎样活下去，如果所有应该去那里的人们都选择像我们这样待在家里的话。”爱玛·简反驳她说。

“怎么会呢，不管上帝是什么样的，也不管他在哪儿，他一定总是在心甘情愿地等待的。他不能到处乱走，也不会错过那些人的。只不过对于那些异教徒来说，要找到上帝可能会花上比较长的时间而已，但上帝不会怪罪他们的。因为他知道那些人生活在那样炎热的气候下，难免会变得迟钝和懒惰，那些鹦鹉、老虎、蛇和果树分散了他们的注意力。而且他们没有书，根本没办法思考。不过，总有一天，他们会通过某种途径找到上帝的。”

“可是，如果他们还没找到上帝就已经死去了怎么办？”爱玛·简问道。

“哦，那样的话，没有人会去责怪他们的，他们又不是故意要去死的。”丽贝卡好像精通神学似的说道。

这些日子，由于生意上的往来，阿拉丁先生有时会到汤普朗斯去，和一家被人们称为“约克和扬克”的铁路分支部门进行往来，在那儿，他了解到了一些关于太阳溪农场发生的事情。新铁路能否建成现在还是一个问号，人们对从汤普朗斯到普鲁维尔之间的最佳路线的看法总是存在一些分歧。一些人认为，铁

路要直接从太阳溪农场的一角一直延伸到另外一角，那样的话，兰德尔太太就应该得到一定的赔偿；而另外一些人则认为在太阳溪农场修铁路不会影响到兰德尔一家的经济利益，因为一旦铁路修成，其周围和邻近的土地都会涨价的。

一天，阿拉丁先生从汤普朗斯到威尔汉姆来，与丽贝卡一起散步并聊了很久。在他看来，虽然丽贝卡可以从容地面对每天给自己多安排的几个小时的学习，她看起来还是脸色苍白，而且瘦了不少。她身上穿着一条黑色羊绒裙，那曾经是简姨妈第二喜欢的衣服呢。我们都听过灰姑娘的浪漫爱情故事，其中描述道，灰姑娘的脚长得非常完美，即使是穿着最破旧的鞋子也掩饰不住它的美丽。有人常常对这种说法持怀疑态度，但是，丽贝卡的特别和她个人的魅力看起来就完全不受外部包装的影响。她那完美的身材，以及她的皮肤、头发和眼睛的少有的颜色，绝对不是破旧的衣服所能掩盖得住的。在威尔汉姆这个小小的天地里，如果再有时尚的高贵服装与她相搭配的话，那么人们一定会立刻封她为美女的。现在，她那长长的黑辫子被她用自己的方式编得非常精巧。它们在脑后交叉，然后被拿到前面来，再交叉一次，余下的较细的末端被绕到下面，藏在颈部较厚的头发里面去。然后，她又用一个非常女性化的点缀把前额那些零散的头发别起来——这样，那些卷发就不会到处乱飘了，而且在太阳底下也不会让人看出来它们的颜色与众不同了。

阿拉丁先生不住地打量她，弄得丽贝卡不好意思地把手放在脸上，笑嘻嘻地说道：“我知道你在想什么，阿拉丁先生——我的裙子比去年长了一英寸，我的发型也变了；不过，我还没长成一个年轻的女士，我还要等一个月才满16岁呢。不过你答应过我，要等我长大，不到迫不得已，不许对我放弃希望的。如果你不喜欢看我越来越老，你为什么不变得年轻些呢？这样，我们就可以年龄相仿，并且过上幸福的生活啦。最近我一直在想这个问题，"她继续说道，"其实一直以来你都是这样做的。当你买肥皂的时候，我还以为你是和外祖父年纪差不多的；后来在升旗的时候，你和我跳舞，我觉得你就像我的爸爸一样；不过，当你把你母亲的照片给我看的时候，我感觉你就像我的约翰一样，因为我真心地替你感到难过。"

"这样不是很好吗，"亚当微笑道，"除非你长得太快，没过多久就变成我的祖母了，我现在可不需要一个祖母哦。不过，你学习得太辛苦了，丽贝卡·罗威娜小姐！"

"只是有一点点辛苦而已，"她承认说，"不过假期很快就要到了，你知道的。"

"那么，你打算在假期里好好休息一下，让我重新看到你脸上的酒窝吗？它们真的很漂亮，你不应该放弃它们。"

丽贝卡的脸上泛起了一层乌云，她的眼睛湿润了。"别对我那么好，阿拉丁先生，我承受不了的，现在——现在已经不是我可以拥有酒窝的日子了！"说着，她跑进了学校的大门，向阿拉丁先生挥挥手表示再会，然后就消失在学校里面了。

亚当·阿拉丁沿途走回校长的办公室，一路上不禁浮想联翩。他来威尔汉姆其实是打算实施一个计划的，这件事他已经考虑了好几天了。今年，是威尔汉姆学校建校十五周年的纪念，他打算告诉莫里森先生，他不仅要为学校的阅览室捐献一百本

书作为礼物，还想通过举办一次英语作文大奖赛来庆祝一下，奖品也由他来提供，这是他一直很感兴趣的事情。他希望两个高年级的男孩子和女孩子们一起参加竞争，他要在参赛的作文中选出最好的两篇来，给它们的作者发奖。不过，至于奖品到底是什么，他一时还有些拿不定主意，但他认为这应该是物质上的，要么是钱，要么就是书。

和校长见过面之后，他决定去拜访麦克斯韦小姐。他走在林中的小路上，脑子里一直在想，“我的红玫瑰和白雪需要帮助，但是，如果没有合适的理由，我也没办法直接给她钱，她必须靠自己的能力来挣得它，可怜的孩子呀！如果在我最想花钱的地方却总也花不出去的话，那我的钱还留着有什么用处呀！”

他都还没向麦克斯韦小姐打招呼，就劈头盖脸地说道，“麦克斯韦小姐，我们的朋友丽贝卡现在看起来越来越疲劳和憔悴了，难道你不感到担心吗？”

“她最近的确是这样的，我正考虑要不要带她和我一起走。我总是在放春假的时候去南方度假，坐船去老康福特那边，而且会在附近找个安静的地方住上几天。如果丽贝卡能和我做伴一起去的话，那我会感到非常高兴的。”

“那太好啦！”对此亚当表示由衷地赞成。“不过，为什么你要一个人承担全部的责任呢？为什么不让我来帮忙？我非常喜欢这个孩子，我们已经认识好多年了。”

“你可别说是你发现她的天赋的，”麦克斯韦小姐笑着打断他说，“那可是我一个人的功劳哦。”

“在你到威尔汉姆之前，我和她就已经是非常亲密的好朋友啦。”亚当大笑起来，然后给麦克斯韦小姐讲述了他第一次遇见丽贝卡时的情景。“从一开始，我就在想自己能否在她的成长上帮点忙，不过我总是找不出合情合理的办法来。”

“幸好她对自己的事情都安排得非常好，”麦克斯韦小姐回答说，“从某个意义上来说，她是完全独立的，不依赖任何人和任何事。她不知道自己心中的神在哪里，可是她却一直在向着他的方向前进。不过，她还需要成百上千的东西是要用金钱才能买到的，可是，哎！我自己也是个穷光蛋。”

“用我的钱吧，我请求你，让我通过你来帮助她。”亚当恳切地说道，“我实在不忍心看到一棵小树拼命想要长大，却没有阳光和空气来支持它——这么有天赋的孩子现在多难找呀！一年前，我去拜访过她的姨妈们，并和她们谈了谈，希望她们允许我让丽贝卡接受一些音乐方面的教育。我向她们保证说这是非常普通的事情，如果她们坚持不同意的话，我也可以让丽贝卡以后再把钱还给我，但是她们说什么都不肯答应。那个年长一些的索娅小姐坚持说，她们家没有任何一个人是靠别人的施舍过日子的，而且她也绝对不允许丽贝卡开这个头儿。”

“我倒是蛮欣赏那个新英格兰的固执的女人，”麦克斯韦小姐说道，“到现在为止，我仍然认为要丽贝卡承担一些责任或是忍受一些痛苦是没什么坏处的。是生活的需要让她变得更加坚强，是贫穷使她变得勇敢和自立。至于说到她现在的困难，我认为一个女人是绝对可以为一个孩子做些事情的，而且我不希望你通过我来帮助丽贝卡，那样的话，我会觉得自己是在伤害她的骄傲和自尊心，虽然她自己可能对此一无所知。不过如果需

要的话，而我自己又无法替她花这些钱，那么为什么不能让你来为她支付旅行的费用呢。我只接受那些不会让她感到一丝一毫的难堪的帮助，不过，我也认为这件事情应该只有我们两个人知道比较好。”

“你真是个善良的仙女！”亚当大叫道，热情地握了握她的手。“如果让你也带上她的室友一起去，会不会给你添很多麻烦——她们两个总是形影不离？”

“谢谢你的建议，不过我更愿意让丽贝卡一个人陪我。”麦克斯韦小姐回答说。

“这个我可以理解，”亚当心不在焉地说道，“我的意思是，当然了，带一个孩子要比带两个少很多麻烦呢。你看，她来了。”

丽贝卡出现在了他们的视野之中，她正和一个16岁的男孩子一起走在安静的街道上。显然，她们交谈得正起劲，还大声地向彼此读着什么，一个黑色的脑袋和一个留着卷发的棕色的脑袋正凑在一张信纸上看着什么。丽贝卡不住地抬起头来打量她的伙伴，眼睛里充满了欣赏的光芒。

“麦克斯韦小姐，”亚当说道，“我是这所学校的理事，不过，我可的确不认为男女同校是件好事！”

“有时，我也常常会怀疑这件事，”她回答说，“不过对于孩子们来说，它的不利因素已经降到了最低限度了！现在这种情形可是相当难得一见的，阿拉丁先生，剑桥的那些学生经常手挽手一起欣赏朗费罗和洛厄尔的诗呢。如果人们看到《校园导航》的初级编辑和高级编辑走在一起的话，威尔汉姆学校这个小小的天地就会兴奋起来了。”

第二十五章 快乐的玫瑰花

在丽贝卡和麦克斯韦小姐一起出发去南方的前一天，她和爱玛·简、秀达一起在图书馆查阅字典和百科全书。当她们离开的时候，她们经过了那些被上了锁的放满了小说的架子，它们是对老师和镇上的人们开放的，学生无权借阅。

她们用渴望的目光从玻璃这边望过去，好像能看到那些书的名字就可以在心里得到一丝安慰似的，就像一群饥饿的孩子站在糖果店的橱窗外面，贪婪地看着那些馅饼、烘饼，希望在精神上得到满足一样。丽贝卡忽然看到了角落里的一本新书，她高兴地把书名读出来给大家听：《快乐的玫瑰花》。听呀，女孩子们，是不是很可爱？《快乐的玫瑰花》，它看起来那么漂亮，听起来也是。不过，它到底是什么意思呢，谁知道？"

"我认为，每个人都有一朵不同于他人的玫瑰。"秀达机灵地说道，"我知道我自己的应该是什么，而且拥有它，我一点都不会感到羞耻。我希望能够在一个城市里住上一年的时间，想花多少钱就有多少钱，每天都能有马骑，还有最华丽的衣服，并且每分钟都有享受不尽的乐趣；而且，我最喜欢和那些穿低领衫的人住在一起了。"（每次脱掉裙子的时候，可怜的秀达都会悲叹在利佛保罗，她的命运是没什么希望了，因为她那洁白漂亮的肩膀都不能被人们看见了。）

"那的确会是非常有趣的事情，不过只是短时间内的有趣罢了。"爱玛·简说道，"我觉得说它是享乐恐怕比快乐更准确

些，哦，我想到了一个好主意！”

“不要叫得那么大声嘛！”秀达惊讶地说道，“我还以为是一只老鼠在叫呢！”

“我可不是常常会有好主意的，”爱玛·简道歉说，“我是说，好主意，但是这个主意像一道闪电一样震撼着我。丽贝卡，这种快乐指的是不是一种成就？”

“这想法很好呀，”丽贝卡沉思着说，“我觉得成功的确是一种快乐，但是对我来说，它不像是一朵玫瑰花呀，我在想，它指的是不是爱情呢？”

“我真希望我们能偷偷地看看那本书！它一定非常好看！”爱玛·简说道，“不过，现在你说它指的是爱情，我觉得这可能是最贴切的猜测了。”

一整天，那六个字都在丽贝卡脑子里不断地回响着，几乎占据了她全部的思维。她总是自言自语地不断地念叨着那几个字。就连平时没什么诗意的爱玛·简也都被那几个字迷住了。晚上的时候，她说道，“我不希望你真的相信它就是爱情，不过我又有了一个想法——这已经是一天之中的第二个想法了，这是我在往你的头上喷香水的时候想到的。‘快乐的玫瑰花’也许指的是互相帮助。”

“如果它真的是的话，那么它一直都在你可爱的心灵里绽放呢，我最亲爱的善良的爱玛，总是那么周到地照顾着你那麻烦多多的丽贝卡！”

“你怎么能说自己是麻烦多多呢！你应该是——就是——你就是我快乐的玫瑰花，对，你就是这个！”两个女孩子亲密地拥抱在一起。

那天的半夜里，丽贝卡轻轻地碰了碰爱玛·简的肩膀。“你睡着了吗？爱玛？”她轻声说道。

“不，还没有呢。”爱玛·简昏昏欲睡地回答说。

“我又想到了一些新的事情。如果你会唱歌，或是画画，或是写作——不是只会一点儿的那种，是做得非常好的那种，你知道的——那么，这种爱好既然能让你如此地喜欢，算不算是给你带来了‘快乐的玫瑰花’呢？”

“如果我真的在那方面有天赋的话，那就应该是了，”爱玛·简回答说，“虽然我觉得这种猜测不如爱情来得贴切。如果你还想到了别的什么主意，丽贝卡，明天早上我们再讨论，好么？”

“我的确又有了一个新的灵感，”第二天早上，当她们起来穿衣服的时候，丽贝卡说道，“不过我没把你叫醒。我在想那个‘快乐的玫瑰花’会不会指的是牺牲呢?不过我觉得牺牲应该是一朵百合花才对，不应该是玫瑰，你认为呢？”

在这次去南方的旅行中，丽贝卡第一次看到了海洋，还看到了许多新奇的风景。她不仅感受到了向往已久的自由的空气，还和麦克斯韦小姐更加亲密起来，这一切使丽贝卡兴奋极了。在前三天里，她简直就像换了一个人似的，每一天都有新的惊喜、新的期待和新的美梦成真。她对知识总是充满了无限的渴求，对爱也是一样，对音乐、对美、对实实在在的诗歌，都充满了热切的渴望！她总是不断地想让外面的世界和自己内心的梦想合而为一，而现在，生活一下子变得充实起来、甜美起来、广

阔起来、丰富起来了。她感觉自己的每个器官都变成了情感发泄的出口，每一天，她都用不同的方式宣泄着自己的情感，同时，还收集着各种各样的想法和她自己的亲身经历，使艾米丽·麦克斯韦对她的旺盛的精力和无穷无尽的想法感到十分惊讶。她生来就是一个能给世界带来活力的人，她只要在一幅图画上做一些部分的改动，就会使整幅图画新意倍出，不落俗套。你是否见过一个被黯淡的蓝色和绿色漆成的房间，在添加上一轮喷薄而出的红日后，立刻变得熠熠生辉？在麦克斯韦小姐看来，丽贝卡在她们偶尔遇到的同行的人们中间起到的就是这样的作用；不过，大部分时间里，她们还是单独两个人。读一读书，或是说说悄悄话。那篇参加大奖赛的作文一直在丽贝卡的头脑中酝酿着。她自己想着，如果这次她不能获胜的话，她会遗憾终生的。她并不是一心想获得那份奖励，也不是很在乎那份荣誉，她只想赢得阿拉丁先生的欢心，让他知道，相信她是正确的选择。

"如果我能够想到一个很好的题目的话，我一定要先问问你，我能不能把这个题目写好。然后我就想一个人安静地、秘密地把它写出来，既不和你谈论这个问题，也不会把它读给你听了。"

在一条阳光明媚的春天的小溪旁，丽贝卡和麦克斯韦小姐正坐在那儿聊天。她们早餐后刚刚沿着海边的小树林走了很久，现在，时不时地停下来在温暖的白色沙滩上晒晒太阳，等到被太阳晒得没精打采的时候，她们就回到那个林阴下的小屋里去。

"选题的确是非常重要的，"麦克斯韦小姐说道，"不过，我可不敢帮你来选。你现在决定要写什么了吗？”

“还没有，”丽贝卡回答说，“我每天晚上都能想到一个新题目。我已经开始写了一篇名叫《失败是什么？》和另外一篇名为《他和她》的文章。主要讲的是在即将离开学校的时候，一个男孩子和一个女孩子的对话，主要谈论他们彼此心中最理想的生活方式。你还记得有一次你对我说，‘要跟着心中的神走’？我也很想写一写这方面的内容。我在威尔汉姆的时候，一个题目都想不出来，现在到了这里，我几乎每分钟都有一个新想法，所以，我觉得自己必须试着在这里把文章写出来；或者，至少是把它的内容想好，因为在这里，我感觉特别地开心、自由并且没有压力。艾米丽小姐，看那池底的鹅卵石呀，又圆又滑，还闪着光泽呢！”

“没错，但是为什么它们能有如此美丽而光滑的绸缎一般的外表和如此可爱的形状呢，丽贝卡？这可不是在静止的水池底的沙子上躺上几年就能形成的。在那样的环境里，它们的棱角永远不可能被磨平，它们粗糙的表面也永远不可能变光滑，这是它们长期受流水的冲刷才形成的。它们还要和其他的鹅卵石挤来挤去，偶尔还会被甩到尖利的岩石上，经历了这许多以后，现在我们看到它们，才认为它们是美丽的。”

如果不是命运让某个人成为了一名教师，

哦，那么她现在一定是一名优秀的传教士！

丽贝卡押韵地说道。“哦，如果我也能像你那样思考，并能

说出像你那样的话来，那该有多好啊！”她叹息道，“我恐怕无论受多少教育都不能成为一名优秀的作家了。”

“你还是担心一些其他的事情比较好。”麦克斯韦小姐带着一丝不悦的口气说道，“比如说，担心你不了解人的本性；担心你意识不到外面世界的美丽；担心你自己缺乏同情心，因而无法真正地去了解和关心他人；担心你的表达能力总是跟不上你的想像力——有成百上千的事情，每一件对于一个作家来说，都要比那些从书本上获得的知识重要得多。伊索是个古希腊的奴隶，他甚至还不会把他创作的美妙的寓言写在纸上，但是，现在全世界都在读他的寓言呢。”

“这些我都不知道呀，”丽贝卡说道，她都快要哭出来了，“在我遇见你之前，我根本就不知道这些事情呀！”

“你只是在按部就班地完成高中的课程，但是现在最有名的大学之所以成功，往往并不是因为它们把男孩和女孩培养成了男人和女人。当我梦想着要出国留学的时候，我总是忘不了在雅典有三所最好的大学，在耶路撒冷还有两所，但是，那里最好的老师却是来自拿撒勒，一个大千世界之外的远离喧嚣的小镇。”

“阿拉丁先生说，让你在威尔汉姆教书实在是大材小用了。”丽贝卡若有所思地说道。

“他说错了，我的天赋并不是很高，不过除非它的主人有意识地要掩盖自己的天赋，否则，没有什么天赋会被完全浪费掉的。丽贝卡，记住这句话，你也是有天赋的。虽然它们可能没有被人们发现和赞扬，但是它们常常会在你最意料不到的时间和地点活跃起来、激发起来，让你颇感安慰。满满的一杯水会从它的边缘流出来，并且让它周围的土地一并湿润起来的。”

“你曾经听说过‘快乐的玫瑰花’吗？”丽贝卡沉默了很久，忽然问道。

“当然听说过，你是从哪儿看到它的？”

“在图书馆外面看到的一本书的名字。”

“我是在图书馆里面看到这本书的。”麦克斯韦小姐微笑道，“它是爱默生写的，不过我觉得你还太小，暂时还不适合看那本书，丽贝卡，它讲的是一种用语言根本无法解释的东西。”

“哦，试着给我讲讲吧，亲爱的麦克斯韦小姐！”丽贝卡恳求道，“仔细想一想，说不定我能猜出它指的是什么呢。”

“‘事实上——这个时间和机遇的痛苦的国度——是关心、腐烂和痛苦；有了思想，有了理想，就有了永恒的快乐——快乐的玫瑰花；在它的周围，缪斯女神们在欢快地唱歌。’”麦克斯韦小姐引用了其中的一段话说道。

丽贝卡把这段话重复了一遍又一遍，终于把它牢记在心了。然后，她说，“我不想自以为是地乱猜，但是我觉得我差不多理解它的意思了，麦克斯韦小姐。可能理解得不是很完整，因为它实在有些令人迷惑和难懂，不过，懂了一点，就可以继续懂得更多了。就好像一个很完美的身影骑着马从你身边飞驰而过，你感到非常地惊讶，你的眼睛反应得太慢了，几乎连一半都没看清楚。但是，当它飞奔而过的时候，尽管你只顾得上匆匆的一瞥，你却已经知道它是美丽的了。我终于定下来了，我的作文题目就叫《快乐的玫瑰花》了。我是刚刚决定的。虽然这个故事还

没有开头，也没有中间的发展，但是，它将会有一个出人意料的结尾，就像这样——让我想想看：快乐、男孩、玩具、喂、圈套、合金[这几个词的英文都是以oy结尾的。——译者注]——

无论是福是祸，统统放马过来，
(既然金子中都含有杂质)，
而你将永远在我的心中盛开，
我的快乐的玫瑰花！

"现在，我去拿条浴巾把你包起来，然后再给你一个杉木枕头，等你睡觉的时候，我就去下面的沙滩上给你写一个神话故事。就写我们想像中的那种故事。它是很遥远的故事，发生在很久很久以后的未来，它可以让那些我们无法实现的美妙的梦想变为现实——你很快就可以看到了！然后，你就会把这个美丽的神话故事从你的办公桌上带走，并且永远地记住丽贝卡。"

"我不知道为什么这些年轻人总是选择那些受指责的著名散文家的题目来写呢！"当麦克斯韦准备睡觉的时候，她暗自想道，"她们是眼花了，鬼迷心窍了，还是真正弄懂了这个主题的真谛呢，她们真的以为自己可以写好这样的文章吗？可怜的、幼稚的孩子们呀，简直就是在妄想开着自己的玩具车到星星上去一样！在她的新太阳伞下面，那张年轻、美丽而幼稚的面孔会是怎样的呀！"

一个很冷的春天的早上，当阿拉丁先生在波士顿的街头开车驶过时，那些贩卖时尚服装的小贩已经开始在叫卖不合季节的衣服了。突然,他的目光被一个在商店橱窗里展开摆放的玫瑰色的女用太阳伞吸引住了。它好像是在向路人们问候,这使阿拉丁先生不禁陷入了夏季那阳光海滩的梦想之中。他还想起了新英格兰那开满了鲜花的苹果树,外面深粉色的花瓣衬着里面纯白色的花心,在阳光下分外耀眼,在刘海儿似的边缘上,玫瑰色和乳白色混合着,从绿色的花茎上坠落下来。忽然间,他想起了丽贝卡很早以前的一个愿望——据他所知,在丽贝卡童年

丽贝卡笔下的公主

的时候，她惟一一次把眼睛瞥向那些时尚的世界里，就是因为一把小小的粉红色的太阳伞；而那些华丽的衣服到了她的手上，向来都是以悲剧收场的。他走进那家商店，买下了那个奢侈的小玩意儿，并且立刻用快递寄到威尔汉姆去，一点都没考虑他这个大男人寄这种女性化的东西是否合适。他心里只有丽贝卡那双兴奋的眼睛，只有她在苹果树开满鲜花的时候，坐在太阳伞下那种悠然自得的神态。使他感到有些不好意思的是，一个小时以后，他又不得不返回来为爱玛·简·贝金斯买上一把蓝色的太阳伞。不过，随着时间的流逝，在适当的时机和季节里，他感到自己越来越容易忘记她的存在了。

下面就是丽贝卡的神话故事。晚上，艾米丽·麦克斯韦正打算去她的房间的时候，丽贝卡把那个故事写了出来，交给她看。麦克斯韦小姐是带着眼泪把它读完的。然后，她把它寄给了阿拉丁先生，她认为亚当也应该分享一下这个故事，并从中感受到丽贝卡萌芽中的想像力，以及她那年轻而懂得感恩的心。

一个神话故事

从前，有一个很贫穷而且很疲倦的公主，她住在一间小屋里，在两座城市之间最大的一条高速公路旁。她并非像其他那些芸芸众生那样不开心。事实上，她的生命中有很多事都是十分值得感恩的。但是，对于她那单薄的身子来说，她的生活和她的工作实在是太劳累、太繁重了。

现在，她的小屋坐落在一片大森林的边上，她总是可以听到一阵风吹过,树枝和树叶唱起欢快的歌,而阳光也从树叶的缝隙间照射下来。

有一天,当小公主忙累了田间的劳动坐在路边休息的时候,她看见一辆金色的马车从国王的公路上开过来,而车上的人不是别人,正是充当儿童教母的仙女,她正在赶去宫廷的路上。那辆马车在小公主的门前停留了一会儿。虽然小公主曾经在书上读过关于这个仁慈的仙女的一些事情,但她做梦也想不到,她们中的一个人会在自己的小屋前停留,哪怕是非常短暂的一刻。

“可怜的小公主,如果你累了,为什么不去凉爽的绿色森林里休息一下呢?”车上的仙女问道。

“因为我没有时间,”她回答说,“我一会儿还要继续耕地呢。”

“那架靠在树上的犁是你的吗,它是不是太沉重了些?”

“它的确很重,”小公主回答说,“但是,我喜欢把又硬又厚的土地变成松软的犁沟,而且也知道如果我有足够好的土地的话,我的种子会长得更好。每当我感到肩上的担子太重的时候,我就会想起收获时的喜悦来。”

于是,那辆金色的马车离开了,那天,公主和仙女没有再继续谈更多的事情。不过,国王的信使们开始忙碌起来了,他们一边忙着把话送到仙女的耳朵里,一边忙着把话带到小公主这边,虽然她们两个都没有意识到,这些话都是从国王那里传来的。

第二天早上，一个很强壮的男人来敲公主的小屋的门。他向公主脱帽行了个礼，然后说道："昨天，一辆金色的马车从我那里经过，车上的人扔给我一包硬币，还说：'出去沿着国王的大道一直走，直到你找到一间小屋，旁边还有一架很沉重的犁靠在树上。走进屋去，请对里面住着的公主说："让我来耕犁，你一定要找个地方休息一下，或者是到凉爽的绿色森林里去散散步。因为这是你的仙女教母给我的命令。"'"

以后的每一天，同样的事情都在发生着，每天，那个疲倦的小公主都到绿色森林里去散步。她常常可以看到马车的金色的光芒，于是她就跑到马路上去对仙女教母表示感谢；但是，每次她都跑得不够快，等她到了路旁，马车已经消失得无影无踪了。她只能站在那里，带着渴望的目光和期待的心情等待马车再次经过。但是，她常常可以看到仙女的一个微笑，有时，还会从远方传几句话给她。她是这样说的："不要感谢我，我们都是同一个国王的孩子，我不过是她的信使罢了。"

现在，小公主每天都可以来绿色森林散步了，听听风与树枝唱出的美妙旋律，看看从窗格子般的绿色树叶缝隙里透射下来的明媚阳光。在那里，原先被小屋里那沉闷的空气和耕地那种繁重的劳动束缚住的很多新鲜的想法都从她的头脑里冒了出来。不久以后，她从自己的腰带里取出一根针来，把她的这些想法统统刻在那些飘落的树叶上，然后把这些叶子抛向空中，让它们飞得到处都是。

又过了不久，人们开始捡起这些树叶，举起它们对着太阳看，并且可以读出上面所写的内容来，而树叶上这些简单的、小小的文字竟然都是国王传来的一部分讯息，其中还包括仙女教母每次从她的金色马车上留下的话。

不过，故事的精彩之处还远远不止这些。

每次当小公主在树叶上刻字的时候，她都会把她的仙女教母的思想加上去，并把它折好，放在最里面，然后把树叶撒在微风里，让它们随风飘得到处都是，想要落在哪儿就落在哪儿。其他的一些小公主也开始有了这样做的冲动，并且也都学着她的样子做起来。由于国王的领土没有减少一丝一毫，所以这些思想、愿望和祝福也都满载着爱和感激，并且永远都不会消失了，它们只不过是改变了自己存在的方式，以永存于世。我们的视力太微弱了，根本看不到它们；我们的听力太迟钝了，也根本听不到它们；但有些时候，我们可以感受到它们，尽管我们不知道促使我们的心灵朝着更高远的目标努力的那种力量究竟是什么。

这个故事还没有结尾，但是如果有那么一天，当仙女教母直接把讯息送到国王那里的时候，他会说："你的脸看起来似曾相识，你的声音、你的思想和你的心灵也并不陌生。我曾经听到过你的马车在大道上行驶时轮子所发出的隆隆的声音，而且我知道，你是在替国王办事。看，我手上是一些从我的国度的各个角落传来的讯息，它们是由那些疲倦了的、脚都磨破了的旅行者送来的。他们说，

如果没有你的帮助和鼓励，他们永远都无法到达安全的大门。读读它们，你就会明白什么时间、什么地点以及该用什么方式来更好、更快地为你的国王服务了。”

当那个仙女教母读这些讯息的时候，她感到从那些纸张里散发出一种甜美的香味，那些几乎快要忘却的记忆又重新回到了眼前。不过，在这种快乐的时刻，更让人感到高兴的是国王的声音，因为他说：“读读它们，然后你就会明白该用什么方式来更好、更快地为你的国王服务了。”

丽贝卡·罗威娜·兰德尔

第二十六章　茶杯之间

威尔汉姆的夏季学年已经结束了，秀达·米塞弗、迪克·卡特和里文·贝金斯已经毕业了，这样，从利佛保罗来的学生就只剩下丽贝卡和爱玛·简了。迪莉娅·威克斯从路易斯顿赶回家来小住几天，罗宾逊太太还精心准备了一个小型的宴会来庆祝这一场合。宴会的日子已经选定了，正好赶在草莓长熟了，而一只大公鸡也刚好可以宰了的时节。罗宾逊太太把事情的原委讲给她的丈夫听，并请求他在宴会那天到工棚里坐在木匠的小凳上去吃晚饭，因为这个宴会是专门为女士们开的。

“没问题，这对我来说也没有什么损失，”罗宾逊先生说道，“给我一些豆子，我要这些就足够了。当一只公鸡到了被宰的时候，我只想让别人去吃它的肉，我自己可不想吃！”

在一年之中，罗宾逊太太只有一到两次和大家一起聚会的机会，而这以后的好几天，她通常都会感觉非常沮丧，骄傲和吝啬的斗争在她心里持续不断，让她感到非常疲惫。她要在社区里立足，就必须要装饰出一个非常精美的宴会来，但是，接下来那不可避免的奢侈又让她从制作有大理石花纹的蛋糕的那一刻开始就不断地念叨着、抱怨着，一直到全部丰盛的筵席都已上桌为止。

从早上开始，那只公鸡就一直在火上静静地炖着，不过，它现在的样子和刚刚被放在锅里的那一刻一样地结实和漂亮，这大概就是它无声的反抗吧。

“它看起来要反抗到底了！”爱丽丝叫道。她掀开锅盖紧张地向里面看去，“它看起来好像一个稻草人一样。”

“等我拿把锋利的刀切过去的时候，看它还反抗不反抗。”她的妈妈回答说，“至于它的样子嘛，等一下用满满一盘子的肉汁浇上去，就会和老公鸡有所差别了。然后，我会把一些面团布丁放在它的周围，虽然它们不是用鸡肉罐头做的，但是味道也非常不错。”

在公鸡的周围放上面团布丁以后，那只大公鸡的确看起来漂亮极了。当这道菜被爱丽丝端上来的时候，大家都不住地称赞它。不过，当大家开始吃它的肉时，这种称赞声忽然间全部消失了。

“我很高兴你能回来参加秀达的毕业典礼，迪莉娅。”米塞弗太太说道。她正坐在桌角帮着处理那些鸡肉，而罗宾逊太太正在另一边给大家倒咖啡。她可真不愧为秀达的母亲，她几乎是整个利佛保罗穿着最为时尚的人了；事实上，瘦弱的身体和漂亮的衣服是她生活中两个最主要的组成部分。大家都传言说，她前额那些被煞费苦心地弄卷了的头发就花掉了五美元，而且，她每年还要去两次波特兰，对它们进行重新修理和卷曲。不过，对于这些事情，人们很难发现最准确的事实是什么。那些尽责的历史学家总是忍不住要警告那些过于轻信的读者，不要以为这些都是亘古不变的真理，其实它们有可能是对真相的最过分的歪曲。至于说到米塞弗太太的出现，在早几年的时候，你有没有在最受欢迎的烹饪俱乐部见过她在厨房的桌子上做出那些精致的甜姜饼来？也许那时候，她会非常和蔼可亲地给你做出一个面粉女孩来，她只需用那把切面粉糕饼的刀熟练地把一个女人的轮廓切出来，然后在上面贴一些人类的特征——比如说把两个黑色的醋栗按进去当做眼睛什么的——就完成了。只要一想起那个甜姜饼做成的小女孩的脸，你就会立刻想起秀达母亲的样子来——彼得·米塞弗太太，人们都这样称呼她，当然了，还有很多别的叫法。

“迪莉娅，你认为秀达的裙子怎么样？”她一边把自己那个黑玉手镯上的皮筋摆弄得噼啪直响，一边问道，那个样子看了就叫人生气。

“我觉得是我见过的她的衣服中最漂亮的了。”迪莉娅回答说，“她的作文写得也是一流的，我觉得那是这里最生动有趣的一篇文章。她读起来声音洪亮，吐字清晰，我字字都听得清楚极了。其他的那些女孩子说起话来，感觉就像嘴里含着布丁似的含含糊糊的。”

“这篇作文是她写出来参加亚当·阿拉丁先生的大奖赛的，”米塞弗太太解释说，“她们都说她一定可以拿到第一名，而不应该只拿到第四名的。这次大奖赛的评委是三个牧师和三个执事，毫无疑问，他们会选择一篇严肃的文章作为第一名的。秀达那篇文章写得太生动活泼了，恐怕不合他们的口味。”

对秀达来说，最让她有灵感的题目莫过于写那些男孩子了。不过，她总是能非常聪明地利用自己的知识和经验把自己的意思巧妙地表达出来。对于那些喜欢欣赏浅俗的笑话和典故的读者来说，她的文章是最受欢迎不过的了；但是，如果单纯地从文学的角度来评判，它离优秀的标准还差很大一截呢。

“丽贝卡的文章并没有被大声地朗读出来，而另外那个获奖的男孩子的文章却被读出来了，这是为什么呢?”罗宾逊太太问道。

“那是因为她还没有毕业呢，”科比太太解释说，“她是不能参加这种练习的。不过她的文章会和赫伯特·杜恩的一起在学校的报纸上刊登出来呢。”

“我很高兴听到这个消息，要是不能亲眼看到她的文章，我怎么都不会相信她竟然会比秀达写得还要好。我觉得，这个奖励怎么说都应该是发给那些高年级学生的。”

“哦，米塞弗太太，不是那么回事。阿拉丁先生的这个奖励是要发给两个班级中所有愿意参加的同学的。”罗宾逊太太辩解道，“他们还说，当时他们请阿拉丁先生来亲自颁奖，不过一次次都被他拒绝了。看起来很稀奇似的，他那么富有，而且全国各地都去过了，竟然会不好意思走上讲台去颁奖。”

“我的秀达可愿意做这种事情，要是让她上去，连睫毛都不会眨的。”米塞弗太太沾沾自喜地说道。而其他人也似乎没有一个愿意出来就这个问题和她辩论一下的。

“不过，一个长官碰巧可以看到她的外甥女毕业，这总算是一件比较圆满的事情了。”迪莉娅·威克斯说道，“天呀！他看起来文雅极了！他们说他只有六英尺高，但是他才不过16岁而已，而且他的讲话也非常成功。”

“你们有没有注意到，当丽贝卡和赫伯特·杜恩站在讲台上，长官表扬他们的时候，她脸色苍白，还一直在发抖呢！他也读了她的文章，前不久他给索娅姐妹写了封信，信里还提到这些了呢。”科比太太同情地说道。

“我认为他的举动相当愚蠢，丽贝卡还没到毕业的时候，他却对她太过于注意了，” 米塞弗太太反对道，“还把他的手放在丽贝卡的头上等等，那些举动就好像是罗马教皇在宣读祷词一样。不过，无论如何，我还是很高兴地看到那个奖被我们利佛保罗的人拿到了，在威尔汉姆的讲台上，不会有更好的奖励被授予别人了。我猜想，亚当·阿拉丁的钱一定多得不得了。50美元不是个小数目，他却竟然糊涂到把它们放到了这些小孩子的口袋里。”

“我坐得离讲台比较远，看得不是很清楚，”迪莉娅抱怨地说道，“现在，丽贝卡已经把这些钱拿回去给她的妈妈了吧？”

“丽贝卡的钱是放在一个金色的网状的袋子里的，上面还有一条链子，”贝金斯太太说道，“里面一共有5个10美元一个的金币。赫伯特·杜恩的钱是放在一个精美的皮革钱包里的。”

“丽贝卡准备在农场里住多久？”迪莉娅问道。

“一直到汉娜的婚礼结束才能回来，她要等到农场的一切恢复原来的秩序才行。”贝金斯太太说道，“看起来汉娜的婚礼可能要延期一段时间了。奥雷丽娅坚决反对汉娜在丽贝卡上学期间离开家里，不过汉娜倔强得像头骡子，她才不管妈妈怎么说呢，依旧我行我素。她一年前就开始给自己准备嫁衣了。我觉得她用的简直是最难看、最粗糙的棉布了，而且她整天忙着做那些针脚呀、打褶子呀、装饰边什么的，几乎都快把眼睛弄瞎了。你们听说过她自己做的一条棉被吗？是白色的，中间有一大串葡萄，是用金属环穿起来的。在葡萄的外面，还有一圈圆圆的

花边，做得有线轴那么大。再外面一层花边是用雪利酒杯做成的，最后一层是用葡萄酒杯做成的，整个外面一圈都用结实的针脚缝成笔直的一条线。据说，她还要在镇上的集会上展出她的作品呢！”

“她最好能把做手工活当做挣钱的工作，总比做这些愚蠢的床单、被罩什么的把眼睛弄瞎了要好得多。”科比太太说道。“还有一件事情，就是兰德尔太太的债务抵押权要被收回了，如果这样的话，那么她和她的孩子们可能就要无家可归了。”

“她们不是说铁路很有可能会穿过她们的农场吗？”罗宾逊太太问道。“如果真是这样的话，她会得到和农场价值差不多的赔偿呢！亚当·阿拉丁就是持股人之一，只要让他来主持大局，一切都会成功的。8月份的时候，他们就在为这个问题争论不休了，但是，如果阿拉丁先生认为他是正确的话，我就会支持他的，不管那些立法者怎么说。”

“丽贝卡这回可以穿上几件新衣服了，”迪莉娅说道，“老天知道她需要它们。我感觉索娅家的姐妹好像越来越吝啬了！”

“丽贝卡不会用她获奖得来的钱买任何新衣服的，”贝金斯太太评论说，“因为她拿到钱的第二天，就把它们寄回家去还那笔债务的利息了。”

“可怜的孩子呀！”迪莉娅·威克斯大叫道。

“她要么用这些钱来帮助她的家人，要么就是把它们胡乱地花掉，”罗宾逊太太肯定地说道，“我觉得她赢得的钱正好可以还清家里欠债的利息，那真是够幸运的一件事。但是，她也可能和其他兰德尔家的人一样，对她们来说，这些钱来得容易，自然也就去得容易了。”

“而索娅家族的人却是无法形容地吝啬，”贝金斯太太反驳道，“看起来，她们把攒钱看得比世界上的任何东西都重要，尤其是从米兰达晕倒过一次以后，她们变得更加吝啬了。”

“我不认为她那次是真的晕倒了；显而易见地，她从那以后再也没有精心地打扮过，可她现在还是穿着非常讲究的；我们家里曾经有三个人都非常严重地休克过，那恐怕是这里发生过的最严重的事了，所以我对它的症状了解得比医生还清楚呢。”彼得·米塞弗太太自以为是地摇了摇头。

“米兰达的确穿着比较讲究，”科比太太说道，“但是你们注意到没有，她现在天天待在家里，而且比从前更不愿意开口说话了。对于丽贝卡的获奖，她也没表露出一丝一毫的骄傲来，至少我是一点都没看出来，虽然她几乎把杰里米逼得丧失了理智。当长官与丽贝卡握手的时候，如果我看到杰里米大叫一声‘万岁！’并挥舞着他的草帽的话，我会感到羞愧死的。幸运的是，他不能走进教堂里来，只能远远地站在门边，不过，尽管如此，他还是把自己弄得非常引人注目。我最大的怀疑是”——这时，所有的女士都放下了手中的食物，坐直腰板听着她说——“索娅家的姐妹们丢了很多钱。她们根本不懂得做生意，而且从来也没做过生意，米兰达总是那么保守，不愿意去询问别人的意见。”

“我总是听别人说，她们最大的一部分收入是来自政府的债券，不过，她们不可能在这上面亏本的。简还有一块留给她的木材地，而且米兰达又有砖房子。说不定她是认为丽贝卡的

50美元就这样还了家里的利息，她感到非常地生气和不甘心，因为她还要为丽贝卡交学费呢。不过，这些事情想得越多，我就越觉得当初亚当·阿拉丁设立这个奖项的时候，就是打算要丽贝卡赢得它的。”秀达的母亲开始认为她的女儿的权利遭到践踏了。

“米塞弗太太，你这样说阿拉丁先生可就太愚蠢了！”贝金斯太太大叫道：“难道你认为他可以告诉那些评委去选哪一篇文章才好吗？而且，如果他不是因为对学校和同学们感兴趣的话，他又为什么要设立那个给男孩子发的50美元呢？连续五年来，每次他给丽贝卡礼物的时候，都会给爱玛·简买一份同样的礼物——这就是他做事的方式。”

“有时，他会忘记她们其中的一个而只送给另一个人礼物，而有时他会把她们两个都忘了，把礼物送给其他的女孩子！”迪莉娅·威克斯根据她五十年单身的经验说道。

“说的有道理，”彼得·米塞弗太太同意道，“虽然很容易就能看出，他不是那种打算结婚的男人。有些男人，如果他们的老婆死得足够快的话，他们可以一年换一个老婆，而也有些男人看起来是打算独身一辈子的。”

“要是按照你们的说法，如果阿拉丁先生是一个想要一夫多妻的人，那么北利佛保罗所有年龄相当的女孩子都会成为他的妻子的。”贝金斯太太说道。

“他不太可能被北利佛保罗的女孩子所吸引的，”罗宾逊太太反驳道，“因为他在波士顿也会有很多的选择对象。我觉得米塞弗太太说得对，他是属于打算单身一辈子的男人。”

"除非'正确'小姐到来，否则我可不相信你们这些人的话!"科比太太开心地笑着。"到底什么或是谁要讨他的欢心,你们永远也说不准。你们还记得杰里米的那匹倔强的马,那个小家伙吗？它不允许任何人把马嚼子放进它的嘴里,每次它都会拼命地挣脱。在它被驯服之前,它和杰里米打过,也和我斗过呢。丽贝卡对这些事情一无所知。有一天,她去马厩里套马。我偷偷地跟在她后面,知道她在给马上笼头的时候一定会遇上麻烦的。可当时我简直不敢相信,她拍了拍小家伙的鼻子,然后和它说起话来了。当她把自己的小手指伸进它的嘴里的时候,它竟然把嘴张开了。我当时还以为它要把她的手指吞下去呢,真的。结果她把马嚼子放进了它的嘴里,它还像吃了一口糖那样咂了咂嘴唇呢。'说真的,丽贝卡,'我问道,'你是怎么说服它把马嚼子吞下去的?''我没有去说服它呀,'丽贝卡回答说,'是它自己愿意这样做的,可能它在马厩里待得太无聊了,想要出去呼吸一下新鲜的空气吧。'"

第二十七章　盛大的场面

自从利佛保罗的女人们在饭桌上讨论起亚当·阿拉丁先生的奖品，时间已经过去一年了。岁月来了又去，最后，丽贝卡的重大的日子眼看就要来临了——这一天，她已经盼了整整五年了，这是她来到这个世界上要实现的第一个目标。在学校的日子即将结束，那个被人们称为“毕业典礼”的神秘的仪式马上就

17岁的丽贝卡

要举行了。太阳已经从东方的天空中渐渐升起，似乎在预示着这不同寻常的一天的到来。丽贝卡偷偷地从床上爬起来，悄悄地走到窗边，把窗帘拉开，外面玫瑰色的光芒告诉她，今天是一个万里无云的好天气。她感觉今天的太阳似乎看起来都有些与往常不一样了——更大、更红，而且比往日的更有意义。如果太阳真的是这样的话，恐怕所有毕业班的同学都不会认为这有什么稀奇或是不对的地方，不管从什么角度来看。爱玛·简在枕头上动了一下，她醒了，看到丽贝卡正站在窗边，于是走过来跪在她旁边的地毯上。“这将会是令人愉快的一天！”她感慨地叹了口气说道。“如果一切顺利的话，我一定要好好地感谢上帝，我感觉完全松了一口气啦！你睡觉了吗？”

“几乎没怎么睡。我在课上写的小诗一直在我的脑海里跑来跑去的，还带着歌曲的伴奏呢。最糟糕的是，玛丽女皇用拉丁语作的苏格兰祷告，听起来就像这样的：

“上帝啊，无所不能的上帝啊，
我就将要被解放啦！”
这句话就像刻在了我的脑子里一样。

那些不了解乡村生活的人们，根本无法想像在学校的最后一天的隆重、重要性和严肃性。在事先的准备、大量的细节和大家的兴奋程度上来说，它绝对不亚于一场婚礼，因为婚礼不过是乡村里一件很平常的事情，有时甚至只是以拜访牧师的家开始或是结尾的。对于毕业生他们自己、他们的家人和年轻的学

生们来说，再也没有比毕业更重要的事情了，除非是长官在政府的就职大厦发表就职演说。所以，在如此重要的一天里，威尔汉姆成了人们关注的焦点。学生们的妈妈、爸爸，还有那些远房的亲戚从早饭时间开始，就都纷纷坐着火车或是开着汽车赶到这个小镇上来了；从前的老校友们，无论是结了婚的还是单身的，无论是有家室的还是没家室的，都涌回了这个他们所熟悉的小镇上来。这两种人乘坐不同的交通工具，几乎把所有的道路都堵塞了，在林阴路上，停放着整整一排的行李和马车，马都站在那里无聊地摇晃着尾巴。站在街上的人们都穿着自己最漂亮的衣服，有的是最新流行的款式，也有的是从旧时留下来的最具纪念意义的服饰。穿着各式各样的男人和女人们，来自各个不同的行业，其中有杂货店主的儿子和女儿，律师的子女，屠夫的、医生的、皮鞋匠的、教授的、牧师的还有农民的子女，都在威尔汉姆学校读书，有的是住宿生，也有的是走读生。在校长办公大楼里，这种发自内心深处的兴奋却通过一种极其肃静的方式表现出来了，生命的转折点就要来临，这些最兴奋的人就要走向那至关重要的时刻了。即将毕业的女学生们都坐在自己的宿舍里，穿得整整齐齐，一件不落，好像她们过去的那些时光不过是个序幕而已。至少，对于她们的身体来说，的确是这样的。不过，天气是如此酷热，她们的头上都被石墨、纸张和各式各样的编织物装饰着，几乎把那个时代女孩子们所见过的卷发类型全部囊括进来了。把头发用纸张和石墨卷起来是大家非常喜欢的一种可以制造理想效果的方式，虽然这样可能会使她们一个晚上都无法入睡，但还是有许多女孩子愿意为此付出代价。而其他那些血管里没有如此“英勇的烈士”的血液的孩子则选择用破布来代替石墨，虽然这样做出来的效果可能不是特别地卷。不过，面对如此酷热的天气，连最骄傲的脑袋都开始有些受不了了，不得不开始把那些没什么用的线绳、曲别针等小装饰物从头上取下来。母亲们都焦急地坐在自己的女儿身边，为她们扇着棕榈叶的扇子。学校已经决定，当小镇上的钟敲到十点整的时候，那庄严的一刻就要来临，而这些女孩子也就可以从自己给自己做成的束缚中解放出来了。

有花点的、朴素的瑞士薄布是大家比较喜欢的装扮，虽然也有很多学生穿的是白色的山羊绒和羊驮毛，因为在一些情况下，大家都认为长袍日后会比较有用。腰部蓝色和粉色的丝带耷拉在椅子后面，那个系了一条罗马式的腰带的女孩子正在祈祷让自己远离虚荣和骄傲。

毕业

直到一个月以前，丽贝卡才了解到毕业时穿着的服装有这么多的讲究。于是，她就和爱玛·简一起去贝金

斯家的阁楼跑了一趟,找到了一块又一块的乳白色薄棉布和粗棉布,而且决定为了节俭,就使用它们来装扮自己。那个“富有的铁匠的女儿”把穿有花点的、朴素的瑞士薄布的念头抛在了脑后。在重大问题上,她一般都是听从丽贝卡的意见,所以她也选择了穿粗棉布。她们立即设计出了带着绳结图案的、有花边的、用别针别起来并插入了细丝做成的梭织花边的服装。为了在毕业典礼之前完成,丽贝卡的裙子是分几个部分来做的——腰带是汉娜做的,腰部和袖子是科比太太帮忙弄的,而下面的短裙是简姨妈完成的。这些在如此粗糙的布料上缝出的针脚,每码只要花上三至四个美分就够了。整件衣服完成了,非常漂亮和可爱,在那些有折痕和线条的地方,她们用了一些缎子和织锦来装饰,做得非常精致。

两个女孩子在她们的宿舍里独自等待着,爱玛·简难过得眼泪都快流出来了。她一直在想,这是她和丽贝卡如此亲密地待在这间温馨的小屋里的最后一天了。而且这最后一天已经近在眼前了,一天前,莫里森先生已经为丽贝卡提供了两个职位供她选择:一个是在一所住宿学校里教那些女孩子唱歌、做柔软体操,并监督她们练习钢琴;另外一个是在埃奇伍德高中担任助理的位置。至于薪水,这两个工作给的都比较少,但是,第一个职位由于是和教育相关的,因而麦克斯韦小姐认为对丽贝卡来说,可能会比较有好处。

当第一下钟声在走廊里敲响,宣布五分钟以后全班同学将排队一起去教堂里进行训练的时候,丽贝卡的心情已经从刚才的兴奋不已变得有些得意洋洋了。她站在窗前,把手放在胸口,一动不动，一声不响。

“这一刻终于要到来了，爱玛，”丽贝卡说道，“你还记得《弗罗斯河上的磨坊》这本书吗？当马吉·突里维在她身后关上了童年的金色大门的那一刻？我几乎可以看到它们在摇摆着，几乎听见了它们发出的丁当声，我真不知道自己是应该高兴还是应该感到遗憾。”

“我不应该去关心它们是在摇摆还是在发出丁当声，”爱玛·简说道，“如果你和我是站在那扇门的同一侧的话；但是我们不能，我知道我们不能！”

“亲爱的爱玛，你可千万不要哭呀，你再哭，我也马上就要哭出来了！如果你能和我一起毕业那该有多好啊，这是惟一让我感到难过的事情了！听呀！我听到车轮的隆隆声了！我们会给外面的人们一个大大的惊喜的！亲爱的爱玛，来拥抱我一下，祝我好运吧，记得小心一点抱我，我们做的粗薄布衣服很不结实的！”

十分钟以后，刚刚从波特兰赶到威尔汉姆、正准备走到教堂去的亚当·阿拉丁先生突然来到了主干道上，在路旁的一棵树下休息一会儿。此刻，他被眼前这种他以前从来没见过的特殊的、壮观的、美丽的场景牢牢地吸引住了。由丽贝卡担任班长的那个班级是不太可能遵循一般的传统的。其他班级都是两个人一排地从校长办公大楼走到教堂里去，而她们却选择乘坐一辆高贵的马车去那里。马车上被她们装饰了绿色的藤蔓和一束束从田间采来的茎很长的雏菊，这些都是新英格兰草地上最惹人喜爱的小东西了。车身、扶手甚至辐条上每英寸的地方都被

黄色、绿色和白色交织着、缠绕着。一共有两匹白色的马，用鲜花装饰得非常整齐的缰绳，在马车被植物遮蔽的地方，还放了两根枫树的树枝，上面坐着班里的十二个女孩子，而另外的十个男孩子就在马车的两边行进着，纽扣孔里还别着他们班的班花——一束雏菊。

丽贝卡坐在前面赶车。她坐在一张被绿色覆盖了的长凳上，看上去就像一个君王一样。没有一个女孩子穿的是白色的薄粗布，也没有一个17岁的女孩子如此地朴素。那十二个从乡下来的女孩子，由于坐在最有利的地方，看起来漂亮极了。6月的阳光照在她们毫无遮拦的头上、明亮的眼睛上、鲜红的脸颊上，人们可以看到她们的微笑，甚至看到她们的酒窝。

丽贝卡——当阿拉丁先生摘下帽子向这支壮观的队伍行礼的时候他想到——丽贝卡，个子高挑而且苗条，面部表情一副若有所思的样子，脸上还闪耀着年轻而快活的笑容，再加上她那头乌黑的、编成辫子的头发，简直就是一个年轻的女神或是女巫；而她那装满了鲜花的马车，以及里面坐着的那些鲜花般的女孩子，正好构成了一幅寓言中的“生命的早晨”的画面。不过，当阿拉丁先生站在自己的母亲半个世纪以前曾经走过的那条小镇上的旧街道的榆树下时，他很快就把这些东西暂时放下了。当他和大队学生一起向教堂方向转弯的时候，他忽然听到有人在轻轻地呜咽。在他身旁的一个花园的篱笆里面，他看见那儿站着一个穿着一件白衣服的孤单的小人儿，她那小巧的鼻子、栗色的头发和蓝色的眼睛让亚当感到似曾相识。他走到花园里面，问道：“出什么事了，爱玛小姐？”

“哦，阿拉丁先生，是你吗？丽贝卡不让我哭，说是怕把我的脸哭脏了。不过在我进去之前，必须要找个机会哭一次，然后我会像平常一样走进去的，毕竟，我只需要和全校学生一起唱歌就行了。我不是毕业生，我很快就要离开了！我并不是很介意这个，我只是忍受不了要和丽贝卡分开这个事实！”

于是，他们两个人边走边聊，亚当一直安慰着郁郁不乐的爱玛·简，一直到他们来到那间旧的会议室，典礼一般都是在这里举行的。会议室里面用黄色、绿色和白色装饰着，人很多，显得非常拥挤，也很热，几乎让人透不过气来。那些文章、歌曲和颂词从世界诞生那天起几乎从来没有改变过，人们甚至忍不住担心在这种场合下，那些讲着陈词滥调的年轻人的重量会把那个讲台压塌了；但是，人们也不能过于苛刻，因为看到那些男孩和女孩，都那么年轻，而且对自己的明天充满了希望，所有的不屑都渐渐地消失了。虽然听着这些文章，我们都忍不住不断地打哈欠，但是对于那些读这些文章的孩子，我们却打心底里同情他们，他们的眼中闪耀着对未来的美好前景的向往，根本不害怕在生活中一定会遇到的那些“不可避免的痛楚”。

丽贝卡看到汉娜和她的丈夫站在听众席里，约翰和安表姐也在。虽然她早就知道妈妈不会来看她的，可真的没看到她在的时候，丽贝卡心里还是感到有些难过。因为那可怜的奥雷丽娅不得不留在太阳溪农场照顾那些孩子和农场里的事情，而且她也实在是没有钱买火车票和买一套合适的衣服来参加丽贝卡的毕业典礼。她还看到科比一家也来了。事实上，没有人会注意不到杰里米叔叔的，他哭了不止一次，还隔一会儿就和身边

的人大声讨论毕业班里的一个女孩子，说她是多么地有天赋，他可是从小看着她长大的。事实上，当她离开家的时候，正是他把她从枫林送到了利佛保罗，而且那天晚上，他还告诉她的妈妈说，只要这个孩子有机会，将来一定可以成就一番大事业的。

是的，科比一家来了，还有另外几张熟悉的面孔，都是从利佛保罗赶来的。但是，为什么看不到简姨妈呢？她那套黑色丝绸做的长裙就是为了来参加这个场合专门制作的呀？米兰达姨妈是不打算来的，丽贝卡心里很清楚。不过，在如此重要的一天，她最喜爱的简姨妈怎么也没来呢？但是，她的这种想法和其他想法一样，像个火花似的瞬间就从脑海里消失了，因为整个早晨就像一串魔术般的走马灯一样，在她的视野里来来往往的。她弹了钢琴，唱了歌，还背诵了玛丽女皇的拉丁文的祈祷词，一切就像是在做梦一样，直到当她背到最后一行的时候，她抬起头，正好与阿拉丁先生的目光相遇，此刻她才回过神来。在节目的最后，是她的诗歌朗诵，诗的名字叫做《明天的创造者》。在许多正式的场合里，丽贝卡的表现都非常出色，这一次也不例外，她看起来就像是在表达弥尔顿的情感，而不是在朗诵一个学生所写的诗歌。从她的声音、她的眼神和她的身体里，散发出一种信念、一种热心和一种情感。当她从讲台上走下来的时候，听众们都感觉他们刚刚听到的就像是一位大师的杰作。她的大部分听众都对卡莱尔和爱默生了解得很少，否则的话，他们一定可以想起这两位大师分别说过的两句话，一句是“当我们可以把一首诗读好的时候，我们就都是诗人了”，另外一句是这样说的，“只有好的读者才能把好书的韵味读出来。”

全部都结束了！毕业证书已经被发到了每个人的手中，每个女孩子都偷偷地梳理一下头发，整理一下身上的薄布裙，再确定一下腰带系得很整齐以后，走到前面去接过那一卷羊皮纸，再深鞠一躬，这是她们向往了好几个星期的场面了。在这令人激动的时刻，大家对每个毕业生都给予一阵热烈的掌声表示祝贺。而当丽贝卡走到前面来的时候，杰里米·科比的表现更是突出，以至于这以后的好几天，威尔汉姆和利佛保罗的人们都还在谈论这件事呢。老韦伯太太还说，在这两个小时里，她把过去四十年都没坐坏的小凳给坐坏了——毯子、垫子、木头等全部包括在内！不过，这一切毕竟都已经结束了，当人群渐渐散开的时候，亚当·阿拉丁走到讲台上来。丽贝卡正在和几个陌生人聊天，看到他，便立即跑到走廊上来。“哦，阿拉丁先生，我真高兴你能来！快点告诉我”——她有些不好意思地看着他，因为他的赞扬对她来说尤其重要，而且和其他人相比，亚当对她的称赞要少得多——“告诉我，阿拉丁先生——你满意吗？”

“比想像中的还要满意！”他回答说，“我很高兴能见到从前的那个孩子，很骄傲能认识现在这个女孩，很期待能遇上以后的那位女士！”

第二十八章　不可避免的痛楚

从心目中的大英雄的嘴里说出这样的话来，丽贝卡感到心跳都加快了好多。但是，她还没来得及说句话谢谢他，在角落里等了很久的科比先生和太太就走了过来。于是，丽贝卡就把他们介绍给阿拉丁先生。

“简姨妈呢，她怎么没来？”她一边拉着莎拉婶婶的手，一边拉着杰里米叔叔大叫着。

“我很抱歉，亲爱的孩子，但是我们有个坏消息必须告诉你。”

“是不是米兰达姨妈的病又恶化了？一定是的，从你们的表情中我可以看得出来。”丽贝卡脸色变得苍白。

“她昨天早上在帮助简整理今天来这里要准备的东西时，第二次昏倒了。简说要等你的毕业典礼一切都结束以后才能把这件事情告诉你，所以我们一直把这个秘密保守到现在。”

“我马上就和你们一起回家，莎拉婶婶。只是我必须跑去告诉麦克斯韦小姐一声，因为等我明天收拾好了东西，就要和她一起去布伦瑞克了。可怜的米兰达姨妈！我今天一整天都高兴极了，只是我一直在期待着妈妈和简姨妈的到来。”

“你开心并没有错，亲爱的孩子，简就是想要你开心的。米兰达现在已经可以说话了，你的姨妈刚刚寄来一封信，说她的身体已经好多了。我准备今天晚上出发，所以你还可以在这里停留一天，睡个好觉，然后把明天要带的东西整理好。”

“我会帮你把行李整理好的，亲爱的丽贝卡，并且照顾好我们屋子里所有的东西。”爱玛·简说道，她刚刚和大伙儿一起过来，正好听到了从砖房子传来的让人难过的消息。

她们来到旁边一处安静的座椅处，汉娜和她的丈夫也凑了过来。不时会有一些来晚了的熟人和一些老同学来向丽贝卡打招呼以表示她们的祝贺，还问她为什么要躲在角落里。有时，丽贝卡的同班同学也会过来兴奋地叫她的名字，提醒她不要忘了过几天举行的野餐会，也有的恳求她在晚上举行的班级宴会上早点到场。所有这些对丽贝卡来说都不像是真实的了。在最后这最让人兴奋的两天里，当那些“令人脸红的荣誉”纷纷向丽贝卡压过来的时候，在今天早上她的得意洋洋的感觉背后，她总有这样一种预感，觉得这一切都不过是转瞬即逝的，而那沉重的负担、那种挣扎、那种不安已经在地平线处渐渐地向她逼近。她真希望可以与已经变得英俊而充满男子气概的亲爱的老约翰一起偷偷溜进树林里，并从他那里得到一些安慰。

这时，亚当·阿拉丁也在和科比先生聊得非常起劲。

“我猜想如果是到了波士顿的话，像那样的女孩子就应该像草莓一样多了吧？”杰里米叔叔指着丽贝卡问道。

“也许是的，”亚当微笑着，用一种老年人的口气说道，“只是我碰巧一个都不认识。”

“也许是我的眼神不太好，但是我的确认为她看起来是讲台上所有女孩子中最漂亮的一个，这么说对吗？”

“我的眼光是不会出错的，”亚当回答说，“不过在我看来的确如此！”

“你认为她的声音怎么样？是不是很特别？”

“我认为，她让别的孩子的声音听起来既微弱又没有生气。”

“好吧，我很高兴能听到你的意见，你是一个见多识广的人，因为妈妈说我从一开始就对丽贝卡产生了很愚蠢的看法。妈妈责怪我，说我把她娇惯坏了，但是我注意到，当她宠起丽贝卡的时候，那程度一点都不亚于我。天呀！一想到那些孩子的父母不远千里赶来观看他们的孩子的毕业典礼，可是，和丽贝卡比起来，他们的孩子却显得那么黯淡无光，我真替他们感到难过。再见了，阿拉丁先生，有空儿来利佛保罗的话，顺便来我们家里坐坐。”

“我会去的，”亚当说道，真诚地与这个老人握了握手。“也许明天我送丽贝卡回家的时候，我就会去看看你们的。你认为索娅小姐的病情很严重吗？”

“是这样的，她的情况现在连医生都说不准；但是，不管怎么说，她现在已经是瘫痪了，她再也不能站起来走路了，可怜的人呀！她还勉强可以说话，这对她来说，多少都是点安慰吧。”

亚当离开了教堂，在穿过学校的时候，他正好碰上了麦克斯韦小姐，她正在一群群的陌生人和客人之间穿行着，尽学校的地主之谊。亚当知道她对丽贝卡的一切计划都很感兴趣，于是他把她拉到一边，告诉她丽贝卡明天将要离开威尔汉姆回到利佛保罗去。

“这简直是我听到过的最不可思议的事情了！”麦克斯韦小姐大叫道，她坐在长凳上，用她的太阳伞戳起草地来。“要我说，丽贝卡根本没有任何的休息时间了。为了让她更好地适应新的工作,我在下个月为她安排了许多计划呢,现在看来,她必须回去安心做家务活了,去照顾那个可怜的生了病的易怒的老姨妈。”

“如果没有这个易怒的老姨妈,丽贝卡现在还留在太阳溪农场里呢。如果从受教育的角度,或是从任何其他的角度来讲,她可能还是一块未被开垦过的荒地呢。”亚当回答说。

“这倒是事实。我刚刚说话的时候有一点心急了,我本来还以为我的小天才和小珍珠的轻松而快乐的日子就要来临了呢。”

“是我们的小天才和小珍珠。”亚当纠正道。

“哦,是的!”她笑起来。“我总是忘了这一点,你一向都喜欢说是自己发现了丽贝卡的。”

“我的确是这么认为的,不过,我还是认为那些快乐的日子离她已经不远了。”亚当继续说道。“目前来说,这还是个秘密,因为兰德尔太太家的农场会被买下来修建新铁路。因为我们必须拥有通行权,而且会在她家的土地上建一座火车站。她将会得到6 000美元,这虽然不能算是一大笔财富,但是如果她愿意让我为她进行投资的话,那么每年也可以给她带来300美元到400美元的利息了。那片土地上还有一部分债务,把这些债务还清以后,丽贝卡就可以自己养活自己,而她的妈妈也可以让他们家年纪最大的男孩子去受些教育了,那是一个品质不错而且雄心勃勃的男孩。他不应该被限制在农场的劳动上,应该把精力放在学习上。”

“我们简直可以成立一个保护兰德尔家族有限公司了,”

麦克斯韦小姐开玩笑道，“我承认我希望丽贝卡有一份自己的工作。”

“我可不希望。”亚当回答得相当迅速。

“你当然不希望了。男人们对那些上了班的女人都是不感兴趣的！不过我比你更加了解丽贝卡。”

“你可能更了解她的思想，但是你不了解她的心灵。暂时，你可以把她当做一个天才来看，而我却一直把她当做一颗稀有的珍珠。”

“好吧，”麦克斯韦小姐叹了口气，古怪地说道，“不管是天才还是珍珠，保护兰德尔家族有限公司都有可能把她推到相反的方向上去，不过尽管如此，丽贝卡还是会跟着自己心中的神走的。”

“那样的话，我就满足了。”亚当严肃地说道。

“尤其是当她的神向着你的方向招手的时候吧。”麦克斯韦小姐抬起头来，挑逗地笑着。

直到丽贝卡在砖房子住了好几天以后，她才见到米兰达姨妈。米兰达在她的脸色恢复正常以前，除了简以外，坚决不肯让任何人进屋去看她。不过，她的门总是稍微地开着一点缝儿，简想像着，她一定很想听到丽贝卡那迅速而轻快的脚步声。现在，她的神智已经完全清醒了，除了不能移动以外，大部分时间都不会有疼痛的症状出现了，而屋内和屋外的所有大小事，她又都开始操心了。“那些被风吹落的苹果有没有捡起来留着做酱吃，山上的土豆是不是种得太密了，玉米穗长出来了没有，他们是不是在收割山上的田地，他们有没有把废纸弄得满地都是，牛奶里有没有蚂蚁，生火用的木柴够不够，银行有没有把利息票送过来？”

可怜的米兰达·索娅！盘旋在生死界限的边缘——她的身体已经垮掉，再也不受她那钢铁般的意志的控制了，再也没有什么神圣的景象在她眼前浮现了。她现在关心的只有日常生活中那些微不足道的小事和那些不必要的麻烦。一个人的灵魂要与上帝对话，并不是一件很容易的事情，因为上帝并非就在他的身边。如果一个人从来没学过上帝的语言，也不要紧，只要他在精神上意识到有学习它的必要了，他很快就可以学得会。然后，这个可怜的人就不得不每天用这些学到的单词和词组继续生活下去。可怜的米兰达小姐！——她把自己牢牢地锁在了心灵监狱的围墙里。由于不懂得去使用心灵的眼睛，她看不到真正的出路所在；由于不懂得去使用心灵的耳朵，她也听不到天使的声音。

有一天早上，她忽然想见丽贝卡。门被打开了，里面是阴暗的房间。丽贝卡站在门口，身后一片阳光，她手里还捧着满满的一把甜豌豆。米兰达戴着睡帽，更显出她脸色的苍白和瘦削，她躺在枕头上，看起来非常憔悴，盖在被子下面的身体一动也不动。

“进来，”她说道，“我还没死呢。别让那些花把床弄乱了，可以吗？”

“哦，不会的！我正准备把它们放到一个玻璃的水罐里去呢。”丽贝卡回答说，她把脸转向脸盆架那边，试着让自己的声

音听起来自然些，还要阻止那涌出来的眼泪。

“让我好好看看你，走近点。你现在穿的是哪条裙子？”老姨妈用她那沙哑的、虚弱的声音说道。

“我那件蓝色的印花布裙。”

“你的羊绒衫有没有退色？”

“没有，米兰达姨妈。”

“你是不是像我嘱咐的那样，把它的里面朝外挂在阴暗的衣柜里的？”

“我一直都是那样做的。”

“你妈妈又做果冻了吗？”

“她没和我提过这件事。”

“她写信向来都不提到最主要的内容。我生病以后，马克有没有把哪儿弄伤了？”

“哪儿都没有，米兰达姨妈。”

“是吗？他出了什么问题了？是不是变懒了，嗯？约翰现在怎么样？”

“他将会是我们中过得最好的一个了。”

“我不在厨房里的时候，我希望你不要到那儿去打坏东西。你有没有烫过咖啡壶，并把它头朝下放在架子上？”

“我是这么做的，米兰达姨妈。”

“你就会对我说‘是的，是这样的’，简也是，”米兰达叹息道，努力地想要挪动一下她那僵硬的身体，“不过，别看我一直躺在这里，我知道你们有些事情一定不是按照我的想法去做的。”

然后，她们二人沉默了很久。丽贝卡安静地坐在床边，小心翼翼地摸着她的姨妈的手，看着她憔悴的脸和紧闭的双眼，丽贝卡心中充满了同情和心酸。

“看着你在毕业典礼上穿粗白布，我真的感到无比羞愧，丽贝卡，但是，我又对此无能为力。以后，你会渐渐知道原因的，也会了解我是怎样尽力弥补这一切的。我只是担心你会成为别人的笑柄。”

“没那回事，”丽贝卡回答说，“相反，好多人都说我们的裙子是最漂亮的呢，它们看起来就像柔和的缎带一样。你不用为什么事而担心，现在我已经长大了，而且也毕业了——米兰达姨妈，我在全班二十三个学生中排名第三呢——而且我现在也已经有了很好的工作岗位。你看我呀，长高了、壮了，而且又年轻，我已经完全可以走向社会，把你和简姨妈教导我的一切展示给其他人看了。如果你想要离我近一些，我就去埃奇伍德学校，这样的话，每天晚上和星期天全天，我都可以在这里照顾你了；如果你的身体好些了，我就去奥古斯塔，那样可以多挣100美元，而且还有音乐课和其他一些有趣的东西。”

“你听我说，”米兰达的声音颤抖着，“不要考虑我的病情如何，去接受那个最好的职位。我真希望能活得久一些，看到你把那些欠债全部还清，可是我恐怕没这个机会了。”

这时，她忽然停了下来，她已经有好几个星期没有说过这么多的话了。丽贝卡偷偷地从屋里走出来，一个人哭了起来，她不知道为什么人的年龄如此地严酷，如此地无情，如此地冷漠，如此地苦涩，一旦陷入了那个阴暗的山谷，就再也没有出头之日了。

日子一天天过去，米兰达的身体一天比一天强壮起来。她的意志似乎是无坚不摧的，没过多久，她就可以被从床上挪到窗边的椅子上了，她的治疗已经取得了非常显著的效果。原先医生每天来看她一次，而现在却可以一周都不用来一次了。这样，治疗的账单也随之渐渐消失了，原先积累起来的那些惊人的数目已经让米兰达整天为此烦心了，就连晚上做梦也都是被它们所困扰着。

渐渐地，丽贝卡年轻的心中又燃起了新的希望。简姨妈已经开始把丽贝卡的手绢、衣领和紫色的棉布裙进行一次大清洗，这样，一旦医生宣布米兰达已经脱离危险正在慢慢地康复起来，那么丽贝卡就可以上路去布伦瑞克了。如果她能在8月份到达布伦瑞克的话，一切都将会是非常美好的——一切心里所能想到的和想像力所能达到的东西，都可以在那里实现了。她还将作为艾米丽小姐惟一的客人，和大学的教授以及其他一些著名人士一起进餐。

最后，这一天终于要来临了，几件干净的、样式简单的裙子已经被折好放进了箱子里，还有她最喜欢的珊瑚珠项链，她毕业典礼时穿的那条粗布裙，她的班级徽章，简姨妈那带花边的披肩，还有一顶新帽子，她喜欢得每天晚上睡觉前都要拿出来试戴一次。帽子上面有一些白色的碎花，组成了一个白色玫瑰花的花环，再配上一些绿色的叶子，花了二到三美元买下的，这可是丽贝卡有生以来第一次花这么多的钱。尤其是和她的睡裙搭配起来，这顶帽子显得非常高贵，让人感到非常地耀眼。不过，丽贝卡认为要是把它和粗布长裙搭配在一起的话，就连最受人尊敬的教授们都会对它赞叹不已的。没错，那些教授如果有机会看到这样一双深色的大眼睛在白玫瑰花组成的花环下熠熠生辉的话，他们一定会由衷地发出赞叹的！

然后，当一切都收拾妥当，就等着上路的时候，忽然从汉娜那里发过来一份紧急电报："速来，母亲出了大事。"

在不到一个小时的时间里，丽贝卡已经启程赶往太阳溪农场了，她的心里充满了恐惧，不知道在这次旅行的终点，等待她的到底是什么。

不过，无论如何，等待它的还不是死亡这样可怕的消息，虽然第一感觉可能会首先联想到那里。她的妈妈本来正在干草堆上指挥人们对谷仓进行一些改造，根据大家的说法，忽然间，她感到一阵头晕，然后就从草堆上摔了下来。右膝盖骨折了，后背也扭伤了，但是，她一直很清醒，而且眼下也没有什么生命危险。当丽贝卡终于有空儿休息一下的时候，她给简姨妈写了封信，这些都是她的信中提到的细节。

"我不知道怎么会发生这种事情，"米兰达抱怨地说道，那时，她还不能坐起来呢，"不过，从很小的时候开始，只有当奥雷丽娅生病的时候，我才能在床上躺一会儿。我不知道她是怎么不小心摔下来的，不过干草堆怎么说都不应该是一个女人待的地方；不过，就算这件事不发生的话，也一定会出些其他的问题的，奥雷丽娅生来就是一个不幸的人。现在，她有可能变成一个瘸子，而可怜的丽贝卡就不能去别的地方挣很高的薪水，而不得不留下来照顾她了。"

"她的首要责任就是照顾她的妈妈，"简姨妈说道，"我希望

她能够牢记这一点。”

“在17岁的时候，不是每个人都能记住他们应该要做什么的。”米兰达回答说。“既然现在我的身体已经好多了，有些事情我想要和你好好商量一下，简，这些事情白天黑夜地困扰着我。我们从前曾经讨论过这些问题；现在，就让我们把它们解决掉吧。当我死了以后，你是不是准备把奥雷丽娅和她的孩子们接到砖房子来住？她们的人数可是着实的不少呢——奥雷丽娅、珍妮、范妮，但是我不希望马克也来，汉娜可以收养他的。我可不想看着一个淘气的男孩子来把我的地毯都踩烂，把家具都弄坏，虽然我知道，等我死了以后，如果你下定决心要做什么事情的话，我根本没办法阻拦你。”

“我不会违背你的意愿做事情的，米兰达，尤其是在处理你的财产方面。”简说道。

“别告诉丽贝卡，我已经在遗嘱里把这些砖房子留给她了。在我死之前，她还是没办法得到它的，我希望能安静地享受我最后的时间，不想让她们为了尽快得到这些好处而把我匆匆埋掉了事。而且，我也不想听到什么感激的话。我相信丽贝卡会好好地对待这些房子，会让楼梯上下一样新，不会让水淹了厨房的，不过等我去世了，这些事情我也管不了了。她对你非常好，她会让你在这里愿意住多久就住多久的，在你的有生之日，你都可以把这里当做你的家。这些我都会写在遗嘱里面的，虽然伯恩斯律师的遗嘱常常连一半的时间都持续不了。他收费比较便宜，而且我认为这些事情到最后都是一个样。如果丽贝卡要嫁的人不允许你在这里住的话，我的在天之灵也不会放过他。”

接下来，两个人又沉默了很久，简在旁边安静地织着手里的活儿，不时地看看那个虚弱地躺在枕头上的可怜人，又不时地擦擦眼里的泪水。忽然，米兰达慢慢地、轻声地说道：

“我不知道你是不是想要把马克也一起接过来？我想这世界上总会有听话的男孩，也少不了淘气的男孩子。把那么多的孩子接到砖房子里来，实在是一点道理都没有的，但是如果把一个家庭给拆开来，让他们四处去耕作的话，这也不是一件好事。那样的话，他们永远都不会有好结果的，而且别人也都会永远记住，他们的母亲是一个索娅家的人。现在，你能不能帮我把窗帘拉下来，我想要睡上一会儿。”

第二十九章　母亲和女儿

不知不觉中,已经过去两个月了——两个月如一日的辛苦劳动:做饭、洗衣服、熨衣服、管理和照顾三个孩子。珍妮已经迅速地成长为一个不可忽视的小家庭主妇了。她办事干净利落,而且非常有能力。几个月来,不知道有多少个疲惫的夜晚,丽贝卡坐在奥雷丽娅的床边,静静地看着她;对她说些安慰的话语,帮她缠绷带,擦擦手和脸;给她读些文章,甚至喂她吃饭,给她洗澡。现在,她已经不需要如此频繁地被别人照料了,大家都感到稍稍松了一口气,因为那个闷热而潮湿的8月已经过去了。奥雷丽娅躺在那间小屋里,不再是每吸一口气都备感疼痛了,孩子们听不到母亲疼痛的叹息声,那间原本沉闷的小屋里的气氛也逐渐好了起来。毫无疑问,再过几个月,她就可以下地走路了。当窗帘被拉开,当床被挪到了窗边以后,老天也似乎开始祝福起这位可怜的母亲来了。现在,她至少可以把枕头靠在身后,坐着看外面工作的人们,对已经过去了的伤痛露出由衷的微笑,并忘记了那些曾经使她厌倦的时光。她已经感到轻松和舒服多了。

在这样痛苦的考验下,一个17岁的女孩子是不可能自始至终毫无改变的。对于像丽贝卡这样性格的女孩子来说,没有人可以一直耐心地做着这些事情,而内心却一点怨言和反抗都没有。这些工作实在无法让她开心起来——那些沉重而令人厌烦的任务,她总是无法把它们做得非常成功和令人满意。而为了这些单调乏味的日常工作，她还不得不把自己那些美好的前景统统放到一边去，这对丽贝卡而言，就像是一个饥渴的人面对甘露和美酒，却怎么也喝不到。当世界向她敞开了怀抱，她本以为自己可以凭着年轻的力量和勇气去搏斗一番并赢得胜利。可是那些美好的前程来得快去得也快，几乎是一眨眼的工夫，她就不得不暂时放下那一切，让自己的生活在这种平常的工作中变得毫无光彩了！刚开始，她是由衷地感到伤心和同情，所以她什么都不想，一心照看妈妈的伤痛。她全心全意地要做一个孝顺的女儿。但是，当几个星期过去以后，心中那些毁灭掉的希望开始在她的胸口燃烧起来，烧得她越来越痛；那曾经被压抑了的野心也抬起头来，深深地刺痛着她；那些渴望已久的快乐总是在可望而不可即的地方挑逗着她，在她和那些愿望的实现之间只有一条很细很细的分割线。就目前的情况来看，要毫无顾忌地踏过这条分割线并不是一件很困难的事情，只要想着自己做的没错就可以了。但是，这种自我否定的快乐很快就像在血液中燃起的火焰一样消失殆尽了，眼下这条路走起来沉闷而举步维艰。终于有一天，丽贝卡收到了这样一封信，说她在奥古斯塔的职位已经被其他人占了，她的心情一下子陷入了最低谷。她感到自己的心脏在疯狂地跳跃着，就像成熟了的翅膀在愤怒地敲打着笼子的大门，向往着可以到外面那个大千世界里自由翱翔。这些力量在她心里跳跃着，沸腾着，只不过她自己还不想把事情说得那么夸张而已。她感到命运的风已经把自己的光芒吹得满地都是，它们在地上燃烧着，消耗着，却无法点燃任何东西。在太阳溪农场的一个暴风雨的夜晚，她一个人待在自己的

小屋，想着乌云终将被吹散，太阳会继续照耀这个世界，还会有彩虹横跨天边，当“绿色的希望的四月”来临的时候，希望会对着她抬起的头微笑，并向她招手，说——

和我一起慢慢变老，
世界上最幸福的事情莫过于此。

在这以灰色为主色调的日常生活中，偶尔也会有一丝的欢喜来了，又去了。丽贝卡经常试着把室外的东西拿一些到屋子里来，这样原本空荡荡的房间就会看起来有点生气了；如果她发现了哪个角落里有丑陋的地方，她就会从大自然的书中拾回一片叶子来把它遮掩住。有时，她也会为自己已经成为这个小地方的女主人而感到些许的满足：她有权计划、管理和决策，她可以把乱七八糟的局部收拾得有条不紊，可以为这个懒散而无活力的地方带来快乐。另外一件让她感到欣慰的事就是孩子们对她的爱。她们对她就像花儿向着太阳一般，她们会自信地把丽贝卡讲的故事画成图画，并且对丽贝卡讲的话深信不疑。在这方面，还有其他一些大事上，丽贝卡还没有意识到，回报的规律已经在她身上起作用了，因为在那些令人不安的日子里，母亲和女儿发现她们从来没有这样地了解过彼此。当丽贝卡离开她母亲那充满了疼痛和担忧的床时，她忽然产生了一个新的想法——一个仅仅从照料他人的角度上得来的想法，是当心里强烈的愿望向微弱的念头弯下了腰时得来的想法。对于奥雷丽娅来说，是无法用语言来形容她心底的兴奋之情的，她由衷地感到了作为一个母亲的快乐。早在几年前，当她的孩子们年纪尚小的时候，他们嗷嗷待哺的样子一度使忧虑和不安占据了这个家庭。然后，丽贝卡离开了，她的母亲完全不知道，在她离开的日子里，她的思想和灵魂都有了很大的长进。所以，现在当奥雷丽娅有时间和机会好好了解一下她的女儿的时候，她感到自己从前实在是太无知了。奥雷丽娅和汉娜整天都在那枯燥的、一成不变的生活圈子里打转，人也变得越来越呆板了；但是现在，在生命旅程的一个特定的小站上，这个让人不可思议的小家伙出现了，是她赋予那些从前只能偶尔溜出来一次的思想以翅膀，让它们可以自由地飞翔，是她给这种灰暗的生活带来了靓丽的色彩和温馨和谐的气氛。

你可以给丽贝卡套上沉重的铁犁，但是，在她年轻的时候，她只会永远记住她脚下那片绿色的土地和头顶那片蔚蓝的天空。她的眼睛看到的是她正在制作的蛋糕和正在捏制的面包，她的耳朵听到的是厨房里的火焰噼里啪啦的燃烧声和茶壶欢快的歌声，但时不时地，她的幻想会冒出头来休息一下，然后在更高的天空中获得更多的能量。眼前这个小小的、空荡荡的农场房屋是一个改变不了的事实，但是在她的想像中，她可以不时地去拜访各个她喜欢的宫殿。那些宫殿里住着的都是世界上最浪漫、最活跃、最英勇的人们，那些宫殿里也会出现天堂里的那些稀奇古怪的东西，人们还可以听取上天的意见。每次，当她回到自己那个梦想的大本营，她都感到自己变得容光焕发、精神振作起来，就像刚刚看到了夜空里的星星，或是刚刚听过了甜美的音乐，抑或是闻到了快乐的玫瑰花的芳香一般。

奥雷丽娅现在的心情，就好像是一只心胸狭窄的、毫无胆识的母鸡生出了一只不可思议的、无所畏惧的小鸭子一样。不过，她甚至觉得自己的情形比这还要好得多，她觉得自己简直就像是一只安静的褐色的肉鸡，生下了一个看似普通的鸡蛋，可是却从里面孵出了天堂里来的小鸟儿。在这两个星期以来，这样的想法一直在她的脑子里萦绕着。当一个甜美的秋天的早上，丽贝卡怀里抱着一大捧秋麒麟和鲜红的落叶走进屋子里来的时候，她的这种想法又一次闪现在眼前了。

“妈妈，你看，这些只不过是为房间里增添一抹秋意而已。”她一边说，一边把那些漂亮的红色和黄色的小树枝放在床垫和床脚之间。“这些树枝都在池边弯着腰，我觉得如果把它们留在那儿让我一直看着它们美丽的倒影，它们可能会死掉的，所以我把它们从危险中解救出来了。是不是很不错？我真希望现在就能带几枝给可怜的米兰达姨妈！我不在砖房子的时候，她们从来都不会在房子里摆上鲜花的。”

这是一个不同寻常的早上，已经连续好几天没见到灿烂的阳光和闪耀的星星了，今天，太阳终于从地平线上跳了出来。空气里充满了成熟的水果的芳香，在门外的一棵树上，一只小鸟疯狂地唱着歌，好像要把它生命的喜悦全部唱出来似的。它一定是忘了夏天已经过去了，冬天迟早会来临的。不过在如此好的天气里，谁还会去想那刺骨的寒风、赤裸的枝干和冰冻的小溪呢？一只花蝴蝶从敞开的窗子飞了进来，落在那丛漂亮的叶子上。奥雷丽娅听到了小鸟的歌唱，看到了那些生机勃勃的树枝和树叶，再看她那高挑的美丽的女儿，她站在那里就像是手捧金秋的年轻的春之女神。

忽然间，她捂住眼睛哭了起来，"我再也忍受不了了！我就这样躺在床上，哪儿也去不了，而你们却不得不放下自己应该做的事情来照顾我。什么都耽误了——我攒下的和节省下来的钱，你们的努力的学习，米兰达的安排，所有我们从前认为你应该拥有的一切！"

"妈妈，妈妈，别这样说，也别这样想！"丽贝卡大叫道，她坐在床边的地板上，把手里那些秋麒麟全都扔在了地上。"别这样，妈妈，我才不过17岁多一点！你眼前这个穿着紫色印花布围裙、鼻子上沾满了面粉的人，只是我生活的刚刚开始而已！你还记得约翰移植过来的那棵小树吗？那年的夏天非常干燥，冬天又非常寒冷，结果它一点都没长高，我们给它浇水、施肥也都不见任何效果。可是，接下来的那一年里，天气变好了，它不是一下子长高了许多，把两年的都长出来了吗？妈妈，这就是我的'基本理论'，不要以为我的好日子已经结束了，因为它们还完全没有开始过呢！井边的那棵老枫树已经有100多岁了，可是今年它又长出了新的叶子。所以，对于一个17岁的女孩来说，一定也要满怀希望的！"

"你能勇敢地面对这一切，"奥雷丽娅呜咽道，"但是你骗不了我的。你已经失去了工作，你再也看不到那里的朋友们了，你现在什么都没有，只是一个做苦力的人了！"

"我看起来像个劳工，"丽贝卡神秘地说道，眼睛里含着笑，"不过实际上，我是一个公主。你可别说出去，劳工只不过是我的掩饰而已，由于眼下的情况，我不得不这样做。现在拥有我的

王位的国王和王后已经老得连走路都蹒跚了，他们很快就会把王位传给我了。我想，这只是一个非常小的王国，不像其他大帝国那样，所以要走进皇室的圈子里并不需要太费力气，不过，你也不能指望会看到镶着珠宝的金色的皇冠。它可能仅仅是铁做成的，后面用一些漂亮的孔雀毛作为装饰而已；但是，你会有一张非常舒适的椅子，而且会有很多的仆人为你服务，就像小说里所写的那样，他们会去听从你的‘最微不足道的吩咐’。”

奥雷丽娅笑了起来，虽然她并没有完全被丽贝卡的故事所蒙蔽，但是至少感到非常地欣慰。

“我只是希望你的王冠和你的国度不要让你等得太久，丽贝卡，”她说道，“这样，在我死之前，我也可以看到它们了。不过，生命之神对我一向是非常苛刻而残忍的，要不是在砖房子里有你卧床不起的米兰达姨妈，在农场又有我这个累赘，你也不会被束缚住了手脚，照顾完一个又来照顾另一个的，而且还有珍妮、范妮和马克给你添麻烦！你继承了一些你父亲的乐观的个性，否则的话，你现在一定会像我这样感到负担的沉重了。”

“妈妈，别这样说！”丽贝卡大叫道，用双手紧紧地抓住她的双膝，“为什么要这样说呢？妈妈，能够像这样在这里待上一天，就是最最让我感到开心的事情了。我可以欣赏，可以感受，可以随心所欲！妈妈，当你17岁的时候，你是不是觉得活着的每一天都特别地美好？你不记得了吗？”

“我还记得，”奥雷丽娅回答说，“不过我那时可不像你现在这么活跃，我从来都没有这样过。”

"我常常想，"丽贝卡走到窗边，看着外面的树，继续说道，"我常常想如果我不是出生在这个家里的话，那该有多糟糕呀。汉娜先来到这个家，然后是约翰代替了我的位子；约翰、珍妮和范妮或者还有其他的孩子，但是没有丽贝卡——从来都没有过丽贝卡！只要能活着，一切都可以被弥补了。本来在我的心里是应该有些恐惧的，可是我没有。有些东西像一阵风一样，战胜了恐惧，并把它们从我的心里清除出去了。哦，看呀！是维尔开着车从田间赶过来了，他一定是从砖房子那边送信过来的。"

第三十章　再见了，太阳溪农场

维尔·梅尔维尔把车一直开到了窗子前面，掏出一封信放在丽贝卡的膝盖上，就回到谷仓那边干他的差事去了。

"姐姐的病没有恶化吧，"奥雷丽娅感激地叹了口气说道，"否则的话，简一定会发电报过来的。看看她说了些什么。"

丽贝卡打开了信封，用眼睛迅速地把这封简短的信扫过一遍——

一个小时以前，你的姨妈米兰达去世了。如果你的妈妈已经没什么大碍了，那就快点过来吧。如果你不在这里，我是不会举行葬礼的。她去得非常突然，一点疼痛都没有。哦，丽贝卡，我真期待着你能快点到来！

简姨妈

习惯的力量实在是太强大了，即使是在死亡这种大事上，简依然记得一封电报要花掉25美分，而奥雷丽娅就要花上50美分来传送电报了。

丽贝卡控制不住地大哭起来，边哭边叫道："可怜的、可怜的米兰达姨妈！她还没享受到生活的乐趣就匆匆地去世了，我甚至连再见都来不及对她说！可怜的、孤独的简姨妈！我能做些什么呢，妈妈？我感觉自己已经被撕成两半了，你一半，砖房子那边一半。”

“你必须立刻就过去。”奥雷丽娅说道。她把头从枕头上抬起来，“即使你不在家的时候，我可能会死，我也一样会这么说的。你的姨妈为你做了那么多——比我能为你做的还要多，现在是轮到你回报她们的善良的时候了，让她们看到你的感激之情。医生说，我已经脱离危险了，我自己感觉也是这样。只要汉娜每天回来一次，其他的事情珍妮也可以帮忙了。”

“可是，妈妈，我不能离开呀！谁来帮你翻身呢？”丽贝卡大叫着，在地板上走来走去，疯狂地搓着双手。

“翻不翻身对我来说没什么区别的，”奥雷丽娅坚强地说道，“作为一个像我这么大年纪的女人和像我这样照料着一个家庭的母亲，会那么不小心地从干草堆上摔下来的话，那么她就是活该要受罪了。去，把你那件黑色的裙子穿上，然后把行李收拾好。如果我可以去参加姐姐的葬礼的话，我一定要尽力帮上一点忙，并向她证明，我已经完全忘记和宽恕了在我结婚时她对我说过的那些话。米兰达一向都是嘴硬心软的，她虽然曾经伤害过我和你的爸爸，但是她已经尽力在你的身上弥补回来了！哦，丽贝卡，”她用颤抖的声音继续说道，“我记得非常清楚，当我们都还是小女孩的时候，她特别喜欢弄卷我的头发。还有一次，当我们长大成人以后，她还把她最好的蓝棉布借给我：那次是你的爸爸邀请我和他一起去参加圣诞舞会的盛大的游行；后来我才知道，米兰达本来以为你的爸爸会邀请她去呢！”

讲到这里，奥雷丽娅停了下来，伤心地哭了起来；因为这些对过去的回忆让她变得更加心软了，她感到自己比刚刚得到姐

姐去世的消息时更加难过，心酸的泪水止不住地流下来。

丽贝卡只花了一个小时的时间作准备。维尔把丽贝卡送到了汤普朗斯，然后再把珍妮送回学校去。他还主动提出，一旦兰德尔太太的病情加重，他可以随时去雇一个女佣来陪伴和照顾她。

丽贝卡飞快地跑下山去，最后从小溪里提了一桶水回来。当她把桶从水晶般的溪水中提起来的时候，她四处看了看这生机勃勃的秋天的景色，她发现一队测量人员正拿着他们的工具在那里一边计算，一边画线。很明显，那条线穿过了太阳溪流域最美丽的明镜池塘，那里的池水清澈而透明，黄色的叶子静静地漂在水面上，看上去比沙子还显得金光闪闪的。

丽贝卡屏住了呼吸。"那个时刻来临了！"她想着。"我正要和太阳溪农场说再见，而直到在威尔汉姆的最后一天都一直在摇摆的那扇金色的大门就要永远地关闭了。再见了，亲爱的小溪、小山和草地，你们也要见见世面了，所以我们必须要对未来充满希望，并对彼此说——

和我一起慢慢变老，

世界上最幸福的事情也莫过于此。

维尔·梅尔维尔原先也做过测量人员，他从汤普朗斯的邮局那里听说了铁路公司可能会支付给兰德尔太太的总钱数。对于自己未来状况的好转，维尔感到非常地情绪高涨，因为他的农场的位置非常好，新铁路修建以后一定可以使他的农场增值不少。也可以说，让他感到高兴的另外一个原因是他的妻子的家里不会再穷得揭不开锅了，以至于他多少都要跟着受些牵连。在这种特殊的情况下，约翰现在已经提前几年成了家里的主人，被迫管理起家中的大小事务来。想到这些，汉娜的丈夫感到兴奋极了，当他送丽贝卡去汤普朗斯车站的时候，他差点就高兴地吹起口哨来。他完全不能理解丽贝卡那张伤心的脸以及时不时地流下的眼泪，因为汉娜一直都对他说，米兰达姨妈是一个脾气暴躁而且极其吝啬的老女人，如果她在这个世界上消失了，她们不会有一点损失的。

“高兴起来吧，丽贝卡！”在火车站分别的时候，他对丽贝卡说道，“等你回来的时候，你就可以看到你的妈妈能够自己坐起来了，你要知道的另外一件事情就是无论你在哪里工作，你的全家人都可以一起搬到某个可爱的小房子里去了。一切再也不会像过去的一年那么地不顺了，我和汉娜都是这么认为的。”然后，他就把车开走了，赶着回家去把这个好消息告诉给他的妻子。

亚当·阿拉丁正在火车站，当他看到丽贝卡带着她从来没有过的沮丧神情走进来的时候，他立刻往她那边走了过去。

“看起来，今天早上的小公主很不开心呀。”他拉住她的手说道，“阿拉丁必须擦一擦神灯了，然后，那个精灵就会出现在我们面前，在一刹那间，你的眼泪就会全部消失了。”

他说得非常轻快，因为他以为丽贝卡的难过是和太阳溪农场的问题有关的，那样的话，他可以告诉她农场一旦被卖出，她的妈妈可以得到非常可观的报酬，丽贝卡的麻烦自然也就全都烟消云散了。他还想告诉她，虽然她将不得不离开她小时候成

长的地方，但是那个地方无论是对她自己还是对她孤独的母亲和三个年幼的孩子来说，都太偏僻了，不是一个很合适的居住地。接着，他听到她非常平淡地说道："我不认为一个人可以忘得掉那个生她养她的地方。"仿佛这些事情都发生在昨天一般，他看着这个可爱的小人儿坐在北利佛保罗的庭院里，而当他决定购买了三百块红玫瑰和白雪肥皂时，他看到那个小人儿一下子跌落在丁香花丛中。

说了一两句话以后，亚当很快意识到丽贝卡的伤心是另有原因的，她有些心不在焉，整个人沉浸在一种敏感而沮丧的心情之中。他只能向她表示自己的同情，并且保证很快就去砖房子看她，看看她过得怎么样。

阿拉丁送丽贝卡

当亚当把丽贝卡送上了火车，自己一个人离开的时候，他想，丽贝卡在心情沉重的时候，变得比从前更加漂亮了——非常美丽，而且非常有女人味。但是，当他和她说话的那一刻，他曾经仔细地观察她的眼睛，里面仍然闪耀着孩子气的光芒。在那双亮晶晶的、深深的眸子里，看不到任何的世故，也看不到男人和女人间的情感阅历，不懂得什么是感情，更不理解男女之间的感情。他从小镇的火车站一直走到了树林里，边散步边等待他自己的火车离站时间的到来，不时地，他会靠在树上，抬起头来看看那些闪亮的树叶，浮想联翩。他给丽贝卡买了一套新版的《一千零一夜》，希望能用它来代替她从小就最喜欢的那本已经翻破了的旧版本；但是，他没想到会在如此不开心的情况下遇见了丽贝卡，所以也就只好把那本书暂时收起来自己保存了。这时，他把书拿出来随手翻着。忽然，他看到了阿拉丁与神灯的故事，虽然他今年已经34岁了，可是这个古老的故事仍然深深地吸引住了他。他读着，和他很小的时候第一次读它时一样地入迷。不过，其中有几个段落特别地引起了他的注意——他读了一遍又一遍，似乎从里面体会到了一种自己以前从未感受过的神秘的快感与启迪。这些段落正是描写曾经一文不名的阿拉丁摇身一变成了最富有的人，那些财富给他带来了哪些影响呢？而那苏丹国王的女儿、那个美丽的小公主到底有多么地迷人呢？

——那些当阿拉丁像个流浪汉一样在街上玩耍时认识的人，一个都认不出他来了；而那些曾经见过他一面，

本来印象就不是很深的人就更不认识他了。他的样子变化那么大，完全都是神灯给他带来的。这个神灯的作用就在于，它可以帮助那个拥有他的人实现他的美好愿望，而它的主人则必须合理地运用它。

——那个公主是世界上最美丽的黑皮肤的女人。她的眼睛大大的，闪耀着青春与活力的光芒；她的样子温和而甜美；她的鼻子丝毫不差地长在脸部最合适的位置；她的嘴小巧而精致，她的唇红红的、对称而迷人。用一句话来说，她的脸部的所有器官都长得恰到好处，完美无比。也难怪从来没有见过如此美丽的姑娘的阿拉丁，第一次看到她就深深地被她迷住了。公主那沉鱼落雁般的美貌再加上她那高贵的皇家气质，只要看上一眼，任何人都会忍不住对她产生倾慕之心的。

“可爱的小公主，”阿拉丁非常有礼貌地向她敬礼，并主动上前对她说道，“您实在是太美丽了，如果我的冒昧的求婚让您感到不愉快，那么，我必须告诉您，这完全不是我的错，您要责怪的应该是您那双明亮的大眼睛和那挡不住的魅力。”

“王子，”公主回答说，“能看到你，我已经感到非常满足了，让我告诉你，我心甘情愿地答应你的请求。”

第三十一章　米兰达姨妈的歉意

丽贝卡在枫林站一下火车，就赶快跑到邮局附近的那个驿站去，她很高兴地看到杰里米·科比叔叔正牵着马在那里等着她呢。

“每次来接你的那个车夫生病了，”他解释道，“当她们要我来的时候，我本来还以为我以后不会再赶车了呢，不过我相信我们的丽贝卡一收到她简姨妈的信就会毫不迟疑地赶过来的，就算我今天接不到你，明天也一定没问题了。所以虽然我六年都没赶过车了，这次还是答应了下来。你是想做一个真正的淑女乘客呢，还是和我一起坐到前面来？”

这个老人的面部表情非常复杂，各种情感在他心里交织着，两三个过路人看到一个漂亮而且气质不凡的女孩子一下子扑到了科比先生脏兮兮的肩膀上，像个孩子一样大叫着，都感到非常地惊讶。“哦，杰里叔叔！”她呜咽着，“亲爱的杰里叔叔！才过了这么短的一段时间，就发生了这么多事情，我们一下子都变老了好多，我好担心好害怕，不知道以后还会发生什么可怕的事情。”

“好了，好了，亲爱的，”这个老人轻声地安慰着她，“这回去的一路上就只有我们两个人，我们可以边走边聊一聊这些事情，也许它们并不像你想像得那么糟糕呢。”

这条路上的每一处风景对于丽贝卡和杰里米来说，都是再熟悉不过的了：每一道水槽、每一块磨石、每一间红色的谷仓、

每一个风向标、每一片养鸭池和每一条含沙的小溪……丽贝卡总是忍不住回忆起过去的时光。还记得当她第一次坐在车厢里的坐位上，两腿在下面摇晃着，还够不到踏脚板呢，而那一切似乎已经是那么久远的事情了。她可以闻到一大束丁香花的味道，可以看到那带着粉色花边的太阳伞，还可以感觉到那浆硬了的花布的硬邦邦的滋味以及那黑色和黄色的猪刺扎在耳朵上的疼痛。一路上，谁都没有说话，但是，这种沉默对于杰里米和丽贝卡来说，都是非常令人舒服和欣慰的。

然后，她们看到了比佳·弗来哥正在谷仓里给谷子去皮；随后，又看到贝金斯家的阁楼窗子上，一块白色的棉布正向她们挥舞着。丽贝卡敢打赌，那面白色的、迎风招展的小旗子一定是爱玛·简为了欢迎她的到来而别出心裁的主意。利佛保罗的烟囱刚刚映入她的眼帘，丽贝卡就感受到了这些特殊的语言和信息，在见到她们之前，这些信息会一直让她的心里暖洋洋的。

这之后，她们就看到了砖房子，看起来和往昔没有任何的变化——虽然丽贝卡认为，死亡会在那房子上留下一些神秘的信息。牧场里的草随风摇摆着，那些榆树也都变成了黄色和褐色的了，枫树还是金灿灿的，花园的草地上飘满了紫苑。那些在客厅的窗前的蜀葵已经长得很高了，只是在那本应是欣欣向荣的粉色和红色的茎和深玫瑰色的花上，现在多了一些黑色的绉纱。百叶窗也被黑纱系着，在起居室的旁边也放满了黑纱，就连褐色门板上那黄铜的门环上也不例外。

“等一下，杰里叔叔！不要从边上拐进去了，把我的背包递给我，好吗？就把我放在这里好了，让我自己沿着马路跑回去就行了。你赶快离开这儿吧。”

隆隆的马车声渐渐远去了。丽贝卡刚刚关上大门,就看见里面的门被打开了。简姨妈从石梯上走下来,她完全变了个样子,脸色苍白,看上去憔悴而虚弱。丽贝卡向她伸出手去,这个老姨妈无力地扑倒在她的怀里,当简打开米兰达的房间,让丽贝卡进去见她的老姨妈最后一面的时候,她又一次忍不住扑到了这个孩子的怀里。简似乎可以感到温暖、力量和生命,正从丽贝卡年轻的体内慢慢地流入她那把老骨头里。

“丽贝卡,”她抬起头说道,“在你进去看她之前,你还会不会对她从前说过的那些话感到心酸和难过?”

丽贝卡的眼睛里闪过一丝不悦,甚至有些气愤,她压住声音说道:“哦,简姨妈,你还不相信我吗?我进去看她,心里除了感激以外,没有任何的抱怨!”

“她是一个很好的女人,丽贝卡,她只是脾气有些急躁,说话有些尖刻,但她做事一向很正确的,她一直是尽自己的努力做到最好。虽然她从没说过什么,但是我肯定,对于她从前说的那些伤害过你的话,她感到非常遗憾。虽然在她活着的时候,她没办法把这些话收回,但是在她去世以后,她的确是这样做的,你很快就能够了解她的愿望了。”

“在我离开这里之前,我曾经告诉过她,我的今天都是她带来的,我妈妈也是这么说的。”丽贝卡呜咽道。

“那不是她带来的,”简说,“首先,是上帝创造了你,而且你自己也一直在不懈地努力;不过,是她给了你必要的资助,这也是不可忽视的,而且为了继续资助你,她甚至放弃了自己应该

享有的快乐和生活。现在,让我和你说一些事情吧,丽贝卡。你的米兰达姨妈在她的遗嘱中说,她的砖房子、里面的家具和建筑, 以及房子周围所有的土地——所有你能看到的这一切,都由你来继承。”

丽贝卡把帽子扔了下去,把手放在心脏上,在她感到极其兴奋的时候,她通常都是这样做的。沉默了一会儿以后,她说道:“让我一个人进去吧,我想和她说说话,我想好好地谢谢她。我相信,她可以听得到、感觉得到并且明白我的心情!”

简回到厨房去了,即使是死神也无法改变那些日复一日的劳动。它可以从一户人家窜到另一户人家,在它的身后留下绝望和悲伤。但是,桌子总还是要摆的,碗也不能不洗,床也不能不铺,总还是要有人来做这些事情。

十分钟以后,丽贝卡从那间房子里走了出来,看上去苍白而疲倦,但是情绪好了很多。她一个人静静地坐在门口,悬垂的榆树叶把她隔离在了小小的利佛保罗的世界之外。当她看到这秋天的景色,听到桥上汽车的隆隆声和河水奔向海洋的那一刻的呼喊声时,她心中充满了感激和宁静。她举起手来,先轻轻地摸了摸那个闪亮的黄铜门环,又摸了摸那些红色的砖块,在10月明媚的阳光下,它们显得生机盎然。

这就是她的家了:她的房顶,她的花园,她的绿色的田地,还有她的可爱的树,这里将会是太阳溪农场的一家人避风的港湾。她的妈妈终于可以重新回到她的姐姐和她童年时的朋友们的身边,而那些孩子也可以去上学,并且结交新的伙伴了。

但是,她自己呢?她自己的未来仍然是一片渺茫。在那片美丽的薄雾中，那扇大门紧闭着，若隐若现的。她把头靠在被太阳晒得暖暖的门上，闭上双眼，就像一个孩子在祈祷般地、低声地说道："上帝保佑米兰达姨妈，上帝保佑砖房子和它从前的一切，上帝保佑砖房子和它未来的一切！"

最后场景

后记:重回纯真年代

一个时代无声无息地结束了。

不知从哪一天起,发现自己不再读诗歌,不再轻易感动,不再沉醉于文学的唯美中,就在平庸中懒懒坐着,听着或另类或怀旧的音乐,看着或好或坏的电影,玩着打发时间的电脑游戏,在网络上与陌生人闲聊,咖啡的味道袭了上来,像后工业时代复杂机器上的油腻味道……脑子里零零乱乱的,想着什么,又没有想着什么。对了,“非典”控制住了,可以去逛街买衣服;手头上有些余钱,考虑要不要换个彩屏手机;以后工作了应该买什么车呢,帕萨特太普通了,三菱大越野不错,可是太贵了;假期不去西藏了,那里的高天净土已经被太多的人糟蹋了,赚点钱去丽江听听纳西古乐还不错……然后,音乐消失了,陌生人没有了,咖啡的味道淡了,只剩下一脸无聊的表情和窗外寂寞的光线。

床头摆着几本胡乱拼凑的、激励心志的所谓畅销书,看着无限乏味,终于对书也失去了兴趣。那些伴随着我们成长的故事随着年代的更替不经意地消失了,或是遗忘了。小飞侠德·潘飞离了我们的视线,白雪公主也隐匿在森林中了。我怜悯自己丧失了一颗纯真的心,也怜悯现在的孩子们——他们无法领略到那种感动与纯真了。

《Rebecca of Sunnybrook Farm》,这是一本什么样的书?随手翻了几页,它竟然一下子勾起了我对美好事物的感动,让我对自然无限眷恋。我从一个翻译者变成了它的忠实读者。丽贝卡的故事取代了无聊的音乐，赶走了消磨时间的闲谈，她的乐观和热情让我睁开双眼，看到了很多美好的东西。这本几十年前的经典著作，更适合用来抚慰现代人空虚、疲惫、不再纯真的心灵。让他们看看丽贝卡吧，这个如五月花朵般美丽的少女，浑身洋溢着春天里可爱小树的活力，她的清新会让你想起昔日在草地上游玩，在清晨的林间散步的喜悦吗？

我们都是这样，经历过却又忘记，感动过却又抛弃。我们在现代的都市里越发迷茫，梦想消散了，感情淡漠了，虚荣心与物欲竞相攀比，还有谁能像丽贝卡那样真诚了呢？

愿这本书让你重回纯真年代——哪怕只是在一瞬间重温当时的记忆与感动。它不属于时下流行的形形色色的书榜，它属于曾经流传的回忆和经典。

孙雪晶

2003 年 6 月